채운국 이야기

채운국 이야기

차례

浪燕青 랑연청

다주에서 수려의 부관을 맡았던 유능한 인물. 완력도 세고 듬직한 남자.

茈静蘭 자정란

홍가를 섬기는 가인. 수려의 경호원이기도 함. 사실은 류휘의 형, 청원공자.

紫戩華 자전화

류휘와 정란의 아버지이자 전 채운국 국왕. 대담한 인재등용과 제도개혁을 시행.

藍楸瑛 남추영

전 우림군 장군. 명문 출신. 화려한 소문이 끊이지 않는 미남이지만 근본은 일편단심.

紅邵可 홍소가

수려의 아버지. 일찍이 암살집단 '바람의 늑대'의 우두머리 '흑랑'이었음.

薔薇姫 장미공주

전설의 채팔선 중 하나인 홍선. 강력한 협시를 가졌으나 표가에 붙잡히고 만다.

縹璃桜 표리앵

이능의 일족 표가의 당주. 불로체질. 장미공주를 편애함.

珠翠 주취

표가의 여성. 암시에 걸려 조종당하고 있었음.

채운국 이야기 18 (외전)

— 황량몽 —

지난 줄거리

◆ 류휘의 부왕인 전화의 치세. 왕족, 귀족들의 암투가 난무하던 조정에서 고군분투하는 청원 왕자를 기다리고 있던 것은?!

◆ 그 무렵 다주에서는 연청이 아름다운 은색 털을 가진 늑대와 무술 대가인 남 노사와 함께 살고 있었다. 그런 그에게 가족의 원수인 '살인적' 의 토벌 의뢰가 들어오는데….

◆ 시대는 거슬러 올라간다. 소년 소가는 전화왕의 심복 자객인 선대 '흑랑' 에게 거둬진다. 선대가 죽은 후 소가는 그 유지를 이어 '장미공주' 암살을 위해 표가에 잠입하는데….

채운국 조직도

이곳에 표기한 것은 개략도임.

채운국 국왕 [자류휘]

금군
- 좌우 우림군
  - 좌 [흑요세]
  - 우 [백뇌염]

3사 (명예직)
- [소태사]
- [송태부]
- [다태보]

4성
- 상서성 [정유순]
- 문하성 [왕계]—[능안수]
- 중서성
- 선동성 [리앵]—[우우]

6부
- 이부
- 호부 [홍여심]—[이강유]
- 예부 [황기인]—[경유리]
- 병부 [손능왕]
- 형부 —[구양옥]
- 공부 [관비상]

비서성
- 부고 [홍소가]

어사대
- [규황의]
- [육청아]
- [홍수려]
- [진소방]

[ ]…인명

紫劉輝 자류휘

채운국 국왕. 수려를 짝사랑함. 현군이 되기 위해 노력 중이나 아직도 고민이 많음.

紅秀麗 홍수려

명문 홍가의 여식(가난함). 여성 최초의 감찰어사로서 어사대에서 수행 중. 아무진 성격.

채운국 이야기

彩雲國物語

황량몽 | 18 | 외전

글 · SAI YUKINO 일러스트 · KAIRI YURA 번역 · 이나경

은방울꽃 필 무렵

| 서장 |

'은방울꽃 마마'.

그 청초한 아름다움에 빗대 사람들은 그녀를 이렇게 불렀다.

『내 보물아, 넌 세상에서 가장 행복한 사람이란다.』

소녀시절부터 그녀의 아버지가 입버릇처럼 들려주던 말이다.

그녀는 꺾어질듯 가냘픈 몸을 반쯤 일으킨 채 오늘도 홀로 멍하니 창밖을 바라보고 있었다. 그 투명한 눈길은 소리도 없이 바람에 흔들리는 한 무리의 은방울꽃에 닿아 있었다.

방안에 스며든 저녁 바람에 저도 모르게 콜록 하고 작은 기침을 내뱉었다. '왕자가 문안 올 시간이구나…' 라는 생각이 든 순간, 구석에 처박아 놓은 책처럼 그저 시간만 속절없이 쌓여가는 이 단조로운 무채색의 별궁을 감싸고 있는 공기가 확연하게 달라졌다.

그녀의 갸름한 턱 끝이 희미하게 떨리기 시작했다.

차가워진 저녁바람 때문만은 아니었다.

'청원(淸苑)이 온다…'

들릴 턱없는 왕자의 발소리가 사신의 발소리인양 귓가에 울려 퍼진다. 창백하게 질린 그녀의 새하얀 얼굴이 가늘게 떨렸다.

제2빈의 자리처럼, 바라지도 않았던 과분한 일이 많았지만 그 중에서도 아들은 그녀에게는 너무나도 분에 넘치는 아이였다.

입궁하자마자 회임하여 둘째 왕자를 낳았다. 커갈수록 모든 이들이 부러워하던 아이. 총명하고 잘생겨서 어릴 때부터 태자보다도 뛰어난 재목이라는 칭찬을 한 몸에 받았던 아들. 이 모든 것이 그녀를 궁지로 내몰았다. 여인들의 격렬한 질투와 증오를 그녀는 견딜 수 없었다. 질투가 무서웠고, 음험한 괴롭힘이 무서웠다. 그리고 무엇보다도 자신이 낳은 아들이 두려웠다. 너무나도 총명한 아들은 낯선 생명체처럼 느껴졌다.

'그 아이 탓은 아니야…'

그녀는 필사적으로 자신에게 이렇게 타이르며 사랑하려고 애써보았다. 하지만 이런 노력조차도 그녀의 가녀린 신경을 갉아먹고 말았다.

저벅, 하며 발자국 소리가 문 앞에서 멈췄다.

그녀는 자신도 모르게 이불을 꽉 움켜쥐었다.

문이 열리자 아들의 차가운 미모가 나타났다. 섬세하면서도 부드러운 생김새에 칼날처럼 날카롭고 강인한 분위기가 드리워져 소년기 특유의 살얼음 같은 찰나의 아름다움을 더하고 있었다. 아들을 볼 때마다 그녀는 딱 한 번 밤을 같이 보냈을 뿐인 남편의 차가운 옆얼굴을 떠올리지 않을 수 없었다.

"몸은 좀 어떠신지요, 어마마마."

청원이 위로라도 하듯 미소를 짓는다. 한 치의 빈틈도 없는 완벽하게 만들어낸 얼음조각 같은 미소였다. 그녀는 새하얀 목을 울리며 침을 꿀꺽 삼켰다. 하지만 한 마디도 입 밖으로 낼 수 없었다. 미소라도 띠어보려 했지만 성공했는지조차 알 수 없었다. 청원은 별로 신경 쓰는 기색도 없이 평소와 다름없이 잡담을 하고 모친을 위로하고, 별궁의 관리에 대해 몇 가지 지시를 내린 후 인사를 하고 돌아갔다.

마치 태양이 동쪽에서 떠올라 서쪽으로 지듯이 반복되는 일상.

——다정하고 어머니를 걱정하는 완벽한 왕자.

하지만 그녀는 알고 있었다. 아들이 보이는 애정과 다정함이 모두 거짓이라는 것을. 왕이 그녀를 전혀 사랑하지 않았듯이 아들도 마찬가지였다.

총명한 청원은 모친이 이를 알아차렸다는 것을 알고 있었다. 하지만 그렇다고 해서 변명을 늘어놓거나, 딱히 태도를 바꾸지도 않았다. 청원에게 있어 어머니란 거짓말이 들통이 나든 안 나든 별 상관없는 존재였다. 매일같이 조정에서 귀족들과 비빈(妃嬪)들을 상대로 싸워야 하는 청원에게 있어 심약한 어머니는 뒷전일 수밖에 없다. 하물며 애정이네 진심이네 따윈 한심한 헛소리에 불과한 것이다. 그래도 그는 아들로서 어머니를 지키려고 했다. 설령 애정이 아닌 의무감 때문이라고 해도 말이다.

…어쩔 수 없는 일이다. 그렇지만 그녀는 가끔 소나기처럼 격렬한 분노에 잠에서 깰 때가 있었다. 이유도 모른다. 처음에 아들을 사랑하지 못한 것은 그녀 자신이다. 그런데도 아들의 사랑을 받지 못한다고 화를 내는 것은 웃긴 일이다. 왜 이렇게 되어버렸을까.

『내 보물아, 넌 세상에서 가장 행복한 사람이란다.』

그녀는 아버지의 이 말을 끊임없이 떠올리곤 한다. 아버지는 지금도 너처럼 행복한 사람은 없다고 말한다. 하지만 그녀는 모르겠다. 이것이 행복이라고? 지금 난 행복한 걸까…?

…그렇게 시간은 흘러 다시 은방울꽃 흔들리는 봄날이 되었다.

누군가 문 뒤에서 그녀의 방안을 조심스럽게 들여다보고 있었다. 어린아이다. 아들은 아니었다.

"…누구신가요?"

"류휘…입니다. 거, 건강은 어떠신지요? 둘째 어머님."

아직 아기 티가 남아있는 말투에 귀여운 얼굴. 제6빈을 닮았다. 그녀는 그 성격 때문에 좀 더 강한 인상이었지. 후궁의 꽃이라 불리던 콧대 높은 미소녀였다. 그래――.

"…반갑습니다, 류휘 왕자. 어머니가 돌아가셔서 힘드시지요.

참으로 안타깝게 생각합니다."

왕자는 눈을 내리깐 채 주저주저하며 천천히 다가왔다. 가까이 오지 말라고 하면 바로 돌아갈 수 있도록 그 작은 발을 조심스럽게 내딛고 있는 것이었다. 그녀가 기다려주자, 왕자는 오히려 당황한 듯이 마지막 한 걸음까지 조심스럽게 내딛으며 그녀와의 거리를 좁혔다. 그리고는 등 뒤에 숨기고 있던 은방울꽃 한 송이를 살짝 내밀었다.

그녀는 깜짝 놀랐다. 오랜만에 마음에서 우러나는 미소가 얼굴에 퍼졌다. 창백한 손을 뻗어 꽃을 받아들었다.

"정말 고맙습니다. 왕사는 참으로 다정한 분이군요… 정말 고마운 선물입니다."

막내왕자는 놀란 듯이 눈을 동그랗게 떴다. 마치 그 꽃을 그녀가 받아 주리라고는, 그녀가 웃어 주리라고는 생각지도 않았다는 듯이.

왕자는 머뭇거리며 고개를 숙였다.

"처, 청원 형님께서는 정말 좋으신 분입니다. 제게도 여러 가지를 가르쳐주세요. 그래서 편찮으시다고 알고 있었지만 마마님께도 인사를 드리고 싶어서…."

"…청원이?"

"네, 얼마 전에도 검을 주셨습니다. '막야(莫耶)' 라는 이름이에요. 원래는 두 검 모두 아바마마께서 형님께 하사하신 물건이지만 형님께서 하나를 제게 주셨어요. 너무 무거워서 아직 들지는 못하지만요….”

순진무구한 반짝이는 눈동자로 말하는 아들을 그녀는 알지 못한다.

갑자기 가슴이 아파왔다. 콜록, 기침이 터져 나왔다. 왕자는 깜짝 놀라 말을 멈췄다.

“아, 죄, 죄송합니다. 쉬십시오. 저는 이만 돌아가겠습니다.”

조금 머뭇거리다가 멈춰선 왕자는 참회하는 듯 생각에 젖은 눈을 내리깔았다.

“…전… 사실은 다정하지 않아요. 어마마마께서 돌아가셨을 때도 울지 않았습니다. 슬프다는 생각도 들지 않았어요. 전 하나도 다정하지 않아요.”

어쩔 수 없는 일이라고 생각했다. 욕설을 퍼붓고, 때리고, 매일같이 혼을 냈다고 들었다.

“…그런데 왜 그런지 마음속에 휭휭 바람소리가 납니다. 커다란 검은 구멍이 뚫린 것 같아요. 어마마마를 생각하면 항상 그렇습니다. 이젠 절 때리는 사람이 없지만, 어마마마가 계셨을 때가 더 좋았던 것 같아요.”

사랑했었구나. 그녀는 마음속을 중얼거렸다. 손에 든 하얀 은방울꽃이 눈에 들어왔다. 그녀가 은방울꽃 마마라 불리는 것을 알고 이 꽃을 따온 것일까?

‘끝까지 부러운 사람….’

젊고 아름답고 자신만만하고, 오만하고 왕의 마음을 돌리기 위해 온갖 애를 쓰던 여인. 그리고 이렇게 순수하게 사랑해주는 아들까지 있었다. 청원은 어머니가 죽는다 해도 그리 슬퍼하지 않을 텐데.

"…전 어마마마가 돌아가셨을 때는 눈물이 나오지 않았지만, 청원 형님과 둘째 어머님께서 돌아가신다면 울 것 같아요… 또, 찾아뵈어도 괜찮을까요…?"

…이 아이 같은 아들이 있었다면 달랐을지 모른다.

그녀는 눈을 감은 채 작게 고개를 흔들었다. 류휘 왕자에게. 그리고 자기 자신에게. 대답은 아니오.

"…안 됩니다. 이제 오면 안 됩니다. 아시겠습니까? 두 번 다시 이 별궁에 오시면 안 됩니다."

왕자의 얼굴이 점점 일그러졌다. 눈물을 참으며 억지로 미소를 띤 왕자의 얼굴은 웃고는 있지만 상처받은 듯한, 거절에 익숙한 쓸쓸한 가슴 아픈 미소였다. 청원의 단정한 미소와는 너무나 달랐다.

"…아, 알겠습니다. 다시는 오지 않겠습니다. 꽃… 꽃을 받아주셔서 감사합니다. 부디 몸조리 잘 하세요."

눈을 비비며 터벅터벅 걸어나가는 왕자의 작은 뒷모습을 끝까지 지켜보고 나서 그녀는 은방울꽃을 내려다보았다. ──그래, *이제 와선 안 돼*. 앞으로 무슨 일이 일어날지, 그녀는 예감하고 있었다. 모든 것이 끝나버릴 종말의 순간에 이 다정한 왕자를 끌어들이고 싶지 않았다.

그렇게 은방울꽃 피는 계절이 끝나고 여름이 지나가고, 가을이 왔다. 계절이 바뀔 때마다 막내왕자는 은방울꽃 그림을 보내왔다. 그녀는 그 그림들을 소중히 보관했다.

그리고 겨울이 왔다——.

"은방울꽃 마마, 아버님의 역모입니다. 포박을 받으시지요."

별궁에 밀어닥친 거친 사내들이 그녀를 침대에서 끌어내려 포박했다. 그녀는 아무 말도 하지 않았다. 그저 지친 듯 작게 콜록하고 기침을 내뱉었다.

감옥에 처박히고, 짐짝처럼 수레에 실리고, 다주에서 자객의 습격을 받았을 때에도 그녀는 아무 말도 하지 않았다. 저항하지도 않았다. 마지막 순간, 자객의 칼이 그녀의 목을 치려는 그 순간에 아들을 보았다.

아들도 그녀를 바라보았다.

…어떤 말도 오가지 않았다. 그녀도 아들도 끝끝내 부모자식 간의 정을 맺지 못했다. 두 사람 모두 그 간극을 메우려고도 하지 않았다. 그녀는 인생이 끝난 것을 기뻐했다. 더 이상 살아가지 않아도 되는구나. 그때 처음으로 아들이 가엾게 여겨졌다.

'불쌍한 내 아들….'

어머니의 사랑도 받지 못하고, 보호받지도 못하고, 홀로 고독하게 얼음 갑옷을 입고 어느 누구도 믿지 못한 채 그 자신만을 믿으며 피비린내 나는 길을 헤쳐온 아들. 아직 열세 살밖에 되지 않았는데 냉소를 띤 채 거짓말을 하면서, 의연함과 미소의 가면을 쓰고서 어른들의 세계를 헤쳐가는 아이.

이런 어미 밑에서 자랐기에 그런 아이밖에 될 수 없었던 아들.

그래도 청원은 마지막까지 자신을 지켜주려 했다. 어머니를 경멸하면서도 청원의 방문이 끊긴 적은 없었고, 거짓이라 할지라도 다정하게 대해줬다. 생각해보면 지나치게 긍지가 높은 아들에게 있어 그것이 심약한 어머니에 대한 최대한의 양보였을지도 모른다.

내 아들로 태어나지 않았다면 다른 인생을 살았으련만.

'가여운 아이.'

하늘이 보인다. 산뜩 찌푸린 잿빛 하늘. 하늘하늘 깃털 같은 눈송이가 떨어지기 시작했다. 그녀는 만족스러웠다. 마지막 순간에 그녀는 '행복' 을 손에 넣었다. 더 이상 미련은 없다.

하지만 청원의 앞날은 아마――.

'이 아이는 나와 닮았으니까.'

…아들의 행복은 빌지 않았다.

끝까지 어느 누구에게도 사랑받지 못했던 자신에 비하면, 그 어린 왕자에게 사랑받는 아들이 훨씬 행복하다고 생각했으니까.

문득 막내왕자가 떠올랐다. 하늘가득 날리는 늦겨울의 눈송이가 마치 은방울꽃 같았다.

'막내왕자는 날 위해 울어주려나?'

이제 은방울꽃이 필 계절이구나. ――마지막으로 그런 생각을 했다. 그녀의 목이 땅에 떨어졌다.

• • ◇ ◇ • •

은방울꽃이 피어있다.

소리죽여 울고 있는 어머니의 모습이 청원이 떠올릴 수 있는 최초의 기억이다.

"도대체 왜… 난 아무것도 바라지 않았는데…."

그건 언제였을까? 새하얀 손에 눈물이 방울방울 떨어지던 모습을 바라보며, 아름답지만 쓸쓸하다고 생각했다. 항상 울고만 있는 어머니.

뭔가 해주고 싶어서 조심스럽게 다가간 자신을 어머니는 소스라치듯 놀라며 돌아보았다. 그 겁에 질린 거절의 눈빛을 보고 뻗었던 손을 거둬들였다. '바라지 않았던' 것들 중에 자신이 포함된다는 것을 확실하게 인식한 것은 그때였다.

슬프다고 생각했을지 모른다.

하지만 어머니는 매일 밤 울고 있었고, 태어났을 때부터 자장가 대신 어머니의 오열을 듣고 자랐다. 그랬기 때문에 슬퍼하기보다는 조용히 체념해버렸던 것 같다. 그 정도로 어머니의 비탄은 깊었다. 그 원인이 자신이라는 안 이상 더는 희망을 가질 여지도 없었고, 어떻게 할 방법이 없다는 것을 자각하지 않을 수 없었다. 그래서 조용히 어머니가 아들을 사랑할 수 없다는 사실을 받아들였다.

아픔도 슬픔도 쓸쓸함도 절망도, 지금은 가슴속 저 깊은 곳에 묻어버렸다. 그게 어떤 감정인지 잘 생각나지도 않을 정도로 깊은 곳에.

…은방울꽃이 하늘거리며 바람에 흔들린다. 평소처럼 별궁에 들러 문안을 드리고 돌아가는 길이었다. 땅거미 속에서 희미하게 떠오른 그 꽃 앞에서 청원은 발을 멈추었다. 은방울꽃을 보면 언제나 어머니가 떠오른다.

'후궁에서는 살아갈 수 없는 사람이었다.'

어머니는 후궁에서 왕의 총애를 겨루는 영광 따윈 바라지도 않았고, 또 그럴 재주도 없었다. 아무것도 모르는 소녀인 채로 후궁에 들어와 지금도 그대로이다.

어머니는 약한 사람이다. 그때부터 받아들였던 사실이다. 하지만 어머니를 보고 있자면 청원은 때때로 참을 수 없을 정도로 초조함을 느끼곤 했다. 자신도 그런 나약함을 가지고 있을지 모른다고 생각하면, 지금까지 쌓아온 모든 것들이 너무나도 위태롭게 느껴지는 것이었다. 그런 일은 있을 수 없었다.

'…그래서는 살아갈 수 없는 법.'

이제 고작 열 살밖에 되지 않았지만 청원은 이미 열 명도 넘는 자객들을 그 손으로 처단했다. 조정에서 살아간다는 것은 이런 것이다. 어머니와 같은 나약함은 티끌만큼이라도 있어서는 안 된다.

그때 어디선가 울음소리가 들렸다.

'…아이?'

청원은 눈썹을 찌푸렸다. 왕궁의 후원에서 어린아이 울음소리가 들리다니 이제 무슨 일인가?

"…누가 있느냐?"

소리가 들리는 쪽의 덤불을 헤쳐 보던 청원은 기묘한 물체를 발견했다.

'…이건 도대체?'

뭔가가 등을 보인 채 엎드려 있다. 청원을 올려다보는 그 얼굴은 눈물과 콧물과 먼지로 범벅이 된 채 흐익흐익하는 웃긴 소리를 내며 흐느껴 울고 있었다. 바라보고 있었더니 힘이 빠졌는지 아이의 얼굴이 땅바닥에 처박혔다. 청원은 깜짝 놀랐다. 아마 얼굴을 계속 들고 있을 기력도 체력도 없는 모양이다.

상황적으로나 아이의 연령대를 보나 자신의 동생인 것 같았지만 사실 그때까지 이름은커녕 동생이 있다는 사실조차 까맣게 잊고 있었다. 그리고 보니 막내동생 나이가 이쯤 되었던 것 같다.

'…이름이 류휘였던가?'

"왜 울고 있느냐?"

울다 지쳐 바로 누울 기력도 없는 주제에 필사적으로 청원을 올려다보고 있다. 커다란 수정 같은 눈망울이었다. 눈을 깜빡이기라도 하면 청원이 사라져버릴지도 모른다고 생각하듯이. 눈물이 그렁그렁한 그 눈에는 어떤 악의도 계산도 담겨있지 않았다. 너무 맑아서 이쪽이 눈길을 피하고 싶어질 정도였다. 그때 흐느낌에 섞여 목소리가 들려왔다.

"…외, 외롭습니다."

고작 세 살배기 아이의 대답이었다.

그때 청원의 뇌리에 어머니와의 기억이 스쳐갔는지 어땠는지는 아무도 모른다.

청원은 아이에게 다가가 무릎을 꿇었다. 동생을 안아 올리며 '그랬느냐' 하고 짧게 대답했다.

아무도 오지 않는 정원에서 저녁까지 혼자 울고 있던 이유를 청원은 받아들였다.

그럴 가치가 있는 말이었다.

"알았다. 더 이상 여기서 혼자 울지 말고 다음부터는 내 궁으로 와라."

꼬옥 목에 매달리는 높은 체온을, 작은 동물처럼 웅크린 채 흑흑거리며 울고 있는 모습을 청원은 아직도 기억하고 있다. 그때 싹튼 감정의 이름을 알게 된 것은 한참 후의 일.

"내가 네 둘째 형이란다… 류휘."

—이때가 류휘 3세, 청원 10세.

청원이 어머니와 함께 다주로 유배되기 3년 전의 일이었다.

1

"남가(藍家)의 4남이 귀양(貴陽)에 온다고요?"

회랑에서 마주친 외조부가 전해준 소식에 청원은 눈썹을 살짝 치켜 올렸다.

"넷째면… 남추영입니까?"

"네, 요즘 조정에서는 세쌍둥이가 남추영을 어느 왕자에게 붙여줄지로 소문이 무성합니다."

청원은 아무리 봐도 누가 누군지 알 수 없는 남가의 세쌍둥이를 떠올렸다. 자음제(資陰制)를 통해 조정에 들어와 스물도 되기 전에 각각 요직을 꿰차고 앉아있는 이 세쌍둥이 중 한 명이 남가의 차기 당주가 될 것은 확실했다. 그들을 자기편으로 만든다면 왕위 계승은 확실해지겠지만, 아직까지도 미련을 버리지 못하고 있는 다른 비빈들과는 달리 청원은 이미 마음을 비운 지 오래다.

'그 세쌍둥이는 틀렸다.'

뼛속까지 남가인 사람들이다. 아름다운 미소 뒤에서 항상 우선순위를 매기고 있다. 이해가 일치한다면 서로 이용할 수는 있겠지만 신뢰관계를 맺는 것은 도저히 불가능한 상대다. 이를 전부 알면서도 지배할 자신이 있다면 이야기는 또 달라지겠지만 지금의 청원으로는 무리다. 측근으로 두기에는 너무나 위험한 존재다.

그러나 남가의 이름은 필요하다. 세쌍둥이는 힘들더라도 넷째라면 부리기 쉬울지도 모른다——. 이미 계산을 끝낸 청원의 마음속 따윈 알 길 없는 외조부는 눈을 빛내며 말했다.

"분명히 왕자님께 붙여줄 겁니다. 남가가 왕자님의 후견이 될 것이라는 소문이 이미 파다합니다."

청원은 애매모호한 미소를 지었다. 외조부가 자신을 왕위에 앉히고 싶어한다는 것은 알고 있었다. 하지만 아무리 별궁이라고 해도 이렇게 큰 소리로 떠들어대서는 청원의 목을 조르는 일이 되고 만다.

'…손을 써둬야겠는걸.'

여생도 얼마 남지 않은데다가 청원의 평판이 높아지고 있는 상황에서 언감생심이라 말해봤자 무슨 소용이겠는가.

청원의 어머니가 자문사가의 혈족이라는 점도 크게 작용하고 있었다. 모친의 가문으로만 치면 태자보다도 높았다. 외조부는 차기 왕은 청원이라고 믿고 있었고, 이를 통해 다시 자문사가의 부활을 꾀하려 하고 있었다.

'한심한 노릇이군.'

왕이 되고 싶다고 생각한 적은 한 번도 없다. 그러나 왕위에 오르지 못하면 숙청되고 만다. 청원을 둘러싼 정세는 점점 이렇게 변해가고 있었다. 아군뿐 아니라 적군까지도 너무 늘어나고 말았다. 청원이 왕위를 바라지 않더라도 주위가 청원을 추대할 것이다. 이대로라면 싸움은 불가피했다. 신속히 남가의 지지를 얻어내고 홍주에 칩거 중인 홍가(紅家)의 삼형제를 끌어내어 겉모습만이라도 신하의 예를 갖추게 한다. 싸움을 피하는 길은 이것밖에 없었다.

'형이 왕위에 오르면 혼란을 최소한으로 줄일 수 있겠지만 모친이 그래서야….'

문득 형인 제1왕자의 모습을 회랑 끝에서 발견했다. 형은 청원이 있다는 것을 알아차리자 움푹 꺼진 어두운 눈으로 노려보다가 몸을 돌려 가버렸다.

'…형이 변했다.'

청원은 형이 싫지 않았다.

어린 시절, 조용히 웃으며 다정하게 대해주던 형이었다. 나이 차이도 얼마 나지 않아 둘은 같이 놀고, 같이 공부하곤 했다.

하지만 둘의 차이가 벌어지면서 마음이 조급해진 제1빈이 둘 사이를 억지로 떼어놓았다. 그녀는 매일같이 청원의 욕을 하면서 영 두각을 나타내지 못하는 자신의 아들을 끊임없이 힐책했다. 그 결과 형의 얼굴에서 웃음이 사라졌다. 동생에 대한 친근감은 증오와 열등감으로 바뀌었다. 형이 가지고 있던 많은 장점들도 지금은 흔적도 없이 사라지고 말았다.

형은 결코 무능한 소년이 아니었다. 그대로 잘 자랐다면 조용하고 침착하게 남의 의견을 수용할 줄 아는 좋은 위정자가 되었을 것이다.

청원도 후계자는 형이라는 태도를 취했지만 이미 차이는 확연

했을 뿐 아니라 나이에 맞지 않게 어른스러운 배려가 청원의 평가를 더욱 높이는 결과를 낳았다. 그리고 그 반작용은 모두 형에게 돌아가버렸다.

청원은 가벼운 한숨을 내쉬었다. 이제 그만 생각하자. 입술 끝에 자조적인 웃음이 떠올랐다.

'…나답지 않게 감상적이 되었군.'

이제 와서 생각해봤자 무슨 소용이 있나. 자신도 형도 살아남기 위해 최선을 다했고, 그 결과가 이렇게 되었을 뿐인데. 누구 잘못도 아니었다.

기분을 돌리기 위해 청원은 류휘가 있는 내전으로 발걸음을 돌렸다.

여인은 가녀린 손을 들어 아들을 때렸다.

"내 눈에 띄지 말라고 했지!"

여인의 긴 손톱이 류휘의 볼을 할퀴었다. 류휘는 필사적으로 거북이처럼 몸을 웅크린 채 폭풍이 지나가길 그저 기다릴 뿐이었다. 그런 아들의 모습은 여인의 신경을 건드렸다. 울어도 짜증스러웠지만 안 울어도 화가 났다. 시야에 들어오기만 해도 성질이 났다. 왕의 마음을 붙잡으려 낳은 아이다. 하지만 젊음과 미모만 잃고 말았다. 그녀에게 있어 아들은 불행의 씨앗이었다.

"무슨 애가 징그럽게 울지도 않니!!"

아들을 보기만 해도 속이 뒤집어졌다. 내가 낳았으니 무슨 짓을 하건 내 마음이다. 감정 내키는 대로 그녀는 옆에 있던 꽃병을 집어들어 류휘의 머리를 내리치려 했다.

"──그만하시죠."

청원이 여인의 팔을 비틀어 올리며 류휘 앞에 막아섰다. 제6빈을 밀치듯이 류휘에게서 떼어놓은 청원은 웅크린 채 떨고 있는 동생을 안아 올렸다.

"류휘야, 가자."

"멈춰라! 대체 무슨 권리로 내 아들을 데려가겠다는 거냐?!"

청원은 천천히 돌아보았다. 기센 그녀였지만 왕자의 차가운 눈빛에 말을 잇지 못했다. 이 애는 나이도 어린 게 사람이라도 죽이고 온 것 같은 눈빛이란 말이야.

"…무슨 권리? 제 동생입니다. 뭔가 착각하시는 것 같은데 기녀 출신의 일개 빈 따위 없애버리는 건 일도 아니죠. 적당히 하지 않으면 시체로 저기 저 연못에 떠오르게 될걸요?"

"뭐──."

"미모 때문에 걱정이 많으시다면 우선 화를 참으셔야죠. 주름살이 늘어나지 않습니까. 원하신다면 다음번에 제 어머니가 애용하시는 분가루라도 하나 사다드릴까요? 제 어머니는 절 낳으신 후에도 변함없는 미모를 자랑하시거든요."

통렬한 비아냥거림에 분을 못 참고 떨고 있는 그녀를 남겨두고 청원은 내전을 뒤로 했다.

"…류휘, 아직도 궁을 옮길 생각은 없어?"

제2왕자 궁으로 데려와 치료를 해주면서 청원은 몇 번이나 물어보았던 이 질문을 동생에게 또다시 던졌다.

류휘는 바닥을 내려다보며 고개를 저었다.

청원은 한숨을 쉬었다. 자기 궁으로 거처를 옮기라고 그렇게 이야기를 하는데도 듣지 않는다. 아무리 맞고 욕을 들어도 결국은 자기 어머니가 있는 궁은 돌아간다. 아마도 이것이 오래 전 청원이 마음속에서 잘라내버린 부모자식간의 끈이라는 것일까.

'정말 몹쓸 여자다.'

귀양 제일가는 기녀로 이름났던 여인이었던 만큼 잘 가꾼 절세의 미모와 교양은 인정할 만하지만, 남자들을 손아귀에 쥐고 여왕마마 대접을 받고 싶었다면 후궁에는 들어오지 않았어야 했다. 왕도 쉽게 농락할 수 있으리라고 생각했던 것이겠지만 솔직히 미모나 교양만 보자면 어머니가 훨씬 뛰어나다. 귀족의 후견도 없이 미모 하나만 믿고 후궁에 들어온 제6빈 따위, 이제는 어느 누구 하나 돌아보지 않는 존재였다.

'바보 같은 여자다. 어째서 여자란 이토록 감상적이고 어리석고 깨닫지 못하는 것일까.'

뭐, 어머니보다는 훨씬 더 후궁에 잘 맞는 여인이기는 하지만——.

이런 생각을 하고 있는데 갑자기 류휘가 고개를 들었다.

"형님의 어마마마께서는 어떤 분이십니까?"

자기 생각을 읽은 걸까? 청원은 순간 흠칫 놀랐다. 류휘는 머뭇거리며 아래쪽으로 시선을 돌렸다.

"사, 상냥한 분이신가요?"

청원은 대답을 망설였다.

'상냥하긴 하지.'

…나약한 사람이다. 하지만 류휘의 모친처럼 탐욕스럽게 영화나 사랑을 갈구하지도 않는다. 물론 정서불안정인 때에는, 청원은 태어나지 말았어야 했다며 끝도 없이 눈물을 흘리며 중얼거리곤 한다. 하지만 표면상으로나마 제대로 된 부모자식 관계를 만들어보려고 노력도 한다. 지금도… 무의미한 노력이었지만… 되도록 청원에게 속마음을 들키지 않으려고 애쓰고 있고, 만나면 열심히 미소를 지으려고 한다.

그야말로 어이없을 정도로 평범한 여인인 것이다. 보통 사람보다 좀 심약하긴 하지만 평범한 삶을 살았다면 충분히 행복해질 수 있을 터였고, 그녀 자신도 그런 소소한 행복에 만족하는 여인이었다. 하지만 이 후궁에서는 '평범한 여인' 따윈 있을 수 없었다. 외조부가 후궁에 집어넣지 않았더라면, 청원이 태어나지 않았더라면, 어머니는 아마도 그 나름대로 행복하고 안락한 인생을 보냈을 것이다. 안 그래도 별로 튼튼하지 않은 어머니의 몸과 마음을 겁에 질린 작은 새처럼 망가뜨리고 별궁에서 요양을 하지 않으면 안 될 정도로 내몬 것은 다름 아닌 이 후궁이라는 장소와 아들인 그 자신이었다.

어머니가 나를 사랑하지 않는 것은 당연하다.

이제 사랑하는 척조차 하지 않는 자신에 비해 아직도 애쓰고 있는 어머니가 훨씬 더 나은 인간이다. 그렇기에 청원은 최대한 어머니를 지키려 했다.

"형님…?"

"아, 미안. 내 어머니는 말이다… 아름답고 상냥하신 분이지."

청원은 생각에서 깨어나 류휘가 듣고 싶어하는 대답을 해주었다. 청원을 초조하게 만드는 나약함도 사람에 따라서는 상냥함으로 비춰질지 모른다. 무엇보다도 류휘의 희망을 꺾고 싶지 않았다.

"사람들은 은방울꽃 마마라 부른단다."

"은방울꽃?"

"그래. 아직 필 때가… 아, 저쪽에 피어있구나. 저쪽에 작은 방울같이 하얀 꽃들이 피어있지? 저 꽃이 바로 은방울꽃이야."

류휘는 회랑에서 내려서서 작은 발로 은방울꽃이 피어있는 곳까지 달려갔다. 수줍은 듯 살포시 피어있는 그 하얀 꽃을 류휘는 동경과 선망이 담긴 눈길로 열심히 바라보았다. 함빡 피어난 한 송이 꽃처럼 화사한 자신의 어머니와 비교하면, 이 청초하고 가녀린 꽃은 상냥함의 상징처럼 느껴졌다.

"몸이 약하셔서 조금 떨어진 별궁에서 생활하고 계셔."

그 어머니를 괴롭히다 못해 후궁에서 쫓아낸 장본인이 바로 류휘의 모친인 제6빈이라는 사실까지는 알 필요가 없겠지.

"…그럼, 만나뵐 수 없는 건가요?"

청원은 쓴웃음을 지었다. 물론 류휘의 어머니보다야 낫지만 정서적으로 불안정한 사람이다. 적어도 류휘가 조금 더 커서 현실을 알게 될 때까지는 환상을 깨지 않는 것이 좋겠지. 류휘가 세상물정을 알게 될 정도로 성장했을 때에는 어머니도 좀 안정을 되찾을지도 모르고.

청원의 뇌리에 어머니를 괴롭히는 원인 중 하나였던 제6빈의 얼굴이 떠올랐다.

'비빈들의 수도 줄었을지 모르고.'

청원은 냉소적으로 눈을 가늘게 떴다.

"네가 좀 더 크면 같이 찾아뵙도록 할까? 걸어서 갈 수 있는 거리니까."

"그럼 그때 문안인사 드리러 갈 때 이 꽃을 따갈래요."

청원은 눈을 깜빡였다. …꽃? 어머니께 꽃을 따다드린 적이 있었던가? 꽃이라….

류휘는 은방울꽃 쪽으로 가끔씩 시선을 돌리면서 청원에게 받은 파란색 오자미를 가지고 놀기 시작했다.

그 모습을 바라보면서 청원은 미소를 지었다. 숨쉬기가 편해졌다. 누구에게도 보여준 적 없는 마음에서 우러나는 미소였다. 류휘와 함께 있을 때만은 청원도 가짜 미소를 짓지 않아도 되었다. 류휘가 웃으면 청원도 잊고 있었던 미소를 떠올릴 수 있었다.

류휘가 있었기 때문에 청원은 거짓말과 위선의 세계에서 마지막 선을 넘지 않을 수 있었다. 하지만 역시 바뀌기엔 너무 늦은 부분도 있었고, 그 대부분은 청원에게 바꾸려는 생각이 없었기 때문이기도 했다.

청원은 이제 거짓말로라도 외롭다는 말은 입 밖에 내지 않는다. 사실 그렇게 느끼는 일도 없어졌다. 솔직하게 감정을 내보이는 방법도 오래 전에 잊었다. 기억해낼 필요성도 느끼지 못한다. 모두 그에게는 불필요한 것이었으며 방해가 될 뿐이었다. 이미 되돌아갈 수 없는 곳까지 오고 말았다는 것을 청원은 깨닫고 있있다.

형을 치켜세우면서도 보좌역이 아닌 패권을 겨루는 길을 선택했다. 이 싸움에서 진다면 숙청된다.

그렇기에 형을 불쌍하게 생각하면서도 청원은 망설이지는 않았다. 좀 더 요령 있게 행동했더라면 결과는 좀 달랐을지 모르겠지만 지금으로서는 이미 되돌릴 수 없는 일들이다. 형이 옛날 모습으로 되돌아갈 수 없듯이, 비빈이나 다른 형제들과의 간극을 메울 수도, 뿌리 깊은 갈등관계를 해결할 수도 없었다. 이제 더 이상 다른 선택은 불가능하다는 것을 청원은 잘 알고 있었다.

살아남으려면 앞으로 나가는 수밖에 없다.

굴러온 파란 오자미를 주워 류휘에게 던져주자 천진난만한 웃음이 돌아왔다.

…왕궁에는 마물이 살고 있다. 모두들 알지 못하는 새에 그 마물에게 먹혀버리고 있다. 형도, 어머니도, 청원도 모두 그렇듯이. 인간인 채 남아있는 것은 류휘뿐이다.

'류휘만이라도 지금 모습 그대로 지켜줄 수 있었으면.'

청원이 품고 있는 유일한 바람이었다.

2

"남가의 4남이 귀양에 왔다고요… 그 얘기는 지난번에도 하셨는데…."

"아, 그랬던가요. 마음이 조급한가봅니다."

별궁에서 요양 중인 모친에게 문안인사차 들렀던 청원은 마침 그곳에 있던 외조부가 또 남가의 4남 이야기를 꺼내는 것을 듣고 내심 석연치 않은 생각이 들었다. 최근 외조부의 행동이 영 수상쩍다.

'…뭔가 좀 이상한걸.'

조증처럼 항상 들떠있다. 원래 외조부는 신중하고 가벼운 행동을 하지 않는 사람이었다. 망령이 날 나이도 아니다. 별궁이라고는 해도 사람들의 이목을 피할 수는 없는 노릇이다. 외조부가 공공연하게 청원에 대한 기대감을 내보일수록 청원은 궁지에 몰리게 된다. 이런 이치를 모를 외조부가 아닐 텐데.

청원은 꺾어온 은방울꽃을 모친에게 내밀며 억지로 화제를 돌렸다.

"어마마마, 이제 여름이 되어 은방울꽃도 거의 다 진 모양입니다."

놀랐다는 듯이 은방울꽃을 뚫어져라 쳐다보는 어머니의 모습에 청원은 왠지 쑥스러웠다.

…류휘를 따라해봤는데 너무 뜬금없었을까. 하지만 조금 지나 어머니가 그 은방울꽃에 살짝 손을 대보는 모습은 청원에게도 의외였다.

청원은 별 생각 없이 옆에 놓인 복숭아를 깎아 류휘에게 하듯이 어머니 앞에 놓았다. 늘 끼니를 거르곤 하는 류휘를 챙기다 보니 저도 모르게 몸에 밴 버릇이었다. 특별히 뭐를 했다는 자각도 없이 몸이 저절로 움직였던 것이라 청원은 어머니에게 복숭아를 건네고는 일어나 자리를 떴다. 그 때문에 어머니가 더욱 눈을 크게 뜨고 접시에 담긴 복숭아를 구멍이 뚫어질 정도로 쳐다보는 것을 알지 못했다.

문득 생각이 나서 어머니의 경대 앞에 섰다. 화장도구와 화장품들이 갖춰져 있는 경대였지만 대부분 사용한 흔적이 없었다. 은방울꽃 마마라 불릴 정도로 투명하고 가냘픈 미모의 어머니는 아들이 봐도 절세의 미녀였다. 화장 따위로 치장할 필요도 없는 타고난 미모였다. 제6빈과는 달리.

'자, 어떻게 해야 하나.'

청원은 화장수 병 하나를 들어 손바닥 위에 올려놓았다. 제6

빈의 비정상적인 학대는 날이 갈수록 심해지고 있었다. 얼마 전에도 신경질을 부리며 류휘의 오자미를 빼앗아 연못에 집어던졌다는 이야기를 들었다. 오자미야 어찌 되든 상관없지만 이대로 가다간 류휘가 위험하다. 무슨 수를 내야 한다.

머릿속으로 이리저리 생각을 굴려보던 청원은 화장수 병을 제자리에 놓았다.

별궁을 뒤로 한 청원은 성이 아니라 성 밑 마을의 잡화점으로 발걸음을 돌렸다. 제6빈이 오자미를 내버린 후 류휘가 영 기운을 못 차리고 있어 새로 하나 사다준다고 약속했기 때문이다.

한 가게 앞에 눈을 끄는 화려한 오자미 주머니가 있기에 바로 샀다. 뭔가 이상하다고 느끼기 시작한 것은 그 가게에서 나왔을 때부터였다.

'…끈질기군.'

얼마 지나 청원은 정체를 숨기기 위해 눈까지 깊게 내려썼던 두건 속에서 혀를 찼다. 도중에 따돌릴 자신은 있었지만 딱 따라붙고 있다. 한 명 이상의 연계 작전인 모양이다.

'…상당한 실력이군. 누구 수하냐.'

비빈들이 쏟아붓듯 보내는 퇴물 자객들과는 확연히 움직임이 달랐다. 따돌리기 쉽지 않겠다고 판단한 청원은 일부러 골목 안으로 들어갔다. 지나는 사람도 없고 그럭저럭 공간도 널찍하다. 이용할 만한 장애물도 많다. 많은 인원을 상대하려면 여기가 편하겠다.

대치하려고 돌아보려는 순간, 예상치 못한 사태가 벌어졌다.

"기다려라! *여자아이* 상대로 비겁하다!"

갑자기 달려온 아이를 보고 청원은 한쪽 눈썹을 치켜 올렸다. 이놈은 또 뭐냐.

청원보다도 어린 이 소년은 나이에 맞지 않게 으리으리한 명검을 허리에 차고 있었다. 부잣집 도련님이라는 것을 알 수 있는 우아한 행동거지와 남주(藍州) 특유의 아름다운 발음으로 그 정체는 쉽게 파악할 수 있었다.

'아아, 이 녀석이 외조부가 말했던 남가의 넷째로군.'

청원은 두건을 눈 밑까지 덮어썼다. ──어디 솜씨 한번 보실까.

'얼마나 버틸 수 있을까?'

──이렇게 생각하며 지켜보려는데 자객들이 순식간에 소년을 압도하여 벽에 밀어붙였다.

"………………."

너무나도 간단히 제압당하는 모습에 청원은 폭발할 뻔했다. 기막혀 할 새도 없었다.

'…뭐냐, 전혀 도움이 되지 않는 꼬마잖아….'

물론 사마가(司馬家)의 검법이 언뜻 보였을 정도의 실력이다. 실전에 쓰기에 쓸데없는 동작이 없고 나이를 생각하면 약하다고는 할 수 없다. 하지만 청원이 기대했던 수준에는 턱 없이 못

미쳤다. 그리고 무엇보다도….

'——칼이 지나치게 정직해.'

더러운 수를 전혀 모르는 것인지 자객들을 상대로 정정당당히 승부를 겨루려 하고 있다. 송 장군 정도의 실력자라면 또 모를까, 저거 바보 아니야?

남가의 그 세 요괴와는 비교할 수도 없을 정도로 곱게만 큰 '온실 속의 도련님' 모습에 청원의 가슴은 눈보라가 치듯 싸하게 가라앉았다. ——도움이 안 되는 것도 어느 정도껏이지. 장난도 아니고 이게 도대체 뭐하자는 건가?

버려두고 그냥 갈 길을 가고 싶었지만, 위험에 처한 남가의 넷째를 나 몰라라 했다가는 후환이 두렵다.

'이 내가 숨통을 끊어놓고 싶을 정도다!'

분노가 치밀어 올랐다. 땅을 차고 오른 청원은 종횡무진 세 명을 상대로 칼을 휘둘렀다. 도중에 검이 부러지자, 멍하니 보고 있는 소년이 들고 있던 주제넘은 명검을 낚아채서 싸웠다.

역시 만만치 않은 상대였다. 후퇴해야 할 시점도 기막히게 잘 알고 있어서 순식간에 자취도 남기지 않고 사라져버렸다. 결국 청원의 불쾌지수만 높아지고 말았다. 저 꼬마를 지키는 것이 우선이기는 했지만 한 명도 베질 못했다.

'…저 정도의 패거리를 부릴 수 있는 비빈이 있었던가? 저 정도로 훈련된 자객은 거의 보질 못했는걸.'

청원은 숨을 삼켰다. 전문적으로 자객을 키우는 가문이 있다.

하지만 설마?

'그 가문이 움직인 것인가?'

그때까지 멍청히 바라보고 있던 소년이 쐐기를 박는 쓸데없는 한 마디를 중얼거렸다.

"혹시 너… 여자애가 아니라 남자야?"

참고 참았던 청원의 인내심이 폭발하는 순간이었다. 안 죽이는 걸 다행으로 생각해라.

치밀어 오르는 분노에 청원은 소년의 코앞에 검을 들이밀었다. 이 멍청한 놈이! 이 정도로 나를 화나게 하다니, 그 점은 칭찬해주겠다. 얼어붙을 듯한 눈빛으로 소년을 노려보던 청원이 나지막이 내뱉었다.

"—꺼져라."

청원이 추영에게 뱉은 기념할 만한 첫 발언이었다.

망연자실하여 청원의 뒷모습을 바라보는 추영의 등 뒤에서 웃음소리가 들려왔다.

"애써 구해주러 간 건데, 공주님 참 까칠하시네."

"신(迅)…."

추영은 상황 종료 후에야 어슬렁거리며 나타난 죽마고우를 노려보았다.

"그러니까 내버려두라고 했잖아."

"저걸 어떻게 내버려두냐! 그보다도 네가 도와줬어야지! 너, 내 호위병이잖아!"

"내 호위 따위 필요 없다고 큰소리 친 건 바로 너잖아? 그 멋진 검술로 적을 모조리 쓰러뜨리고 멋지게 공주님을 구해내서 백년해로~ 짠짠짠~ 뭐, 이런 콧노래까지 불러가면서. 너, 형님들 뵙는다고 너무 들뜬 거 같다."

"시, 시끄러워!!"

추영은 바닥에 떨어져 있는 검을 주웠다. 가슴속에 실망감이 퍼져갔다.

"젠장… 남자라니… 거기다가 그 성격하고는."

신은 '공주님'이 사라진 쪽을 바라보았다. 정통파 검술은 아니었지만 실력은 상당했다.

'상당한 실력이었어. 그가 둘째 왕자인가.'

곱게 큰 추영이 망신을 당한 건 당연하다. 동시에 이번 자객들의 특징적인 움직임도 신경이 쓰였다. 사마가에서 얼마 전에 배운 지식에 불과하지만, 표가가 거느리고 있는 '암살인형'과 비슷했다는 느낌이 들었다.

'…설마.'

지금이야 신과 상관없는 일이지만 만약 이 태평한 죽마고우가 왕자의 측근이 된다면 얘기는 달라진다.

"…저기 추영, 너 귀양에 남아 왕자 중 한 명을 모시게 될지도 모른다고 했지?"

"응, 내 맘대로 하라고 했으니까 마음에 드는 사람이 있다면 모셔도 괜찮을 거 같아."

신의 입이 떡 벌어졌다. *모셔도 괜찮을 거 같다고?*

"응? 왜? 너도 마음에 들지 않는 사람은 모시기 싫잖아?"

도대체 뭐가 이상하냐는 이 질문에 대답할 말이 없었다. 뭔가 말을 해보려고 입만 뻐끔거리다가 결국 쓴웃음만 지었다. 사마가는 섬기는 쪽이지만 남가는 거느리는 쪽이다. 그 차이 때문일지도 모르겠지만, 지금 추영에게 있어 주군을 선택하는 것은 의복을 선택하는 것과 별 차이 없는 일이었다. 기분과 취향의 문제일 뿐이다.

"…너, 누군가에게 충성을 맹세할 때도 마음에 들어서, 라고 말할 거 같다."

"응?"

"그러니까 추영, 혼동하면 안 돼. *좋아하는 것과 충성을 맹세하는 건 완전히 다른 거라고.*"

세쌍둥이 형님들과는 달리 추영에게 주군을 선택한다는 것은 인생을 선택하는 것과 마찬가지였다. 옷처럼 간단히 벗어던질 수 있는 문제가 아니었다. 그러나 추영은 신의 걱정을 코로 웃어넘겼다.

"뭐야, 갑자기 진지한 얼굴로 무슨 얘기를 하는 거야. 네게 충성을 맹세하라는 둥 그런 짜증나는 얘길 할 리 없잖아. 네가 날 좋아한다는 건 알고 있지. 홍안의 미소년인데다가 성격까지 좋으니 뭐, 당연하긴 하지만. 그래도 미안. 그 부탁은 들어줄 수 없겠어. 그냥 친구로 지내자고."

신은 설명할 기력을 잃었다. 겉모습만 보면 누가 이런 바보라고 생각하겠어… 정말이지 이놈은——.

'얼렁뚱땅 아무 생각 없는 기분파 바보 도련님이라니까… 뭐, 아무렴 어때.'

내가 잘 지켜보면 되지. 이때 신은 그렇게 생각하고 일단 급한 충고만 하고 넘어가기로 했다.

"너도 이젠 열 살이잖아. 네가 사실은 바보 도련님이라는 걸 좀 더 자각하면 어떻겠냐? 우선 사실을 인정하는 것부터 시작하자고."

투닥거리던 두 소년은 항상 그랬듯이 칼을 빼들고 승부를 가리기로 했다.

이때 신이 한 이야기를 추영이 이해하게 되는 것은 먼 훗날의 일이다.

한편 화가 나 성에 돌아온 청원을 맞이한 것은 후원에서 들려오는 류휘의 울음소리였다.

'또 제6빈이 일을 저질렀군.'

분노를 억누르며 덤불을 헤치고 안쪽으로 들어가던 청원의 눈에 비친 것은 예상외의 광경이었다. 연못 옆에 서서 홀딱 젖은 채 울고 있는 류휘와, 그 뺨을 쭉 잡아당기고 있는 반라의 남자.

"찹쌀떡같이 잘도 늘어나는구나."

"…아바마마?!"

부왕인 전화왕(縉華王)의 모습에 어지간해서는 놀라지 않는 청원도 말문이 막히고 말았다. 아무리 왕자라고는 해도 부왕과 둘이 이야기를 할 기회는 거의 없었다. 힐끗 쳐다보는 아버지의 눈길에 당황한 청원은 머릿속이 하얘지고 말았다.

전화왕은 청원이 같은 혈통임을 자랑스럽게 생각하는 유일한 사람이었다.

누가 봐도 마흔이 넘었다곤 생각되지 않는 젊은 부왕은 불쑥 나타난 청원의 모습에 별로 놀라지도 않은 듯, 울고 있는 류휘의 이마를 손가락으로 가차 없이 딱하고 한 대 튕겨주었다.

"그놈 참 시끄럽군. 구해줬더니 한다는 짓이 고작 양처럼 매에 매에 우는 것이냐."

청원은 아버지의 젖은 머리와 웃옷을 벗은 모습을 보고 숨을 삼켰다. 류휘도 홀딱 젖어 있다. 그리고 이 끈끈한 해초와 비릿한 연못 냄새——.

"혹시 류휘, 연못에 빠졌던 거야?"

류휘는 잘못했어요, 하고 울먹거리며 전화왕을 가리켰다.

"그치만 저 무서운 아저씨가 건져주셨어요."

창현왕(蒼玄王)의 재래라고까지 칭송받는 아버지를 '무서운 아저씨'라니. 자기 아버지인 줄 모르는 것은 뭐, 어쩔 수 없는 일이었지만—만날 기회가 거의 없었으니—청원은 등골이 오싹했다.

청원이 수건으로 류휘의 머리와 몸을 황급히 닦아주는 것을 보며 아버지는 질렸다는 듯이 콧방귀를 꼈다.

"물에 젖으면 녹아버리는 솜사탕이라도 된다더냐. 저런 찹쌀떡 같은 놈은 홀딱 벗겨서 개가 쫓아다니게 만들면 금방 마른다."

"송(宋) 장군님 훈련도 아니고, 왜 애를 그렇게 못살게 굴려고 그러세요?"

반사적으로 말대꾸를 한 청원은 헉 하고 자기 입을 막았다. 아버지에게 이런 식으로 말한 적은 처음이었다.

하지만 아버지는 어깨를 으쓱했을 뿐이었다. 그 바람에 물에 젖어 부드럽게 물결치는 머리카락에서 물방울이 떨어졌다. 살짝 곱슬곱슬한 머리카락은 아버지와 청원의 유일한 공통점이었다. ——아버지. 그렇다, *왕이 아닌 아버지*와 이야기를 하고 있다는 사실에 청원은 그답지 않게 무척 동요하고 있었다. 함께 있으면 마음이 불편하지만, 그렇다고 가버리면 좋겠다는 것도 아닌 이상한 기분이었다. 어떻게 행동해야 할지 몰라 쩔쩔 매던 청원은 우선 류휘에게 말을 걸었다.

"류휘, 어쩌다가 연못에 빠진 거야?"

자연히 문책하는 말투가 된다. 연못은 상당히 깊고 물풀도 우거져 있다. 공사다망한 아버지가 무슨 일로 한낮에 후궁에 와 있었는지는 모르겠지만, 아버지가 구해주지 않았다면 류휘는 분명 빠져죽었을 것이다.

"…연못에 빠진 오자미를 주우려고 하다가…"

그때서야 이 연못에 제6빈이 며칠 전 류휘의 오자미를 집어던졌다는 것이 생각났다. 하지만 안 그래도 머리가 복잡한 청원이다. 그만 류휘에게 소리를 지르고 말았다.

"사다줄 테니 기다리라고 했잖아!"

류휘는 흠칫 목을 움츠렸다.

그때 전화왕이 류휘의 목덜미를 잡고 새끼고양이처럼 들어올렸다. 그런 채로 류휘를 뚫어져라 쳐다본다. 류휘는 '무서운 아저씨' 때문에 겁에 질렸는지 입술을 꾹 다물고 참고 있었다.

"찹쌀떡."

"류, 류휘라니까요!"

"흥, 쪼끄만 게 당차구나. 넌 찹쌀떡이란 이름이 딱이지 뭘 그러냐. 손을 내밀어봐라."

류휘가 반사적으로 양손을 내밀자 어디서 꺼낸 건지 왕은 작은 주머니를 뒤집어 흔들었다. 안에서 빛바랜 작은 빨간색 오자미 3개가 굴러 떨어졌다. 류휘의 작은 손으로는 3개는 무리였다. 한 개가 떨어졌다. 청원은 깜짝 놀라 그 한 개를 받아들었다. 잘 보니 무늬도 옛날식이고 손으로 만든 것 같았다. 아버지와 너무나도 안 어울리는 오자미에 청원은 이상한 느낌을 받았다.

"그거나 가지고 놀 거라."

류휘는 당황스러운지 '무서운 아저씨'를 빤히 쳐다보고 있었다.

"…아끼는 물건 아니세요?"

"바보 같은 소리를 하는구나. 내가 아끼는 물건을 너 같은 녀석에게 줄 리가 있겠느냐?"

류휘는 손바닥 위의 오자미를 바라보았다. 하지만 이 오자미, 누군가가 아주 소중히 간직했던 것 같다는 느낌이 든다. 류휘도 그랬듯이.

"찹쌀떡, 알겠느냐? 난 좋은 사람이 아니다. 또 한 번 그 오자미를 빠뜨려서 줍겠다고 연못에 뛰어들어도 구해주지 않을 것이니라. 연못에 빠진 오자미를 건지고 싶으면 하동(河童. 물에 사는 요괴)을 스승으로 모시던가. 그보다 우선 네 오자미를 *누군가 빠뜨리지 않*도록 항상 조심하면서 행동하도록 해라. 나는 멍청한 놈이 싫다. 소중한 것은 스스로 지키거라."

또 류휘의 볼을 쭉 잡아당겼다. 애한테 말해봤자 알아들을까, 청원은 그렇게 생각했지만 류휘는 입술을 깨물며 꾸벅 하고 고개를 숙였다.

"…잘 알겠습니다. 구해주셔서 감사합니다. 오자미도 잘 간직하겠습니다."

"내일 잃어버린다 해도 놀라지도 않겠지만 뭐, 알았다. 그건 그렇고… 진짜 잘 늘어나는구나."

"이, 잃어버리지 않겠습니다! 그리고 그만하세요. 아픕니다."

청원은 깜짝 놀랐다. 류휘가 누군가에게 대드는 것은 처음 봤기 때문이다.

그러자 왕은 류휘의 볼을 잡아당기던 손을 떼었다. 처음으로 씨익 하고 입술 끝이 살짝 올라갔다.
"…입이 있으면 하고 싶은 말은 그렇게 하는 거다. 안 그러면 다들 널 우습게 안단다."
왕은 한 손으로 들고 있던 막내아들을 내려놓고 방향을 바꿔 청원 쪽으로 돌아섰다.
"청원, 남가의 넷째를 만난 모양이던데, 어떻더냐?"
어떻게 알았는지 물어볼 수는 없었다. 청원 역시 다른 비빈들과 귀족들의 움직임은 모두 파악하고 있으니. 하지만 아버지가 아들의 동향까지 파악하고 있을 줄은 몰랐다. 언제나 무관심한 분인데.
"예상과는 달리 전혀 쓸 만하지 못합니다."
"그렇군. 그 녀석을 어떻게 할지는 네가 결정하도록 해라. 그리고 품속에 있는 걸 내놓아라."
"예?"
"네가 마을에서 산 오자미가 있지 않느냐. 그걸 내놓으라는 것이다"
청원은 눈을 동그랗게 뜨면서 아버지 말대로 잡화점에서 산 오자미를 주머니째 건넸다. 마치 아버지를 위해서 오자미를 산 것 같은 기분이 들어 괜히 쑥스러웠다.
왕은 오자미 주머니를 흔들흔들 흔들더니 청원이 손에 쥐고 있던 자신의 오자미 한 개를 턱으로 가리키며 말했다.
"이건 이제 필요 없으니 내가 받아두겠다. 대신 그 오자미를 주도록 하지."

류휘의 손에서 떨어진 마지막 한 개. 가지고 싶었던 자신의 마음을 들킨 것 같아 청원은 얼굴을 붉혔다. 오자미를 가지고 놀 나이도 아닌 것을.

어색하게 감사 인사를 한 후 문득 마을에서 자신을 덮쳤던 자객들 생각이 났다.

"…아바마마, 표가에 특별한 움직임은 없습니까?"

왕이 드디어 시선을 돌렸다. 청원은 가슴이 내려앉았다. 아버지의 눈에 비치는 것만으로도 돌멩이조차 보석의 가치를 갖게 될 것 같았다. 청원은 목구멍 깊은 곳에서 작게 숨을 들이켰다.

"몇몇이 움직이고 있는 듯합니다. 의뢰인이 있을지도 모르겠습니다."

"…청원."

왕은 무료한 듯 손에 든 오자미 주머니를 툭툭 쳐올리다가 발걸음을 돌리며 한 마디를 내뱉었다.

"너는 좀 더 어리석던가, 좀 더 현명하게 태어났어야 했다."

그 후 왕은 회랑에서 한 남성과 마주쳤다. 나이는 30대 후반. 왕의 혈통이다. 생김새도 닮은 구석이 있다. 왕이 멸문시키지 않고 남겨둔 몇 안 되는 귀족 중 한 명이다.

"왕계(旺季)인가. 언제부터 보고 있었나?"

왕계는 왕과 조금 거리를 둔 채 류휘와 청원을 바라보고 있다.

옛날부터 그랬다. 항상 왕의 곁을 지키던 누나와는 달리, 왕계는 결코 필요이상으로 다가가지 않았다.

"…저 오자미, 누님 것이군요."

왕계의 조용한 눈빛이 살짝 흐려졌다. 하지만 다음 순간에는 다시 원래의 냉정한 눈빛을 되찾는다. 왕은 그렇게 망설임 없이 자신을 노려보는 왕계의 눈을 상당히 마음에 들어했다.

"왕계, 어사대부(御史大夫)가 수고가 많다. 청원과 류휘를 보러 온 것인가?"

왕계는 어사대의 수장으로 임명된 후 물밑에서 손을 써서 그때까지 시랑(侍郎)급이었던 어사대부의 지위를 상서(尙書)보다도 위로 승격시켰다. 그 권세와 가문을 무기로, 왕이 조정에서 내쫓은 귀족들을 통합한 왕계는 지금 젊은 세대 중 최고의 파벌을 거느리고 있다.

아무 말 없는 왕계에게 왕이 또 다시 물었다.

"자네가 보기에 청원은 어떤가? 왕이 될 만한 그릇이라고 생각하나?"

왕계는 오자미를 가지고 류휘와 놀고 있는 청원을 한번 쳐다보고는 거침없이 대답했다.

"아니오. 오히려 *왕위를 계승해서는 안 될 왕자*입니다. 조정에 존재하는 것만으로도 골치 아플 것입니다."

왕은 그저 '그런가' 라고만 대답했다. 무슨 날씨 이야기라도 하듯.

"좋을 대로 하게. 이기든 지든 청원이 하기 나름이니."
"…전하, 그 오자미는…."
왕계는 고개를 돌리고는 툭 한마디 던졌다.
"하나가 더 있지 않습니까?"
왕은 소매에서 마지막 한 개를 꺼내어 왕계에게 툭 던졌다.
"자네에게 주려고 했다."
그리고 왕은 왕계 옆을 지나 걸어나갔다.

마지막으로 왕이 찾은 곳은 선동성(仙洞省)이었다. 그곳의 주인이 매년 몽실몽실해지는 모습을 보고 있자면 생태계가 변하고 있는 게 아닌지 의심이 갈 정도다. 그래 봬도 젊은 시절에는 도유(櫂瑜)와 비교해도 전혀 뒤지지 않는 용모였다고 한다.
"우우(羽羽)."
"전하, 어쩐 일이십니까? 어서 오──."
왕에게 인사를 올리던 우우는 바로 무엇인가 알아차린 것인지 얼굴색이 이상해졌다.
"저, 전하… 그 손에 드신 주머니는… 대체 무얼 들고 계신 겁니까?"
"호… 이렇게 빨리 눈치를 채다니 역시 대단하구나. 네가 해줄 일이 있다."
왕은 손바닥 위에 놓인 푸른 주머니를 가볍게 흔들면서 간결하게 필요한 말만 전했다.

"우선 '간장(干將)'과 '막야(莫耶)'를 보물창고에서 꺼내어 오거라."

3

'…아주 바보는 아닌 모양이군.'

다음날 등성한 남가의 넷째를 관찰하며 청원은 조금은 평가를 높여주었다. 청원을 보자마자 놀라서 얼어붙어버렸지만 왕의 질문에 대답하는 것을 보니 신중하고 빈틈이 없다. 남가에게 불리한 이야기나, 책잡힐 만한 말도 하지 않는다. 놀라운 것은 이 모든 것이 무의식적으로 이루어지고 있다는 점이었다. ―청원은 속으로 차갑게 비웃었다.

'실로 남가(藍家)의 남자답군.'

뼛속까지 남색(藍色)일 것이다. 왕 앞에 무릎을 꿇고 있으면서도 마음은 형들과 남가를 생각하고 있는 것이 눈에 보였다. 언뜻언뜻 드러나는 남가로서의 자긍심과 확고한 자신감. 본능과 같은 절대적인 충성심을 본인은 자각하지 못하고 있을지 모른다. 세쌍둥이 형이 남가를 위해 생명을 던지는 일은 없을지 몰라도, 이 소년이라면 남가와 형들을 위해 기꺼이 목숨을 내놓을 것이 틀림없다.

대충 인사가 끝났을 때 남추영이 청원을 향해 똑바로 걸어왔다.

"청원 왕자님, 결례라는 것은 잘 알고 있습니다만, 저와 한 수 겨뤄주지 않으시겠습니까?"

뒤로 한 발 물러나 있던 신은 하늘을 올려다보았다. 어제 당한 망신을 만회하겠다는 생각에만 정신이 팔려있던 추영은, 아무 생각 없이 제일 먼저 제2왕자에게 말을 건 자신의 행동 때문에 싸늘한 살기가 가득 차오르는 것을 느끼지 못하고 있었다.

청원은 조금의 틈도 보이지 않는 귀공자다운 온화한 미소로 답했다.

"영광입니다. 저라도 괜찮으시다면 기꺼이 상대해드리지요."

어제의 욕설과 냉소가 돌아오는 것은 아닌지 내심 조마조마하던 추영은 어안이 벙벙했다.

'…어? 어라? 좋은 사람 같잖아? 어제 그놈이 아닌 건가?'

사람을 잘못 봤나? 얼굴만 비슷한 건가? 하지만 완전히 판박이인걸. 혹시 숨겨놓은 쌍둥이 형제라도 있는 건가?

추영은 혼란스러운 머리로 청원과 마주섰다. ──그 순간 온몸의 털이 쭈뼛 섰다.

왕자의 칼날처럼 위험한 미모가 한층 더 압도적인 빛을 발하고 있었다. 이 얼굴이 세상에 또 있을 리가 없다. 틀림없다. 그놈이다. 그 순간 모든 잡념이 날아갔다. 이기지 못할 것이라는 건 이미 알고 있었다. 하지만 조금이라도 인정을 받고 싶었다. 오명을 씻겠다는 생각도 머릿속에서 이미 없어진 지 오래였다.

진심으로 싸우고 싶은 상대였다. 방심 따윈 티끌만큼도 없었다. 하지만——.

…가슴을 파고든 칼날에 추영은 아연실색했다. 오합도 못 버텼다.

청원 왕자는 어제 자객을 상대로 보여줬던 변칙적인 기술은 전혀 쓰지 않았다. 일부러 추영의 검술에 맞춰 제대로 된 검술만을 구사하여 어이없을 정도로 간단히 이겨버렸다. 어제의 칼싸움을 목격했던 추영은 알고 있었다. 청원이 실력의 반도 발휘하지 않았다는 것을. 봐준 것이다.

알아챈 사람이 아무도 없다 하더라도 이보다 더 비참할 수는 없었다.

청원도 마음속으로 계속 투덜거리고 있었다.

'부하로 삼으려 했더니만.'

사람들과 이야기하는 모습을 보면 확실히 바보는 아니었다. 남가의 남자라도 포기할 부분을 포기한다면 쓸 만할 수도 있다. 그러나 그것은 세쌍둥이 정도의 능력이 있을 때의 경우다. 무엇보다도 너무 약하고 무르다. 현 시점에서 이 넷째를 부하로 삼을 가치는 없는 것이나 마찬가지다.

청원은 빙긋 웃으며 손을 내밀었다. 기대가 꽤 컸던 만큼 분노도 컸다. 멍하니 서있는 추영의 귓가에 차가운 목소리로 속삭였다.

"도움이 안 되는 꼬마는 필요 없다고 형님들에게 말해두겠다."

——조금 쓸 만해지거든 다시 오거라.

가슴을 찌르는 비수 같은 한 마디에 추영은 대답할 말도 찾지 못했다.

왕은 주위를 둘러보았다. 소 재상은 변함없이 표표한 얼굴이었지만 대결을 본 송 장군은 미간에 주름을 잡고 뭔가 생각에 잠겨 있었다. 비빈들과 왕자들, 청원의 외조부의 표정을 왕은 찬찬히 관찰했다.

특히 왕계와 남가의 표정에 주목했다. 오늘은 세쌍둥이 중 한 명만 참석한 자리였다. '누구'인지는 알 수 없다. 왕은 딱히 구분하고 싶지도 않았지만 아마도 거의 밖에 나오지 않는 첫째 남설나(藍雪那)일 것이라고 추측했다. 이유는 없다. 순전히 감이다.

남설나는 은빛 칼날 같은 청원과는 달리 부드러운 화사함이 있는 용모다. 그의 눈빛이 순간적으로 왕에게 머물렀다. 그 미소를 보았을 때 왕은 그가 어떤 판단을 내렸다는 것을 깨달았다.

아직 스무 살도 되지 않은 세쌍둥이가 각각 나라의 요직에 앉아있는 것은 남가의 직계이기 때문이 아니다. 순전히 실력이었다. 그들과 겨뤄볼 수 있는 것은 소요선을 비롯한 몇 명과 홍소가. 그리고——.

'왕계 정도일까….'

시선 끝으로 왕계를 찾아보니 조용히 눈을 감고 있었다. 그 모습은 그가 내린 결론을 보여주는 것이었다.

…청원은 치명적인 실수를 하고 말았다.

청원은 아직 그 실수를 깨닫지도 못하고 있지만, 이미 청원의 운명은 반 이상 결정된 것이나 마찬가지였다.

'녀석답지 않군.'

공적인 자리에서는 항상 신중하게 연기를 하는 청원이지만 오늘은 속마음을 드러냈다. 원인은 남가의 넷째 때문인 듯했다. 이젠 수습이 불가능하다.

그 순간, 왕의 뇌리에는 자신에게 오자미를 주었던 소꿉친구의 모습이 스쳐갔다.

『애들은 원래 그런 거야! 전화(縉華). 난 아이들이 행복한 나라를 보고 싶어.』

이제는 추억 속에서밖에 만날 수 없는 그녀의 입버릇을 떠올리곤 혀를 찼다. 하여간 죽어서까지도 참 성가신 여자다.

'…할 수 없지. 유예를 줄까.'

두 자루 검을 든 채 벌떡 일어났다. 원래 계획은 나중에 따로 불러 줄 생각이었지만.

그 두 자루의 검을 본 송 장군의 눈이 휘둥그레졌다. 저것은——.

"'간장'과 '막야'가 아닌가. 오랜만에 밖에 나왔구나."

검을 든 왕의 모습에 그 자리의 공기가 급변했다. 살갗을 조이는 것 같은 긴장감이 감돌았다. 고참인 신하들에게는 거의 반사적이라 할 수밖에 없는 반응이었다.

귀족이건 채칠가(彩七家)건 부모형제까지도 그 손으로 처단했던 살육의 패왕. 마음에 들지 않으면 적이건 같은 편이건 가차 없이 베어버렸다.

변덕이 심하고 잔혹하지만 실력이 있으면 누구라도 등용했다. 농민이건 산적이건 상관하지 않았고, 수훈을 올리면 졸병이라도 왕은 그 차가운 입술에 미소를 띤 채 '수고했다' 고 칭찬했다. 거의 들을 수 없는 그 한마디를 위해 모두들 경쟁하듯이 학문과 무술을 닦고 목숨을 바쳐 섬겼다. 왕의 손에 죽어도 좋으니 가까이서 모시고 싶다고 갈망하게 만드는 압도적인 매력이 있었다. ——지금도 여전히.

왕이 청원을 향해 천천히 발걸음을 옮기자 모두가 고개를 숙인 채 떨었다.

——섬겨야 할 왕은 단 한 사람. 지배당하고 있다는 것에 기쁨과 도취까지 느끼게 하는 패왕.

소 재상은 코끝에 주름을 잡았다. 말 한마디 없이 평화에 익숙해지기 시작한 신하들의 마음을 순식간에 조여 놓았다. 항상 이러면 좋을 것을.

청원도 당황하여 한쪽 무릎을 꿇고 왕을 올려다보았다. 얼마 전의 오자미도 그렇고, 이상한 일들이 계속된다.

왕은 마찬가지로 한쪽 무릎을 꿇고 있는 남가의 넷째를 슬쩍 쳐다본 후, 또 오자미라도 던져주듯이 무심한 손길로 두 자루의 검을 청원 앞에 던졌다.

"청원, 네게 주노라. 마음대로 쓰도록 하라."

장내가 물을 끼얹은 듯이 조용해졌다.

왕은 아무 일도 없었다는 듯이 발걸음을 돌렸다. 상황이 상황인 만큼 호전되지는 않겠지만 이걸로 아무튼 1년은 버틸 수 있을 것이다. 이제 모든 것은 청원 하기에 달렸다.

검을 받아 든 청원은 목소리가 나오지 않았다.

한 박자 지난 후, 사람들의 웅성거림이 퍼져갔다. 청원의 외조부가 눈을 빛냈듯이, 이는 누구의 눈에도 차기 왕으로 지명되었다는 틀림없는 증거로 보였다.

예상외의 왕의 행동에 남설나도 한참 동안 그 의미를 생각하느라 시간을 보냈다. 그러나 이도 맥없이 돌아온 동생의 모습을 보기 전까지의 일이다. 풀이 죽어있는 추영의 머리를 살짝 쓰다듬어주었다.

"…자, 어떻게 하겠니, 추영? 남주로 돌아갈래? 아니면 우리와 함께 귀양에 남을까?"

"바로 남주로 돌아갈래요. 사마가에서 더 열심히 단련을 해서── 다음에는."

추영은 목이 메었다. 이 정도로 완벽한 패배는 태어나서 처음이었다. 하지만 자신의 실력이 모자라니 어쩔 수 없는 일이었다. 어쩔 수 없는 일이긴 하지만.

"죄송해요… 남가와 형님들 체면에 먹칠을 해서…."

"응? 나나 남가나 별로 창피하지 않은데? 망신을 당한 건 너지. 그리고 청원 왕자 덕분에 어차피 네 존재는 벌써 잊혀졌을걸?"

냉정한 그 미소에 추영은 머리가 어지러웠다.

"…그, 그렇죠…."

"그래그래, 니 그렇게 나쁘지 않았어."

참견하러 온 신을 추영은 노려보았다. 이 녀석한테 칭찬을 듣는 것은 처음이다.

"거짓말하지 마! 기분 나쁘니까 이상한 위로는 하지도 마! 젠장, 돌아가면 맹훈련해서 우선 네놈부터 혼내줄 테니까!"

신은 어깨를 으쓱했다. 거짓말은 아니었다. 그 정도로 진지한 추영은 거의 본 적이 없었다.

추영은 뭐든지 요령 있게 해내지만 기복도 심했다. 본인은 진지하게 한다고 하지만 기분에 따라서 상당히 편차가 컸다. 게다가 문관 지망이기 때문에 호신술이라는 가벼운 마음으로 무술을 접해온 점도 있다. 그렇기 때문에 어느 정도 강해지기는 했지만 그 이상 발전은 기대하기 어려웠고 그럴 필요도 없었다. 사마가도 이를 전제로, 가르치는 기술에 제한을 두고 있었다.

어째 이번에는 제대로 마음을 먹은 듯하다. 신도 가슴이 벅차왔다.

"바보 녀석, 무리라니까. 10번 중 3번 찌르면 뭐든지 들어주도록 하지."

"훗, 네 입으로 그렇게 말했다? 울지나 마라, 신!"

티격태격하는 두 소년을 웃는 얼굴로 바라보던 설나는 기쁘다는 듯이 동생에게 말했다.

"…추영, 네가 돌아간다고 해서 기쁘구나."

아직은 추영을 곁에 둘 수 있다. 설나는 마음속으로 기뻐했다.

추영을 이리로 부른 보람이 있었다. 이로서 왕자들의 기량은 어느 정도 확인했다. 조정의 동향도 대충 파악했다. 더 이상 조정에 머무를 필요가 없다.

"두 사람 모두 조심해서 남주로 돌아가거라. 우리들도 조만간 돌아갈 테니 그때 검술 훈련의 성과를 보여주렴."

추영은 이를 단순한 휴가나 귀성이라고 생각했다. 형의 이 말의 진짜 의미를 알게 되는 것은 한참 뒤의 일이다.

한편 왕계는 그 자리에서 한참 동안 움직이지 않았다.

청원파인지 다른 왕자파인지에 따라 사람들의 얼굴표정은 확연한 차이를 보였다.

언뜻 보이는 비빈들의 얼굴은 모두 야차 같은 표정이었다. 제1빈은 의자를 박차고 일어나 자리를 떴고, 면목이 없어진 태자도 모친의 뒤를 따랐다. 반대로 청원 왕자의 외조부는 기뻐 날뛰고 있었다. 왕계는 제6빈을 보았다. 후계자가 누가 되건 아무 상관없을 터였지만 워낙 청원에게 당한 게 많아서인지 다른 비빈들과 마찬가지로 표독한 눈빛이었다.

제2빈이 왕의 총애를 독차지하고 있다고 자기 멋대로 오해를 하고는 갖은 방법으로 괴롭히다 후궁에서 내쫓은 여자다. 감정 내키는 대로 무슨 짓을 할지 모른다.

'…위험한걸.'

하지만 왕계의 추측이 맞는다면 정말로 위험한 것은 그녀가 아니라….

왕계는 청원과 제6빈을 번갈아 쳐다보고는 어사대의 부하들에게 몇 가지 지시를 내렸다.

"…제6빈의 동향을 주시하라. 아마도 머지않아 누군가에게 제거될 것이다. 그 증거를 잡아라. 그걸로 끝을 내야겠다."

…반년 후인 초겨울, 제6빈의 시체가 연못에 떠올랐다. 발견한 것은 아들인 류휘였지만 너무 충격이 커서인지 그때 기억을 다 잊고 만다.

그녀의 얼굴은 알아볼 수 없을 정도로 심하게 짓물러 있었다. 화장수 병에 극약이 섞여 있었던 탓이지만 직접적인 사인은 아니었다. 다른 외상이나 증거도 없었기 때문에, 내세울 무기라고는 미모밖에 없었던 그녀가 짓무른 얼굴을 보고 미쳐서 연못에 뛰어들어 자살한 것이라는 결론을 내렸다.

그 이상 나올 것이 없다고 판단한 왕계는 한 발 먼저 정보를 차단하고 공식적으로 '병사(病死)' 고 처리했다. 기녀 출신으로 가족도 없었던 터라 딱히 문제를 제기하는 사람도 없어, 그 사건은 그렇게 종결되었다.

어머니가 죽은 그 연못이 전에 형이 비아냥거렸던 그 장소라는 것을 류휘는 평생 알지 못했다.

4

"…제6빈이 세상을 떴다더니…."

불쑥 내뱉은 어머니의 생각지 못한 말에 청원은 눈을 크게 떴다. 제6빈이 죽은 것은 사실이지만 벌써 죽은 지 몇 달이나 되었다. 남의 입에 오르내리는 일도 없다. 청원은 애매모호한 미소를 지었다.

"갑자기 무슨 말씀이세요?"

"지난번에 류휘 왕자가 왔었답니다."

청원은 또 한 번 놀랐다. 물론 별궁의 장소를 알려주긴 했지만 혼자서 오리라고는 생각도 않았었다.

…충동적으로 '어머니' 를 찾아온 것인지도 모른다. 잊어버렸다고는 해도 끔찍한 몰골로 죽어간 제6빈의 시체를 직접 본 충

격이 컸는지 류휘는 밤마다 악몽에 시달렸다. 낮에야 울지는 않지만 갑자기 눈의 초점이 흐려지며 마구 몸을 떨곤 했다. 신기하게도 '막야' 가 옆에 있으면 잠을 잘 수 있는 듯하여 청원은 자기 대신으로 류휘에게 '막야' 를 주었다.

"어머니를 잃고, 얼마나 힘들겠습니까."

"네… 제가 가능한 옆에 있어주고 싶지만 좀처럼 시간이 나질 않아서…."

하루 종일 류휘 옆에 있어주고 싶어도 최근 신경 쓸 일이 너무 많아졌다.

제6빈이 죽은 뒤부터 다른 비빈들의 행동이 이상해졌다. 지금까지는 서로 불꽃 튀는 경쟁을 하며 자신을 내세워왔던 사람들이 신기하게도 뭉치기 시작했다. 그렇다고 해서 결탁을 하는 것도 아니다. 각자가 자신의 생각대로 움직이지만 결과적으로 뭔가가 이어져 있다는 느낌을 받았다. 마지 솜씨 좋은 인형술사가 그들이 꼭두각시라는 것조차 알아차리지 못하게 능숙하게 조종하고 있는 것은 느낌이었다.

기분 나쁜 느낌이었다. 어느 새 조금씩 포위망이 좁혀지고 있는 것 같은 느낌이다.

종교를 담당하는 한편, 신비한 능력과 뛰어난 신체능력을 이용하여 표가는 대대로 암살 청부업도 맡아왔다. 마음에 드는 보수를 준비한 사람에게만 자객을 빌려준다고 하지만, 그렇다고 해도 의뢰가 없으면 움직일 리 없다.

'…*누군가가* 표가에 의뢰를 한 것인가?'

아무리 조사를 해봐도 작은 실마리조차 찾을 수 없었다. 이런 일은 처음이었다. 날이 갈수록 초조함이 커져갔다. 문득 자신의 손을 보니 무의식적으로 아버지에게 받은 빨간 오자미를 손바닥 안에서 굴리고 있었다. 부적처럼 항상 지니고 다녔더니 버릇이 된 모양이다. 그 모습을 어머니에게 들키고 말았다.

"아, 이건 아버지께서 주신…."

쓸데없는 변명을 하고 말았다. 현실주의자인 자신이 '부적' 이라니, 인정하고 싶지 않았다.

'아직 막다른 골목은 아니야.'

머리를 흔들고는 오자미를 품속에 집어넣었다.

"그보다도 어마마마, 할아버님은 좀 어떠신지요?"

어머니는 지친 듯 그저 조용하게 고개를 옆으로 저었다. 이전부터 좀 이상했던 것은 확실하지만 청원이 두 자루의 검을 하사받은 후부터는 뭐에 홀린 듯이 이상해졌다.

주위 사람들이 눈치채기 전에 한 발 먼저 이 별궁에 가두어 놓았지만, 무슨 짓을 할지——.

조금씩 무언가가 어긋나고 있다. 최선을 다하고 있는데도 잇달아 톱니바퀴가 어긋나면서 모든 일들이 최악의 상황을 향해 달려가고 있는 듯한 기분이었다. 그리고 도대체 누구의 짓인지조차 알 수 없었다.

'누구냐.'

이 정도로 면밀하게 포위망을 짜낼 수 있는 사람은 많지 않다. 하지만 청원은 짐작 가는 사람조차 없었다. 무엇보다도 너무 이르다. 아버지는 아직 쉰도 되지 않았다. 물론 귀양을 떠나는 일은 없어졌지만 여전히 매우 강건했기에, 후계자 싸움은 아직 먼 훗날 일이었다. 각 왕자들의 파벌이 형성되고 있는 현 단계에서 자신의 목숨을 노리는 그 의도를 알 수 없었다.

청원은 어금니를 악물었다. 서서히 초조함이 밀려온다. 이래서는 그냥 애나 마찬가지다.

'말도 안 되는 일.'

어른이 되어야 한다. 안 그러면 지고 만다. 아버지가 검을 주셨는데도.

어머니는 모두 체념한 듯한 조용한 눈빛을 하고 있었다. 마치 앞으로 무슨 일이 일어날지 전부 알고 있으면서 모든 것을 다 받아들이려는 듯이. 하지만 청원은 그렇게 내버려둘 수 없었다.

"…이만 가보겠습니다."

고개를 돌리고 발소리를 울리며 별궁을 뒤로 했다. 어머니의 지친 듯한 한숨소리가 귓가를 맴돌았다.

…무너져 내리는 소리가 들린다.

질지도 모른다. ——청원은 태어나서 처음 그렇게 생각했다. 그리고 그것은 사실이었다.

종말의 발소리는 바로 앞까지 와 있었다.

——시간만이 하염없이 흘러갔다. 찬바람이 불기 시작하던 늦가을.

청원이 류휘를 찾아갔을 때, 어쩐 일인지 정원에서 류휘의 밝은 웃음소리가 들려왔다.

제6빈이 죽고 난 후 류휘의 후견을 맡겠다고 나서는 사람은 없었다. 지금은 그 존재조차 거의 잊혀지고 말았다. 오직 청원만이 류휘를 찾아와 긴장을 풀고, 짧은 평화의 시간을 보내곤 했다. 그런데 오늘은 누가 온 모양이다.

'누구와 놀고 있는 거지?'

어쩌면 아버지일지도 모른다고 기대했지만 진지한 얼굴로 류휘와 오자미로 놀아주고 있는 남자를 본 청원은 놀라고 말았다.

"왕 장관?"

어사대의 수장인 왕계였다.

그 순간, 하늘의 계시를 받은 듯이 청원은 왕계가 왜 왔는지 깨달았다.

천천히 왕계가 일어서서 조용히 돌아보았다.

"청원 왕자님, *모시러 왔습니다.*"

왕계는 손에 들고 있던 오자미를 류휘에게 살며시 돌려주고 조용히 웃었다.

"류휘 왕자님, 약속대로 청원 왕자님이 오셨으니 놀이는 여기까지입니다."

"네, 놀아주셔서 감사합니다."

아무것도 모르는 류휘는 방긋 웃으며 고개를 푹 숙여 인사를 했다. 왕계는 청원에게 손을 내밀었다.

"검을 주십시오."

왕계를 거스를 생각은 없었다. 그저 하늘을 올려다보았다. 조금 구름이 낀 드높은 가을 하늘이다. 심호흡을 했다. 차가운 바람에 청원의 긴 머리카락이 흔들렸다.

…종말의 때가 온 것이다.

청원은 허리에 차고 있던 '간장'을 아무 말 없이 왕계에게 건네주었다. 무기는 '간장' 하나였다. 왕계도 한 쌍인 '막야'에 대해서는 딱히 묻지 않았다.

왕계가 스윽 하고 뒤로 물러났다. 청원은 그 의도를 알아채고 류휘를 양손으로 안아 올렸다.

"류휘, 오자미 놀이는 재미있었니?"

"네, 무척 재미있어요. 같이 그림도 그렸는걸요. 은방울꽃을 그렸어요."

왕장관이 그림을? 보통 때였다면 웃었을지도 모르겠지만 오늘은 아무래도 무리다. 청원은 의식적으로 숨을 들이마셨다. 은방울꽃, 그래 어머니도 지금쯤….

"그랬어? 잘됐구나."

류휘의 천진난만한 미소 덕분에 청원도 끝까지 웃을 수 있었다.

남가가 청원을 위해 움직여준다면 아직 가능성은 있었다. 하지만 그런 일은 없을 것이란 생각이 들었다. 어사대부 장관인 왕계는 소 재상이나 도유처럼 화려한 활약은 하지 않지만, 조용하게 꾸준히 쌓아올린 증거를 토대로 결론을 내리기 때문에 그 결론이 번복되는 일은 없었다. 왕계가 움직였다는 것을 안 이상, 남가가 청원을 위해 움직여줄 확률은 거의 없었다.

"류휘, 이제 날씨가 추워지니까 감기걸리지 않게 옷 따뜻하게 입어야 한다. 화로에 데지 않도록 조심하고. 그리고…."

청원은 하나하나 꼼꼼히 잔소리를 했다. 품에 안긴 류휘는 여전히 체온이 높았지만 처음 만났을 때보다는 꽤 무거워져 있었다.

…작별인사는 하지 않았다. 다시 만날 가능성이 조금이라도 있다면 또 몰라도 극형이라면 아무 말 없이 가는 게 낫다. 어차피 슬퍼할 것이라면 조금이라도 늦게 맛보게 하고 싶었다. 어머니와 사별한 지 얼마 되지도 않았는데 형까지 잃게 된다면 류휘는 견디지 못할지도 모른다.

"청원 왕자님, 가실 시간입니다."

틈을 봐서 왕계가 끼어들었다.

청원은 류휘를 내려놓았다.

"형님, 잘 다녀오세요. *복무* 열심히 하세요."

류휘는 힘차게 손을 흔들었다.

류휘의 말이 묘하게 적절해서 청원은 처한 상황도 잊고서 웃고 말았다.

동생에게 손을 흔들면서 청원은 짧게 왕계에게 고마움을 표했다.

"…고맙소."

어사도 무관도 단 한 사람도 배치하지 않았다. 말 그대로 왕계 혼자, '간장' 을 가져가긴 했지만 포박도 하지 않았다. 누가 보더라도 정말 그냥 산책이라고 생각할 것이다.

류휘는 형이 포박되는 현장을 보았다고는 생각도 못할 것이다. 그 덕분에 류휘가 우는 모습을 보지 않아도 되었다.

―그날 그렇게 청원은 외조부의 모반에 연루된 죄로 어사대에 의해 투옥되었다.

5

청원은 어둡고 추운 옥 안에서 하얀 숨을 내쉬었다. 계절은 한겨울로 접어들어 뼛속까지 얼어붙을 것 같았다.

난 그래도 괜찮지만 마찬가지로 옥살이 중인 어마마마는 괜찮으실까. 많이 힘드실 텐데.

옥에 갇힌 청원을 가장 먼저 찾아온 것은 형이었다. 너무 흥분한 나머지 의미불명인 말들을 내뱉으며 미친 듯이 웃어댔다. 그 뒤를 쫓아 들어온 제1빈은 광란하는 아들의 모습을 보고 창백한 얼굴로 뒷걸음질 쳤다. 그제야 자기 아들의 뒤틀린 정신상태를 알게 된 듯 했다.

간수들이 형을 끌고 나간 뒤에는 왕계가 명령이라도 내렸는지 관계자 이외는 아무도 찾아오지 않았다.

제1빈이 나가기 전, 애원하는 듯한 눈으로 청원을 뒤돌아보던 것이 기억난다. 도움을 청해봤자 청원은 옥에 갇힌 신세이고 형을 막는 것은 영원히 불가능했다. 이제 와서 참 제멋대로인 사람이라고 생각했지만 비웃을 생각은 없었다. 어쩌면 청원과 마찬가지로 톱니바퀴가 어긋나고 있다는 것을 알면서도 어쩔 도리가 없었던 것인지도 모른다.

청원은 아버지에게 받은 빨간 오자미를 바라보았다. 왕계도 이것은 못 본 척해주었다. 흔들면 팥이 사그락거리는 소리가 들린다. 지금쯤 아버지는 보기 좋게 함정에 걸려든 아들에게 실망하고 있겠지.

그런 생각을 하자 마음이 한없이 가라앉았다.

'…누가 배후인가?'

남아도는 시간 속에서 백만 번은 되뇌었던 질문이다. 외조부가 역모를 일으킬 리가 없다. 내버려둬도 청원은 왕이 될 것이라고 흐뭇해하던 외조부가, 굳이 모반을 일으킬 이유가 없었다.

마지막까지 청원의 첩보망에 걸리지 않고 허점투성이인 후궁들을 배후조종으로 단결시키고, 외조부를 역모의 주모자로 만든 사람. 그리고 표가에 의뢰를 한 사람.

왕계의 얼굴이 떠올랐다가 바로 사라졌다. 그는 아니다.

"누군지 알아냈느냐? 청원."

불쑥 울려 퍼지는 목소리에 청원은 침을 꿀꺽 삼켰다. 설마, 하고 고개를 들어보니 언제 들어왔는지 아버지가 창살 너머에 팔짱을 끼고 서있었다. 발소리는커녕 인기척도 느끼지 못했다. 모든 어둠이 아버지의 지배 하에서 어둡게 물들어가는 느낌이 들었다.

직시하는 아버지의 눈을 청원은 제대로 쳐다보지 못했다. 세상 모든 사람이 소롱해도 상관없었다. 하지만 아버지에게만은 이런 한심한 몰골은 보이고 싶지 않았다. 이유는 잘 알 수 없었다.

"…무슨 일이십니까, 아바마마."

"아비가 자식 얼굴을 보러 온 게 이상한가?"

청원은 맥이 탁 풀렸다. 지금까지는 그냥 내팽개쳐 두지 않았었나?

"…너무 안 어울립니다. 아바마마."

"그러느냐?"

그렇습니다, 하고 대답하려다가 청원은 문득 기시감을 느꼈다. 청원은 아버지의 등이나 옆모습밖에 본 기억이 없다. 사실 너무 바쁜 아버지라 모습을 본 적도 몇 번 없다. 항상 성에 있는 것도 아니고, 기분 내키는 대로 어디론가 떠나곤 했다.

그런데 이 느낌은 뭘까? 이렇게 아버지가 나를 바라보고 있는 게 전혀 어색하지 않다. 항상 이렇게 나를 보고 있었던 것 같은 느낌이다.
'그럴 리는 없어.'
아무리 쫓아가도 아버지는 전혀 신경 쓰지 않는 사람이었다. 그런 사람이라고 알고 있었다.
…한번 시험 삼아 청원은 물어봤다.
"…아바마마, 제 나이를 알고 계십니까?"
"모른다. 알고 싶지도 않구나."
당당하게 대답한다. 부자간에 가장 기본적인 질문인데도 이 꼴이다. 역시 착각이었다.
"…그러시다면 돌아가주십시오. 최소한 저의 마지막 자존심은 지키게 해주십시오. 왕 장관이 움직인 것을 보니 극형은 확정된 듯싶습니다. 각오는 했습니다."
감옥에 들어온 지 한 달이 더 지났다. 역시 남가는 움직일 마음이 없다는 증거다. 그렇다면 청원의 방패가 되어줄 사람은 어느 누구도 없었다.
청원은 잘려나갔다. 지고 만 것이다.
왕은 자포자기 상태인 아들을 보고 한쪽 눈썹을 치켜 올렸다.
"웃기는 녀석이군. 네게는 내가 여기 있는지 아닌지가 가장 중요한 일이더냐?"
그렇습니다, 라는 말은 나오지 않았다. 그런 나약함을 아버지 앞에서 내보이고 싶지 않았다. 어린애 같은 모습은 보이고 싶지 않았다. 적어도 마지막까지 아들이 아닌 왕과 왕자로 있고 싶었다.

"청원, 너와 제2빈을 유형에 처한다."

왕이 선고했다. 청원은 이 선고의 의미를 이해할 수 없었다.

"…연좌로 극형이지 않습니까?"

"내 권한으로 유형에 처하는 것이다."

청원은 낙심했다. 전혀 기쁘지 않았다. 도대체 어쩌라는 거냐?

"장난은 그만두십시오! 역모는 10대 죄 중 하나입니다. 왕자든 누구든 사형입니다. 한 번이라도 예외를 만들면 아바마마의 권위가 떨어집니다. 두고두고 귀족들이 빌미로 이용할 것입니다. 상대가 누구건 아바마마께서는 예외를 두지 않는 분이라고 믿었습니다."

부모가 아닌 왕인 아버지의 모습이야말로 청원이 동경하는 유일한 존재였다.

특별취급 따윈 받고 싶지 않다. 어린애라 불쌍한 마음이 들었다니 참을 수 없었다. 혈족을 죽이고 왕위에 오른 아버지가 아들을 위해 감형을 했다는 것을 알게 되면 귀족과 관리들은 어떻게 나올까. 왕이 약해졌다. 즉, 파고들 틈새가 생겼다며 깔보기 시작할 것이다.

'싫다. 이런 모양새로——.'

청원은 얼굴을 찡그렸다. 이런 모양새로 아버지의 발목을 잡다니, 절대로 있어서는 안 되는 일이다. 홍남 양가가 조정과 거리를 두고 있는 상황에서 청원이라는 공통점이 없어지면 비빈들은 제각각 귀족과 관리들을 제 편으로 끌어들여 조정을 좌지우지하려 할 것이다. 그 변화는 속도는 느리더라도 확실히 일어날 것이다. 그리고 자신이 그 모든 혼란의 도화선에 불을 붙인다는 것인가?

청원은 창살을 움켜쥐고 소리쳤다.

"싫습니다. 싫사옵니다! 극형을 내려주십시오. 아바마마!!! 바로 표가가 노리는 바가 아닙니까!"

"유배다. 이미 끝난 얘기다."

"이유가 뭡니까?!"

"네가 아직 어리기 때문이다."

그 말의 진짜 의미를 청원은 평생 알 수 없었다. 하지만 가장 듣고 싶지 않은 말이었다. 온몸에서 힘이 빠졌다. 너무 한심해서 눈물이 나오려는 것을 필사적으로 참았다. 왕자로서 할 수 있는 마지막 소임은 죽는 것이라 생각했다. 그런데 아직 어리니 유형에 처한다니. 제 앞가림도 못 한다고 생각하는 것이다. 항상 눈으로 좇던 아버지가 청원을 돌아봐주는 일은 절대로 없었다. 하지만 그것으로 충분했다. 힘을 키우면 아버지가 반드시 돌아봐줄 것이다. 반드시.

청원은 아버지에게 소 재상이나 다원순 같은 존재가 되고 싶었다.

아버지에게 인정받고 싶다는 마음을 청원은 그때 처음 발견했다. 그리고 결국 인정받지 못한 자신에게 절망했다.
"청원, 다시 한 번 묻겠다. 네 상대가 누구인지 알았느냐?"
청원은 천천히 고개를 저었다.
왕은 무뚝뚝하게 끄덕였다. 그 눈빛은 담담했고 경멸이나 모욕을 담고 있지도 않았다.
"그럴 테지. 상대는 너보다 두 수는 더 위이다. 네가 졌다."
"…사형을 명해주십시오…."
"한번 내린 결정은 번복하지 않는다. 죽고 싶으면 알아서 죽어라. 그것까지 막지는 않겠다. 뭐, 그냥 두어도 비빈들이 끊임없이 자객들을 보낼 테니 가만있으면 싫어도 죽게 되겠지만."
비빈이란 말에 청원은 움찔했다.
"네 인생이다. 네가 결정하는 거다. 나는 편한 최후를 선물해 줄 정도로 마음이 넓지 않다."
더 이상 눈길 한번 안 주고 왕은 발걸음을 돌렸다.
"유배지는 다주. 출발은 오늘 밤이다."

옥사 밖에는 왕을 기다리고 있었다는 듯이 왕계가 서있었다. 왕은 짧게 명을 내렸다.
"알고 있겠지. 청원과 제2빈은 유형에 처한다."
"역모는 연좌된 자들까지 모두 사형입니다. 두 분 모두 사형을 내리셔야 합니다."
"내가 명령한 일이다. 거스르지 말라."

왕계의 얼굴이 굳어졌다. 한 발도 물러서지 않은 채 왕을 노려보았다.

"…저는 당신을 왕이라 인정하지 않았습니다."

왕의 입술 끝이 살짝 올라갔다. 그리운 말이었다. 왕계가 예전부터 입에 올리던 말이었다.

그리고 왕 역시 똑같은 대답으로 응수했다.

"그러나 나는 왕이다. 내게 무릎을 꿇고 나를 따르라. 싫으면 왕좌를 빼앗아라."

왕과 왕계의 눈빛이 정면으로 얽혔다. 왕계는 아무 말도 하지 않았지만, 그렇다고 부정도 하지 않았다.

왕은 왕계의 이런 점을 좋아했다. 교활해지지 않는 능구렁이. 찾아보기 힘든 덕목이다.

"원순은 '살인적(殺刃賊)' 이라는 도적떼를 퇴치하러 고향에 돌아갔고, 도유도 지방부임 중. 홍남 양가는 움직이지 않는 이 기회를 노리다니 정말 대단하군. 이제 원대로 청원은 조정에서 사라지겠지. 만족하는가?"

"만족합니다… 지금으로서는."

"제6빈이 죽었을 때도 조사를 명했지 않는가. 자네가 왜 그때 검거하지 않았는지 의문이군."

왕계는 처음으로 얼굴을 찌푸렸다. 조금 생각하더니 씁쓸하다는 듯이 불쑥 말했다.

"…확실한 증거를 잡지 못했기 때문에."

왕은 어깨를 으쓱했다. 왕계조차 손바닥 위에서 가지고 놀며 장기말처럼 이용한 그 수완.

"완패로군. 나나, 자네나."

왕계도 인정하지 않을 수 없었다. 그렇다. 완패인 것이다.

왕은 더 이상 아무 말도 하지 않았다. 반대의견을 거부하는 목소리로 패왕은 명을 내렸다.

"오늘 밤 안에 청원과 제2빈을 마차에 태워 다주로 떠나라. 누가 어떤 자객을 보내든 상관치 않겠지만, 만약 표가의 자객이 한 명이라도 섞여있다면 내가 자넬 죽이겠다."

"…알겠습니다."

6

그날 밤 왕은 아무도 없는 알현실에서 혼자 오자미를 만지작거리고 있었다. 전에 청원과 바꾼 그 오자미였다. 그 청원은 지금쯤 제2빈과 함께 궁을 떠났을 터였다.

"의외였습니다."

불쑥 남설나가 어둠 속에서 모습을 드러냈다.

"청원 왕자의 처형을 명하지 않으시다니요."

"너야말로 가차 없이 청원을 저버렸더군."

"왕계 님의 판단은 틀리지 않았으니까요. 청원은 아군뿐 아니라 적까지 너무 많이 만들어버렸습니다. 적을 자기편으로 끌어들이는 기량도 없으면서, 그렇다고 자멸할 만큼 어리석지도 않습니다. 태자도 아니면서 가문의 지체는 가장 높죠. 그가 조정에 존재하는 것만으로도 조정은 양분되고 맙니다. 커갈수록 나라는 정권다툼으로 혼란이 깊어질 것입니다. 또 성격이 그래서야 적은 줄지 않습니다. 청원 왕자파라고 하더라도 청원이라는 인물에 매료되었다기보다는 이해관계 때문에 그쪽에 붙어있는 경우가 많겠지요. 패권다툼에 능한 관리나 귀족이 늘어나고, 백성을 위하는 관리는 줄 것입니다. 백해무익이지요. 너무 늦은 감이 없는 것은 아니지만 지금이라도 청원을 배제하면 아직 가능성은 남아있습니다. 다른 왕자나 비빈은 언제라도 처단할 수 있으니까요."

상냥한 미소를 띤 채 청산유수로 쏟아내는 견해. 게다가 존칭도 없다.

"너 말이다… 혹시 넷째가 면전에서 망신을 당했다고 화를 내고 있는 거냐?"

"아닙니다. 청원이 제대로 한 일이 있다면 그거 하나죠. 그래서 당신의 뜻대로 1년 더 조정에 있었던 겁니다."

대련을 하는 이상, 실력 차가 아무리 크다 해도 전력을 다하는 것이 마땅한 예의이다. 그런데도 만천하에 공공연하게 실력의 반도 발휘를 안 하면서 남가의 4남을 때려눕히고 망신을 주었다. 그리고 능력만을 보고 쫓아버렸다.

'청원에게는 결정적인 것이 부족하다.'

어설프게 능력이 뛰어난데다가 자기 자신만을 믿고 살아온 청원에게는 누군가를 신뢰하는 마음이 없었다. 이는 참모라면 유리한 자질이지만 왕으로서는 치명적인 결함이었다. 그렇기 때문에 청원은 많은 사람에게 둘러싸여 있으면서도 처음부터 마지막까지 혼자서 싸울 수밖에 없었다.

남을 믿지 못하는 사람은 어느 누구도 신용하지 않는다. 중요한 순간에 큰일을 맡길 신하도 얻을 수 없고 불리해지면 가차 없이 버림받는다.

…바로 이번에 남가가 그랬듯이.

"남주로 돌아간다고 알리러 온 것인가?"

바로 그렇다고 대답이 돌아올 줄 알았는데 설나는 주저하듯 침묵하고 있다.

"…조금 고민 중입니다."

설나는 머뭇머뭇 말을 골라가며 대답한다. 거의 볼 수 없는 일이었다.

"만약 당신이 진심으로 우리 세 형제를 신하로 둘 생각이라면."

설나도 이 왕은 이해할 수 없었다. 잔혹하고 변덕이 심하다. 모든 사람에게 무관심하지만 일개 병졸의 공로까지도 파악하고 있다. 혈족은 직접 처단했으면서 왕계나 도유는 아무리 반대의견을 내놓아도 내버려둔다.

자신밖에 믿지 않는 듯이 보이지만 순순히 신하에게 전권을 위임하기도 한다. 비빈들은 멋대로 살게 내버려두면서도 왕자들은 항상 신경을 쓰고 있다. 모든 왕자들의 목숨을 왕이 한 번씩 구해줬다는 것도 설나는 알고 있었다. 그리고 무정해 보이는 이 왕이 한 여인을 깊이 사랑하고 있다는 것도. 이 모순과 혼돈.

남가의 세쌍둥이도 이 점에 마음이 끌렸다.

만약, 하고 설나는 생각했다. 남가를 자기편으로 끌어들일 생각이 전혀 없는 이 왕이 마음을 바꾼다면?

이 왕이 진심으로 나를 필요로 한다면?

…무릎을 꿇어도 괜찮지 않을까, 라는 생각이 없지 않았다.

'딱 한 번.'

생애 처음이자 마지막으로 이 왕에게 주려고 하는 이 기회.

…하지만 왕이 오자미를 던지며 내뱉은 대답은 어이없을 정도로 간단했다.

"무리다. 미안하군. 기한이 끝났다."

설나는 오자미를 바라보며 침묵했다. 그리고 미소를 지었다. 조금 쓸쓸해 보이는 미소였다.

아쉽군요, 설나는 이 한 마디만을 남긴 채 자리를 떴다.

…훌쩍훌쩍, 우는 소리가 들린다.

왕은 눈을 감았다. 검의 주인인 왕은 멀리 떨어져 있더라도 '막야' 를 느낄 수 있었다.

청원 옆에 있으라는 명령에 심술을 부릴 줄 알았는데 예상외로 얌전했다.

특히 '막야'는 류휘를 잘 지켜주었다.

"청원 왕자님이 떠나셨군요…."

설나와 교대하듯 우우가 터벅터벅 걸어 들어왔다. 그런 모습도 사랑스럽다.

"내 목숨이 좀 줄어들었다고 해서 그렇게 축 쳐져 있을 필요는 없지 않은가. 이곳 귀양을 떠나지 않으면 한 5, 6년은 더 살 수 있지 않느냐?"

우우는 왕의 손을 잡더니 소매를 걷어 올렸다. 그 팔뚝에는 저주의 문양이 새겨져 있었다.

1년 전, 청원이 마을에서 사온 오자미에 새겨져 있었던 저주였다.

예리한 왕이 바로 문제를 감지하고 *오자미를 바꿨다.* 이는 청원에 대한 주살을 왕이 대신 받게 되었음을 의미한다.

——어쩔 도리가 없었다.

표가의 여 당주가 직접 새겨 넣은 주문이다. 아무리 우우가 뛰어나다 하더라도 대적할 방도가 없었다. 조금이라도 목숨을 늘리려고 아무리 애를 쓴다 해도 앞으로 10년— 주술은 천천히 왕의 몸을 갉아먹고 확실하게 그 목숨을 끊고 말 것이다.

그런데도 이 왕은 아무렇지도 않다는 표정이다.

"약속대로 화진(華眞)이 달려온다 하더라도 돌려보낼 수밖에 없겠지. 주술은 그 녀석 전문이 아니니."

"전하!!!"

"단 한 번, 왕자들이 궁지에 빠졌을 때 단 한 번은 구해준다고 정해놓았었다. 청원의 경우 그 단 한 번이 이거였을 뿐이다."

그렇기에 남가 세쌍둥이의 주군이 될 수도 없다. 너무 늦었다. 자신의 목숨은 이미 청원에게 주고 난 후였다.

『사형을!』 하고 부르짖던 청원의 모습이 떠올랐다. 그렇게 콧대 높은 꼬마가 너무나 순순히 패배를 인정하고 사형을 받아들이려고 한 것은 의외였다.

'나 같았으면 간수들을 다 베어버리고 진즉에 탈옥했으련만.'

감형이 초래할 여파도, 앞으로 어떤 일이 일어날지도 청원은 정확하게 이해하고 있었다. 이 모든 것을 계산했기에 죽음을 달라고 한 것이다.

자기 한 몸을 위해 지금껏 피바다 속을 헤쳐 온 청원이 아버지를 위해 목숨을 내놓겠다고 생각했다는 것은 놀라움이었다. 언제나 본심을 드러내지 않는 청원이 그때만큼은 남가의 넷째처럼 필사적인 눈으로 외치고 있었다.

'…녀석이 날 좋아하리라곤 생각지도 못했다.'

항상 바라보고 있다는 것은 알고 있었지만 목숨을 노리고 있다고 생각했었다.

재미있는 일이다. 전부 내 자식이지만 성격도 재능도 제각각이다. 예상치 못한 언동도 한다.

잡탕 전골 안을 들여다보듯 봐도 봐도 질리지 않는다.

오자미를 주었을 때 청원이 보였던 조금 당황한 듯한 얼굴도 그렇다. 주위의 평가가 어떻든 전란의 시대를 살아낸 왕이나 공신들의 눈으로 보면 청원은 허점투성이인 무른 꼬마다. 하지만 아마도 그게 '아이다운' 모습이겠지. 부왕을 죽이고 왕위에 오른 자신과는 천양지차다.

청원은 자신의 어린 시절과는 확실히 달랐다. 남가의 넷째도 어이없을 정도로 솔직한 눈빛을 담고 있었지. 밖으로 드러나는 전쟁은 이제 사라졌고, 천천히 시대가 변하고 있는 것이다.

멀리서 아직도 훌쩍거리는 류휘의 울음소리가 들려온다. 눈물이 많은 녀석이다. 이변이 일어났다는 것을 알아차리고 형을 찾아 유령처럼 배회하는 막내아들과 류휘에게만은 속마음을 보여주는 청원.

'양을 보살피는 것은… 양치기인가?'

물론 송준개가 젊은 날에 양치기 역할을 했다는 것은 알고 있다. 하지만 송 장군 한 명으로는 아무래도 불안하다.

우선 홍소가를 홍주에서 끌어내야 한다. 엄청난 불평과 비아냥거림을 쏟아내겠지만 그래봤자 홍소가다. 결국은 조정으로 나올 것이다. 잘하면 양 두 마리 모두 소가에게 맡길 수 있을지도 모른다.

왕은 우울한 얼굴로 눈을 감았다.

청원은 사람을 믿지 못한다. 하지만 만약 류휘가 조금 일찍 태어났더라면. 그리고 *모친이 그녀가 아니었다*면 왕계도 다른 결론을 내렸을지 모른다.

왕은 씁쓸하게 웃었다. ——완벽한 패배다.

"…왕계가 증거를 못 잡았을 정도라니, 제2빈은 후궁이 아니라 관리로 등용했어야 했다. 일류 정치가가 되었을 것을."

| 종장 |

시간은 조금 전으로 거슬러 올라간다.

갇혀있는 청원에게 들렀던 왕은 다른 옥사로 향했다. 청원의 모친인 제2빈이 갇혀있는 곳이다. 어사대부가 왕계인 만큼 옥은 청결했고 충분히 난방도 되어있었다.

옥 안에는 창백한 얼굴의 가녀린 미녀가 간신히 목숨만 유지하고 있는 듯 앉아있었다.

왕은 찬찬히 제2빈을 바라보았다.

…이렇게 바라보는 것이 몇 년 만이던가.

잠자리를 함께 한 것은 결혼 초야 한 번뿐이었다. 바로 청원을 수태했기에 들르지 않게 되었고 별궁에서 요양을 하게 된 후에는 그 모습을 보는 일조차 없었다.

'여전히 아름다운 여자다.'

은방울꽃 마마라 칭송받는 청초한 미모는 그때와 변함없이 조금의 그늘도 없이 우아하고 압도적이었다. 왕은 여인의 외모에 큰 의미를 두지 않았지만 처음 그녀를 보았을 때 놀랐던 것을 기억하고 있다. 거꾸로 말하면 기억에 남는 것은 그 미모밖에 없었다는 얘기지만.

지금은 그때보다도 더 하얗게 빛나는 아름다움을 지녔다. 손에 닿으면 사라지는 눈의 결정처럼 덧없이 가냘픈 미모였다. 청원을 낳은 지 10년도 넘었는데 여전히 소녀처럼 보였다.

대체 누가 상상이나 했겠는가.

이번 사건의 단 한 사람의 승자가 바로 눈앞에 있는 이 여인이라고.

표가와 거래를 하고 청원 암살을 의뢰했다. 나아가 제6빈에게 화장도구를 보내어 자살로 몰아간 후 그 혐의를 아들인 청원이 받도록 주도면밀하게 상황을 요리했다. 표가에서 빌린 자객과 시녀들을 다른 비빈들에게 보내어 조금씩 배후에서 조종하면서 마지막에는 자신의 아버지에게 역모의 누명을 씌워 모든 것을 끝내버렸다.

왕계는 일찍부터 표가와 제2빈의 관계를 눈치챘지만 확실한 증거를 잡지 못한 탓에 결국 마지막까지 그녀에게 끌려다니고 말았다. 왕계도 조만간 청원을 배제하려고 계획 중이었던 듯하지만 이런 식으로 이루어지리라고는 생각지도 못했을 것이다.

별궁의 침대 위에서 한 발자국도 밖으로 나가는 일 없이 어느 누구보다도 조용히 책략을 구사하여 결국 승리했다.

"…은방울꽃."

왕이 부르자 그녀의 긴 속눈썹이 살짝 흔들렸다. 왕은 내심 감탄하고 있었다.

"혼자서 참으로 대단한 일을 했소."

그녀는 꽃망울이 터지듯 청초한 미소를 지었다.

"…전하의 그 한 마디를 듣고 싶었나이다."

마치 사랑의 속삭임 같았다.

"표가가 원한 대가는 내 목숨인가?"

"그렇습니다. 청원의 목숨이어도 괜찮았던 것 같지만요…."

"제6빈의 성질을 돋워 류휘의 오자미를 연못에 집어던지도록 획책한 것도 당신인가?"

모든 것이 은방울꽃의 손바닥 위에 있었다.

"그 정도로 청원이 죽기를 바랐나?"

"아닙니다. 단지, 당신이 정사(政事)를 펼치는 데 가장 방해가 되는 왕자가 그 아이였으니까요. 청원은 자신의 바람과는 상관없이 혼란을 부르는 아입니다. 청원이 있는 한 후계자 다툼은 본격화되고 후궁의 분쟁도 그치지 않아 수습도 힘들어지겠지요. 하루라도 빨리 그 싹을 잘라내는 것이 최선이 아닐까 하고…."

왕계, 설나와 같은 정치적 견해였다. 육친의 정보다도 정사를 중시하는 비정함까지도.

가진 건 미모밖에 없다는 생각은 착각이었던 것이다.

"어째서 그렇게 생각한 것이오?"

그녀는 침묵했다. 소녀처럼 당황한 얼굴로 천천히 대답한다.
"…제 아비의 말로는 전 '행복한 사람' 인 모양이지만."
별로 행복하다고 느낄 수 없었다.
그보다도 자신의 행복이 어디에 있는지조차 알 수가 없었다.
그래서 끊임없이 생각했다. 지금 자신의 '행복' 은 무엇인가.
…청원이 찾아오면 무서웠다. 하지만 또 찾아주기를 마음속으로는 기다렸다.
청원을 보면 딱 한 번 밤을 함께 보냈을 뿐인 남편의 모습을 찾을 수 있었으니까.
청원이나 왕의 이야기를 들을 때마다 부러웠다. 후궁들에게는 눈길조차 주지 않는 남편이지만 '공무' 때문이라면 쳐다봐주는 것이다. 평가를 받고 인정받으면서 차가운 옆얼굴의 옆자리에 서있을 수 있는 것이다.
'한 번이면 충분했어.'
…자신의 이 몸이 앞으로 얼마나 견뎌줄지는 알 수 없었다. 그러니까 한 번만. 단 한 번만이라도 좋으니 그 사람의 눈길을 독점하고 싶었다.
남편을 위해 어떤 일을 하고 칭찬을 받는다면 얼마나 기쁠까?
그래서 별궁에서 정보를 모으기 시작했다.
청원이 표적이 된 것은 정말 우연이었다. 아무리 생각을 해봐도 가장 남편과 나라에 걸림돌이 되는 것은 자신의 아들이었다. 주위의 추대를 받아 왕위에 앉는다면 또 몰라도 청원은 자신의 힘으로 왕이 되겠다는 생각이 있었다. 형보다 뛰어나다는 평가가 공공연하게 사람들의 입에 오르내리고 있는 것이 그 증거였고, 바로 그것이 조정을 분열시키는 가장 큰 요인이었다.

고민이 없었던 것은 아니다. 하지만 나라의 미래가 걸린 일이었다.

남편의 생각도 분명 같을 것이다.

그렇게 생각했는데, 남편은 아들을 지키려 했다.

그때부터 조금씩 톱니바퀴가 어긋나기 시작했다.

"내가 죽길 바랐소?"

은방울꽃은 대답하지 않았다.

아름다운 여인들을 후궁으로 거느리고 있으면서도 정비의 자리는 누구에게도 허락하지 않았던 왕.

차가운 사람이었지만 그건 상관없었다. 어느 누구도 남편의 마음을 사로잡지 못했으니까.

하지만 정보를 모으는 과정에서 남편이 아이들은 신경을 쓰고 있다는 것을 알았다. 오자미를 주고 보검을 하사했다. 왕자들의 생명을 모두 한 번씩 구해줬다.

'어째서?'

남편이 마음에 품고 있는 누군가가 있다는 것도 알게 되었다. 그 여인 이외에는 누구도 남편의 마음속에 들어갈 수 없는 게 아니었나? 하지만 남편은 자식들을 보고 있었다.

그래… 마음이 있었다.

그래서 결정을 내렸다.
“전하의 마음을 가지고 싶었습니다. 불가능하다면 목숨이라도.”
표가의 보수로는 충분했다.
“전하… 주술을 의뢰한 것은 소첩이옵니다. 그렇기에 주술을 풀 수도 있습니다. 제게 목숨과 마음 중 어느 것을 주시겠습니까?”
짧은 침묵이 흘렀다. 왕은 입술 끝을 살짝 끌어올리듯 웃었다.
왕의 대답은 하나였다.
“…당신의 승리요. 내 목숨을 주도록 하지. 내 목숨은 당신 것이오.”
그녀는 우는 것 같은 얼굴로 웃었다.
끝까지 거짓말로라도 사랑한다고 말해주지 않는 사람. 잔혹할 정도의 성실함.
처음 만났던 순간부터 잊을 수 없었다. 무서웠지만 감당할 수 없을 정도로 끌렸다. 그 차가운 눈초리를 독점했던 초야의 기억 때문에 그녀는 후궁에 머물렀다. 다시 한 번, 어둠을 틈타 그가 찾아주진 않을까 하고 끝없이 기다렸다.
…하지만 그런 일은 없었다.
그를 사랑하는 사람은 모두 불행해진다. 불행하지만… 그래도 옆에 있고 싶다. 미련을 버릴 수 없어서 후궁을 떠나지 못하는 것이다.

알고 있다. 이름 그대로 이 패왕이야말로 파란을 부르는 존재라는 것을.

우는지 웃는지 알 수 없는 표정으로 그녀가 말했다.

"…당신은 최악의 남편입니다."

"그래."

"하지만… 행복했습니다."

이렇게 왕이 몸소 만나러 와주었다. 그 눈길을 그녀에게만 주었다.

이 엄청난 행복.

"그럼 주술을 풀지 않겠습니다. 당신의 목숨은 제가 받도록 하겠습니다."

"…당신을 후궁에 들이는 게 아니었다."

왕은 팔짱을 끼고 깊은 한숨을 내쉬었다.

"어떤 명 장군, 참모도 지금까지 내 목숨을 끊지 못하고 죽어갔다. 당신을 신하로 삼았으면 좋았을 것을."

남가의 세쌍둥이조차도 받지 못한 최고의 찬사였다.

그녀는 태어나서 처음으로 마음에서 우러나 웃었다.

정말로 그랬다면 얼마나 좋았을까. 사랑받지는 못하더라도 옆에 있을 수 있다. 나를 필요로 해준다. 이 사람을 도우며 몸과 마음을 바쳐 살아갈 수 있다. 이 패왕을 위해 목숨을 바쳐 모시는 남자들이, 아들이 언제나 부러웠다.

더 이상 후회는 없었다. 왕에게 죽여달라고 부탁할 만큼 얼굴이 두껍진 않았다.

문득 막내왕자가 떠올랐다.

은방울꽃을 주었던 그 상냥했던 왕자.

…기뻤다. 그렇게 귀여운 아이가 있다는 걸 알았다면 제6빈을 죽이기 전에 한 번은 더 생각했을 텐데. 그것이 단 하나 있는 후회였다.

"전하… 그 막내왕자를 부디 좀 더 아껴주십시오."

어지간해서는 놀라지 않는 왕이었지만 이 말에는 아연실색했다. 청원이 아니라 남의 아들이 우선인가?

"…조금은 친아들 생각도 하면 어떻겠소?"

"…전하, 그 말씀 그대로 되돌려드리겠습니다… 자기 행동부터 돌아보시지요."

좀처럼 말대답을 하지 않는 제2빈이 이번에는 받아쳤다.

눈을 감으면 청원의 모습이 떠오른다.

어떻게 해도 어머니와 아들이 될 수 없었다. 그래도 남편과는 달리 이해는 할 수 있다.

'그 애는 나와 많이 닮았지….'

모 아니면 도인 성격이 바뀌지 않는다면 행복하게는 살아갈 수 없을 것이다. 하지만 조금이라도 진정한 행복을 찾아낸다면 그걸로 만족할 아이였다.

막내왕자와 보낸 행복한 시간들에 의지해 조정의 난국을 헤쳐온 아이니까.

어미가 내가 아니었다면 분명 행복했을 아이다.

만약 어머니가 자신을 해치려 했다는 것을 알더라도 청원은 마지막까지 그녀를 지켜줄 것이라는 생각이 들었다. 경멸하면서도 별궁을 찾아왔던 것처럼 의무니 뭐니 하는 핑계를 대면서.

…서로 사랑하지 못한 것은 아니다. 사랑하려는 노력을 하지 않았다. 아마도 우린 너무 닮아 있었다. 유약함도 허점이 많은 것도 단점까지도 너무 닮았다. 자기 자신을 싫어하기 때문에 노력도 하기 전에 포기하고 말았다. 말싸움 한 번 한 적 없었다. 서로 비난한 적도 없었다. 그냥 아무 말 없이 체념해버렸다.

하지만 청원은 조금씩 달라졌다.

은방울꽃을 꺾어다주고 복숭아를 깎아주었다. 계산에 의한 것이 아니라 무의식적인 행동이었다. 그 막내왕자와 지내면서 청원의 얼음은 녹아내렸다. 지금까지 쳐내버렸던 많은 것들에 신경 쓰게 되었다. 그러면서 가면 같은 미소 뒤에 숨겨졌던 본래의 마음을 조금씩 내보이게 되었다.

…그래서 조금 망설였다.

하지만 이런 작은 변화가 더 이상 커지지 않으리란 것도 알고 있었다. 형을 보좌하는 길은 이미 막혀있었고, 무대에서 내려오는 것조차 허용되지 않았다. 패권다툼에서 이기기 위해서 청원은 지금껏 사용해온 냉철한 가면과 불신을 선택할 것이다. 어떤 수를 쓰더라도 대세는 달라지지 않았다.

청원은 너무 늦게 변하기 시작했고, 그녀에게는 시간이 얼마 없었다. 무엇을 바꿀 만한 시간이.

'…하지만.'

자신의 미래는 달라지지 않는다. 하지만 청원의 미래는 어쩌면.

조정에서 벗어나 왕자가 아닌 다른 인생을 살 수 있다면.

시간은 걸리겠지. 하지만 언젠가 자신과는 다른 인생을 살 수 있을지도 모른다.

지옥 끝까지 떨어져 거기에서 기어오를 수 있다면.

빛을 찾아서.

…그조차도 부러웠기에 그녀는 마지막까지 심술을 부렸다.

그 아이의 행복 따윈 빌어주지 않을 거야.

"그 아인 상당히 악운이 강한 것 같으니 내버려둬도 괜찮아요."

왕은 아연실색했다. 이 도량이 좁은 것도 고집이 센 것도 아들과 똑같았다.

청원의 눈부신 명석함과 용서 없는 냉정함은 어머니를 닮았던 것이다. 하지만 청원도 마지막까지 알지 못하겠지. 청원이 대적할 수 있는 상대가 아니었다.

"당신은 정말 은방울꽃 같은 여자로군."

희고 청초한 은방울꽃은 독초이기도 하다. 하지만 꺾어서 입에 넣지 않으면 그저 아름다울 뿐인 꽃이다. 꺾어 후궁에 넣어서는 안 되는 사람이었다.

그녀의 바람대로 왕은 그녀를 잊지 못할 것이다. 이긴 것은 그녀 한 사람이었다.

"…대단하오."

왕은 짧게 마지막 찬사를 보내고 발걸음을 돌렸다.

"안녕히, 사랑하는 사람이시어."

마지막까지 손가락 하나 대지 않는 남편이 조금 야속했다.

그래도 그녀는 최고로 아름다운 미소를 지어 보였다. 그녀의 마지막 긍지였다.

죽음 앞에서 아들의 행복은 빌지 않더라도 꽃을 생각하겠지. 싫어하면서도 유일하게 자신을 찾아주던 아들이 처음 꺾어다 주었던 은방울꽃.

긍지가 높으면 높을수록 청원이 빠져들 지옥은 깊을 것이다.

● ● ✧ ✧ ● ●

깃털 같은 눈이 내리고 있었다.

어머니의 목이 겁에 질린 표정이 남아있는 채로 땅에 뒹구는 것을 본 청원은 굳게 눈을 감았다.

"――――――읏…."

청원의 기억 속에서 어머니는 언제나 겁에 질린 얼굴이었다.

멀어지지도 않았지만 가까워지지도 않았다. 결국 그때부터 두 사람의 거리는 한 걸음도 좁혀지지 않았다.

'어마마마.'

마지막까지 바람에 흩날리는 나뭇잎처럼 운명에 농락당한 채, 하나 있는 아들에게조차 사랑받지 못한 채 이런 곳에서 자객의 칼에 목숨을 잃었다.

어머니를 찾아가고, 그 작은 세계를 지키는 것은 싫지 않았다. 불편해하면서도 어머니가 자신의 방문을 거부한 적은 없었다. 아들을 두려워하면서도 최대한 미소를 지으려 노력했다. 어머니가 그 노력을 계속하는 한 조용한 별궁은 '청원'이 마음을 놓을 수 있는 몇 안 되는 장소였다.

…그걸로 충분했다. 많은 것은 바라지 않았다. 그렇게 생각했기에 청원은 온화하고 다정한 아들을 연기했다. 어머니에게 해줄 수 있는 일은 그것밖에 없었고, 의미 없는 노력을 계속하는 어머니의 연기에 맞춰주는 것은… 싫지 않았다.

내 어머니가 아니었다면 분명 행복해질 수 있는 사람이었다.

그 순간 청원의 얼굴은 눈물과 웃음으로 일그러졌다.

어머니의 죽음에 청원은 내심 안도하고 있었다. 마음속으로 어머니는 여기서 죽는 게 더 행복할지도 모른다고 생각하고 있었다. 그 마음속의 망설임 때문에 어머니가 죽었다. 그리고 그 죽음에 안도하고 있는 것이다. 이제 어머니가 우는 모습을 더 보지 않아도 된다. 어머니의 눈물도 절망도 비탄도 이제 모두 끝난 것이다.

처음부터 끝까지 자신은 최악의 아들이었다.
'부디, 어마마마.'
처음이자 마지막으로 하늘에 빌었다. 운명에 농락당해 불행했던 어머니의 인생에 단 한 가지라도 행복한 기억이 있었기를.
그리고 청원은 외톨이가 되었다.
왕자의 증표였던 긴 머리도 잘려버렸다. 어머니도 죽었다. 이제 청원은 어느 누구도 아니었다. 무언가를 지키기 위해 살 필요도 없었다.
그런데도 왜일까.
청원은 어머니를 죽인 자객을 모두 처단했다.
눈이 내리고 있었다.
시체가 겹겹이 쌓인 핏빛 대지에 청원은 무릎을 꿇었다.
'어째서.'
이 지경이 되어서도 살고 싶다고 생각하는 건 왜일까.
피식 웃자 입에서 피가 흘렀다.
찰박하고 피 웅덩이에 뭔가가 떨어지는 소리가 들렸다. 천천히 시선을 돌렸다. 피에 물든 빨간 오자미가 하나 뒹굴고 있었다.
손을 뻗으려고 하다가 몸의 균형을 잃고 말았다.
비틀거리며 지면에 쓰러졌다. 핏빛 흙탕물이 청원의 온몸을 적셨다.
청원은 마지막 힘을 쥐어짜 오자미를 손에 쥐었다. 지금 청원은 이 오자미와 마찬가지다. 아무 쓸모도 없는데 왜 버리지 않는 것인가. 어째서――.

아바마마.

…류휘.

멀리서 우는 소리가 들려온다.

『…외, 외롭습니다.』

지금도 후원에서 울고 있는 것 같았다.

류휘는 언제까지라도 기다릴 것이다. 돌아오지 않는 형을 끝없이 기다리겠지. 혼자서.

이럴 거였으면 그때 거짓말로라도 약속을 할 걸 그랬다.

'네 곁으로.'

언젠가 돌아올 테니까――라고.

깃털 같은 눈송이가 하늘하늘 춤추며 떨어지고 있었다.

…언젠가 보았던 은방울꽃 같다는 생각을 하면서 청원은 눈을 감았다.

그리고 그의 진짜 지옥이 시작되었다.

하늘의 파랑, 바람이 부르는 소리

아득히 먼 저 편에서 목소리가 들려온다.

잊을 수 없는 다정한 형제들의 목소리.

『야, 연청! 또 싸움질했다면서! 좀도둑처럼 살금살금 돌아오고 말이야! 잘못을 했으면 얌전히 혼이 나라고. 그게 아니면 당당하게 돌아와서 혼이 나든가!』

온화한 아버지 대신 설교를 늘어놓고는 항상 같이 사과를 하러 가주었던 큰형.

『꺄!!! 또 상처투성이가 돼서 돌아오면 어떻게 하니! 연청, 진흙투성이가 된 옷을 숨기는 건 괜찮아. 온 집안에 흙발자국을 남긴 것도 백 번 양보해서 봐줄게. 하지만 상처를 숨기는 건 절대로 용서하지 않을 거야!』

슬기롭고 의연하고 아름다웠던 큰누나.

어떻게 봐도 가업을 이어 상인이 될 성싶지 않다고 투덜거리는 큰형을 보며 작은형이 쿡쿡 웃었다.

『상인은 진짜 맞지 않을 거 같죠, 형. 그래, 나하고 같이 관리가 되면 어떨까? 강하고 상냥한 아이니까 분명 잘 맞을 거야. …형이랑 같이 관리가 될래?』

작은형이 부드럽게 머리를 쓰다듬으며 이렇게 말해줬다. 제일 좋아하는 작은형의 제안에 연청은 득의양양하게 가슴을 폈다.

『관리가 될래! 작은형은 약하니까 내가 지켜줘야 돼. 악덕관리는 나쁜 *수하*들을 거느리고 있으니까 작은형이 분명 잡히고 말 거야. 그러니까 내가 싸우는 관리가 되어서 작은형을 구해줄 거야.』

어이없다는 듯이 이마를 짚은 큰형을 대신해 조용하면서도 속이 깊은 작은누나가 따끔하게 타일렀다.

『…연청, 이것만은 기억해야 해. 골목대장 노릇을 하는 건 좋지만 싸움은 정말로 소중한 것을 지킬 때만 하는 거야. 강하고 상냥한 사람이 되어주렴.』

어디선가 덜컹, 하고 바퀴가 돌아가는 소리가 들린다. 행복과 불행이 항상 쌍으로 온다면 운명의 수레바퀴를 돌리는 신은 다음번 바퀴를 손에 든 채 그 행복을 비웃으며 바라보고 있었을까?

작은형의 손가락이 연청의 뺨에 닿았다. 데굴, 이상한 소리가 들렸다. 바닥을 보니 멍한 눈을 한 형의 머리가 피바다 속에 구르고 있었다.

진동하는 피비린내. 핏빛으로 물든 세상. 낭자한 유혈 속에서 난자당한 채 쓰레기처럼 나뒹굴고 있는 사랑하는 가족의 시체.

이루지 못한 수많은 다정한 약속들.

그렇게 꿈같은 현실은 끝나고 악몽보다도 끔찍한 '지금'이 시작되었다.

씨익. 비웃는 웃음소리에 연청은 눈을 떴다.

『10년은 널 기억하고 있어주마. 그 정도면 충분하지? 하지만 10년이 지나면 잊을 거다. 랑가(浪家)의 3남, 랑연청. 네가 열

다섯이 될 때까지다.』

그 무더운 여름날부터, 이 말은 연청의 유일한 현실이었다.

| 서장 |

'죽여주겠어.'

눈앞이 새빨간 핏빛으로 물들어 있었다.

타는 듯 뜨거운 몸을 이끌고, 그는 턱과 어깨를 이용해 산을 기어내려 갔다. 양팔과 양다리는 부러져서 쓸 수 없었다. 왼쪽 뺨에는 검붉은 상처가 입을 벌리고 있었고 온몸에서 더운 김이 오르고 있었다. 피와 땀이 엉겨붙은 질퍽질퍽한 상처는 참기 힘든 통증을 주었다.

첫날까지는 날짜를 헤아렸다. 둘째 날부터 살아남는 데에 집중했다. 셋째 날부터는 세는 걸 포기했다. 무의식적으로 짐승처럼 눈에 띄는 풀과 흙을 먹고 태양과 그림자로 방향을 어림잡아 서쪽으로 기어갔다. 늑대나 들개 무리가 몇 번인가 에워싸는 기척이 느껴지기는 했지만 소년의 증오에 압도당했는지 멀어져 갔다.

'죽여주겠어.'

밤낮없이 뇌리에는 검붉은 피 웅덩이가 어른거렸다. 그 피 웅덩이에 떠있던 가족들의 잘려진 시체. 잔해. 공처럼 굴러다니던 어머니의 공허한 머리.

『자녀분의 탄생을 축하드립니다. 떠돌이 화공이지만 이야기를 듣고 찾아왔습니다. 이번에 여러분의 초상화를 제게 맡겨주시지 않겠습니까?』

악문 어금니에서 피 냄새가 난다.

『강하고 상냥한 아이가 되어주렴.』

미안해, 작은누나. 난 상냥한 사람 따윈 될 수 없어. 기어서라도 그놈을 죽이러 살 거야. 이 손으로 죽여서 복수를 하겠어. 그게 '나쁜 짓' 이라도. 그렇지 않으면 난 살 수가 없어.

형과 누나처럼 난 강하지 못하니까. 그렇게 하지 않으면 혼자서 살아갈 수가 없어.

'잊고 싶지 않아.'

아무리 끔찍한 기억이라도 연청이 가지고 있는 것은 이제 기억밖에 없으니까.

그리고 잊지 않고 살아가기 위해서는 연료가 필요했다.

——복수와 증오. 이것이 없다면 죽고 싶었다.

'사실은 지금이라도 당장 죽고 싶어.'

모두가 있는 곳으로 가고 싶어서 견딜 수가 없어.

갑자기 가까이에서 짐승의 숨소리가 들려왔다.

고개를 들어보니 은색 늑대가 조금 떨어진 곳에서 연청을 바라보고 있었다. 너무나도 크고 아름다운 늑대였기에 몽롱한 상태였던 연청은 이것이 현실이라고는 생각할 수 없었다.

늑대가 한 발 다가왔다. 은색 털이 너무나 아름다워서 연청은 조금 넋을 잃고 쳐다봤다.

'이 늑대라면 잡아먹혀도 좋아….'

문득 그런 생각이 들었다.

갑자기 피로가 몰려왔다.

'나, 이제 죽어도 괜찮지 않을까?'

생각해보니, 죽고 싶다고 생각하면서 왜 기고 있는 것일까? 그 남자에게 복수를 한다지만 산도 못 내려가는걸. 혼자인데다가 전신골절이지. 복수라니 절대 무리, 무리. 살라고 누가 시킨 것도 아닌데. 어쩐지 진심으로 저 늑대에게 잡아먹혀도 좋을 것 같다는 생각이 들었다.

'난 아직 다섯 살밖에 되지 않았는걸.'

그래, 아직 다섯 살이다. 그 악마 같은 남자가 '10년은 기다려주겠다' 고 했지만 장난도 아니고. 10년 후라 해봤자 열다섯이잖아. 열다섯짜리 애송이, 나라도 이기겠다. 전설적인 무술 대가 밑에 제자로 들어가 수련이라도 쌓지 않는 한 절대로 무리다.

'좋아, 정했어. 죽자. 오늘이 내 인생의 마지막 날이다. 저 늑대에게 주어버리자.'

자포자기처럼 결심을 한 연청이었지만 바로 옆까지 다가온 늑대를 보고 깜짝 놀랐다. 가까이서 보니 장난이 아니게 크다. 농담이 아니라 정말 연청을 한 입에 삼켜버릴 수 있을 만큼 엄청난 거구였다.

늑대는 킁킁거리며 연청의 냄새를 맡기 시작했다. 언뜻언뜻 보이는 새하얀 엄니도, 얼굴 가까이에서 왔다갔다 하는 발톱도, 연청 따위는 종잇장처럼 찢어버릴 수 있을 것처럼 날카롭다. 조금 지나자 늑대는 연청을 코끝으로 밀어 똑바로 눕혔다. 늑대와 정면으로 눈이 마주쳤다. 연청의 온몸에서 식은땀이 솟아났다.

'무, 무, 무섭다!!'

연청은 산에 버려진 이후 처음으로 자신이 살아있다는 것을 실감했다. 무섭다. 진짜 무섭다. 그 남자는 무섭다고 생각해본 적이 없지만 이 늑대는 자살충동을 잊게 할 만큼 그 존재에 압도당했다.

크엉, 하고 새빨간 입 속이 보였다. 이제 끝이구나, 하고 연청이 눈을 감은 순간, 철썩 하고 얼굴을 핥는 게 느껴졌다. 그러더니 날름날름 연청의 몸 이곳저곳을 핥기 시작했다.

연청은 참다못해 벌떡 일어났다.

"야, 이놈아! 잡아먹을 거면 빨리 잡아먹어! 너무 무섭잖아!!! …엥?"

연청은 자기 몸을 둘러보았다… 두 팔다리가 다 박살이 나 있었던 게 확실한데?

"…어떻게 서있는 거지?"

그만 늑대에게 묻고 말았다. 일어서서 안 것이지만 정말 큰 늑대였다. 앞발을 모으고 앉아있는데도 일어선 연청보다도 크다. 늑대는 연청을 무시한 채 볼일은 다 끝났다는 듯이 느릿느릿 어디론가 가버리려 했다. 하나부터 열까지 사람 같은 늑대다. 연청은 황급히 폭신한 꼬리를 붙잡았다.

"야, 잠깐만! 가려면 잡아먹고 가라고! 바보 취급하고 말이야! 나, 난 말이야, 죽고 싶었다고. 고쳐달라는 얘긴 하지도 않았어! ──몸이 나으면, 젠장! 살아야 하잖아!"

외치면서… 연청은 처음으로 울었다.

죽을 이유가 없어져서 연청은 울었다. 잘 모르겠지만 건강해져버렸다. 걸어서 산을 내려가 그 남자를 찾을 수 있는 몸이 되었다. 이젠 죽을 수도 없다. 이젠 *살 수밖에 없다.* 이젠 아무도 없는 이 세상에서.

혼자서 복수의 칼날을 갈고, 끊임없이 그 남자를 쫓아야 한다. 그러다 보면 가족들이 원했던 내 모습을 잃게 되는 날이 오겠지. 죽으면 지금 이 모습 그대로 가족 곁으로 갈 수 있는데, 이젠 글렀다.

이젠 글렀다.

중이 되든지, 복수를 하든지 양자택일을 해야 한다면 연청의 답은 하나였다.

연청은 늑대의 꼬리로 눈물 콧물로 엉망이 된 얼굴을 닦았다. 늑대는 곤란하다는 듯이 꼬리를 빼려 했지만 연청은 놓아주지 않았다. 전부 이놈 때문이다. 콧물 정도 가지고 뭘 그러냐.

"책임지라고, 이 녀석아! 알았니? 너 잘 기억해. 난 바보여서 잊어버릴지도 모르겠지만. 우리 가족은 세상에서 최고다. 나 정말 행복했어. 매일매일이 정말 최고로 행복했어. 아버지와 어머니가 좋았어. 항상 혼만 났지만 형이랑 누나들도 정말 사랑했어. 여동생은 진짜 귀여웠고, 남동생은 원숭이 같았지만 점점 사람 모습이 되면서 귀여워지고 있었다고. 나만큼 하루하루가 행복했던 다섯 살짜리는 없었어!"

외치고서 연청은 풀썩, 쓰러졌다.

그래—— 정말 행복했었지.

"하지만 그렇게 행복만 가득했던 나와도 오늘로 끝이야."

사라져가던 증오가 다시 살아나는 것이 느껴졌다.

뇌리에 그 남자의 비웃던 얼굴이 어른거렸다. 마음속 어딘가에서 자신이 변하는 소리가 들렸다. 단절의 소리였다. 다정했던 가족과는 전혀 다른 길을 가려는 감정이 싹트고 있었다.

——자, 그 남자를 죽이러 가자.

씨익, 하고 연청의 입술이 올라갔다.

살려준 걸 후회하게 만들어주지.

"…두고 보라고. 10년 후, 반드시 죽여줄 테니까."

여태까지의 연청이라면 지으려 해도 지을 수 없었을 어두운 미소를 띤 채 연청은 눈을 감았다.

——복수의 막이 오른다.

이것이 자신의 인생이라는 것을 연청은 깨달았다.

정신을 잃기 직전, 연청은 조금 흐느껴 울었다.

사랑하는 가족과의 영원한 이별, 그리고 두 번 다시 돌아오지 못할 과거의 자신을 슬퍼하며.

그 모습을 늑대는 그저 바라보다가 이윽고 지켜주듯이 이 가엾은 소년을 감싸안았다.

1

――8년 후.

"우와아아아, 빈틈 발견―――!!"

열셋이 된 연청은 한 손에 곤봉을 쥔 채 멧돼지를 쫓아 산 속을 폭주 중이었다.

던진 곤봉이 명중하여 멧돼지가 공중에서 한 바퀴 돌며 땅에 굴렀다. 지체 없이 포획하려는 연청을 거대한 은색 늑대가 가로막았다. 연청은 불끈 화를 냈다.

"야! 방해하지 마, 은차랑(銀次郎). 이 녀석은 나하고 사부님의 저녁거리라고!"

연청이 맘대로 은차랑이라는 이름으로 부르고 있는 이 산의 주인은 연청을 향해 낮게 으르렁거렸다.

"뭐야, 은차랑… 왜, 으아!"

쓰러진 멧돼지 곁으로 와글와글하며 아기 멧돼지들이 모여들고 있었다.

"엄마 멧돼지였구나."

그때까지 필사적으로 도망쳤던 엄마 멧돼지가 아기들을 지키려는 듯이 연청을 올려다본다.

"젠장, 이렇게 와글와글 기어나오면 어쩌란 거야… 어쩔 수 없지. 봐줄게."

호기로운 큰 소리와는 달리 연칭의 배에게 꼬르륵 소리가 났다. 오늘은 배불리 먹겠다고 기대가 컸던 차라 괜히 더 배가 고픈 것 같았다. 꾸르륵, 꾸르르륵 하는 엄청난 소리에 은차랑도 기가 질렸다. 연청은 원망스럽다는 듯이 은차랑을 바라보았다. 옆을 느릿느릿 활보하는 이 은색 늑대는 연청이 열세 살이 된 지금도 전혀 작아 보이지 않았다.

"젠장! 저녁에 또 생선 먹어야 하잖아! 아, 고기 먹고 싶어, 고기가 먹고 싶다고!!"

투덜거리는 연청을 은차랑이 코끝으로 불쑥 밀어 올리더니 등에 폴짝 태우고 달리기 시작했다. 오두막이 있는 산 정상이 아니라 무슨 이유인지 산기슭 쪽 방향으로 달리기에 무슨 일일까 고개를 갸우뚱하고 있었더니, 이윽고 어디선가 짐승의 울음소리가 들려왔다. 그리고 또 하나.

'사람의 기척——!'

연청이 곤봉을 고쳐 쥔 순간 은차랑이 크게 뛰어올랐다. 연청의 눈 아래로 곰 한 마리와 대치하는 사람이 보였다. 어스름 속에서 남자가 들고 있는 흰 칼날이 보였다.

"야, 이 바보야! 곰 상대로 죽고 싶은 거야? 물러서!"

연청은 은차랑의 등에서 뛰어내렸다. 동시에 사람 그림자도 재빨리 몸을 날려 뒤쪽으로 물러섰다. 물러서라고 말이야 했지만 정말로 할 수 있으리라곤 생각지 못했었다. 아주 짧은 순간 동안 남자와 눈이 마주쳤다.

휘두른 곤봉이 곰의 미간에 명중했다. 두개골이 부서지는 느낌이 연청의 손에 확실하게 전해져왔다. 곰이 뒤로 쓰러지는 것과 동시에 뒤쪽에서 칼을 집어넣는 소리가 들렸다.

"고맙구나. 덕분에 살았다."

연청은 콱, 하고 뒤를 돌아보았다. 살았다는 무슨.

"이봐, 산기슭 마을 촌장에게 못 들었어? 해가 떨어진 후에는 이 산에 들어오면 안 된다고!"

한 눈에도 귀인이라는 것을 알 수 있는 사내였다. 검을 든 모습에 빈틈이라곤 하나도 없었다. 검을 쓰는 직업은 아닌 것 같았지만 한번 뽑으면 지는 일은 거의 없을 것이다. 젊은 날에는 이름 꽤나 날렸을 게 확실했다. 하지만 그렇다고 곰 상대로 칼을 뽑는 바보가 어디 있냐.

"도대체 무슨 생각을 한 거야. 목숨은 하나밖에 없다고! 곰을 만나면 무조건 줄행랑부터 치는 거얏!"

그때 남자의 등 뒤에서 불쑥 하고 뭐가 나왔다. 연청은 눈을 동그랗게 떴다.
"…아기 멧돼지잖아. 뭐야, 아까 그 엄마멧돼지 새끼인가? 뒤쳐진 건가——?"
연청은 얼굴을 찌푸렸다. 설마.
"…당신, 혹시 이 멧돼지 한 마리 살리려고 곰 상대로 칼을 뽑은 건 아니겠지?"
남자는 머리를 긁으며 연청의 눈을 피했다.
"…너도 나 하나 구하려고 곰 상대로 싸웠지 않느냐."
연청은 입을 떡 벌렸다. …엄청난 바보가 여기 있었다.
"난 다르지. 강하고 젊으니까. 늙은이는 무리하면 안 된다고!"
"넌 젊은 게 아니라 어린 거다."
"콱, 죽을 뻔한 주제에 이러쿵저러쿵 말이 많아!"
남자는 민망한지 화제를 바꾸었다.
"아까 그 은색 늑대가 이 산의 주인인가?"
"은차랑? 아, 젠장, 까먹고 있었네. 또 놓고 가버렸잖아, 그 놈."
그렇게 덩치가 크면서도 공기에 녹아버리듯 순식간에 사라져 버린다.
"은차랑? 은(銀)까지는 알겠는데 왜 차랑[次郎. 차남을 뜻하는 이름]이지? 태랑[太郎. 장남을 뜻하는 이름]은 없나?"
지체 높은 귀인께서 진지한 얼굴로 이런 걸 묻는다는 게 우스웠다. 웃기는 놈이네.

"옛날 우리 집에 있던 매화나무 이름이 매태랑(梅太郞)이었거든. 그래서 그 녀석은 둘째니까 은차랑."

매화나무와 얼결에 형제가 되어버린 산의 주인이라. 남자는 풋 하고 웃고 말았다.

연청은 죽은 곰을 영차 하고 둘러멨다. 연청의 세 배는 되는 크기였다. 뒤에서 보면 곰이 연청을 머리부터 삼키려는 듯이 보인다. 그 곰을 어쩔 생각이냐고 남자가 물으려 하는데 연청의 배에서 꾸르르륵 하는 엄청난 소리가 들려왔다. 바로 굶어죽을 것 같은 소리였다.

'먹으려는 거구나.'

묻기도 전에 알았으니 남자는 묻지 않기로 했다. 멧돼지까지 잡아먹힐 것 같았기 때문에 얼른 놓아주면서, 어쩐지 친구인 송준개를 보고 있는 듯해서 남자는 또 한 번 웃고 말았다.

"하여간, 당신 뭐하러 이 늦은 시간에 산에 들어온 거야?"

"전설의 무술 대가로 이름 높은 남 노사(南老師)를 만나러 왔다. 내 이름은——."

다원순(茶鴛洵)이라고 그가 말했다.

"맛있다! 진짜 맛있다! 할아버지, 요리 잘하는데?"

은랑산(銀狼山) 정상 부근에 있는 작은 오두막집에서 다원순이 만들어 준 곰고기 전골을 한 입 맛보자마자 연청의 얼굴이 확 빛나기 시작했다. 그 기막힌 맛에 와구와구 밥그릇을 비워낸다.

"이런 야전요리라면 젊은 시절 자주 만들었던 것이라서 말이다."

"헤에, 사부님을 잡으러 드디어 나라에서 사람이 왔다고 생각했는데, 곰고기 전골 잘 만드는 손님이라면 대 환영이야. 진짜 잘됐어."

다원순은 자신이 사실은 '중앙의 관리' 라는 사실은 밝히지 말아야겠다고 생각했다.

"왜지? 남 노사가 무슨 짓을 했나?"

"아니, 그렇다기보다는… 사부님이 좀 상식이 없는 사람이라서."

사실, 좀 정도가 아니었다.

연청도 상당히 셈이 흐릿한 성격이었지만 사부님은 근본적으로 인간 자체가 얼렁뚱땅이었다. 돈에 대한 개념도 없어서 산기슭 마을에서 키우는 소나 양을 멋대로 잡아오고, 밭의 무를 뽑아오고, 과수원의 사과를 원숭이처럼 모조리 헤집어 놓곤 했다. '좋—다, 연청아. 지금부터 산속에서 편하게 사는 방법을 가르쳐주지' , 이런 사부님의 말에 아무 생각 없이 따라갔던 연청은 그 소행을 보고 기겁했다.

'산적이잖아!'

산속에서 편하게 사는 방법이라니?

지금 다시 떠올려도 등골이 오싹하다. 도대체 사부님은 그 나이까지 어떻게 살아온 걸까?

마을사람들은 촌장을 비롯해 하여간 태평한 사람들이 많아서 '연청. 괜찮여, 괜찮여. 이 산은 주인님 것이고 우리들은 끝자락을 빌려 살고 있을 뿐이구먼. 이 산에서 난 것은 모두 주인님 마음대로 하시면 되는 겨' 라면서 은차랑하고 사부님을 한데 묶어 지장보살에게 공양이라도 하듯이 봐주곤 했지만, 드디어 참다못한 누군가가 관리를 불렀다고 생각했다.

"주변 마을사람들은 모두 남 노사와 네게 감사하고 있더구나. 도적떼를 일망타진 해줬다고."

"아… 그래."

"떨떠름한 표정인데?"

연청은 젓가락을 입에 문 채 씁쓸한 표정을 지었다.

물론 민폐만 끼치는 산 원숭이처럼 멋대로 살아온 스승을 설득하여, 남에게 도움을 주자고요! 하고 둘이서 경호무사 일을 시작한 지 꽤 된다. 근처 마을에 출몰하던 도적떼가 사라졌고, 이제 은랑산의 수호자는 '살인적(殺刃賊)' 과 더불어 사람들의 입에 오르는 존재가 되었다. 하지만――.

"실제로는 하나도 달라진 게 없는걸. 관리가 도적떼와 유착관계니까. 아무리 우리가 잡아들여도 바로 석방. 또 어디선가 똑같은 짓을 하고 있을 뿐이라고. 관리들의 의식을 바꾸지 않으면 아무것도 달라지지 않아."

"연청, 너 몇 살이지?"

"응? 열 셋인데?"

원순은 문득 그와 같은 나이면서 아이이길 거부한 한 소년을 떠올렸다. 씁쓸한 미소가 퍼졌다.

"…정반대구나."

"응? 나? 누구랑?"

"이 나라의 둘째 왕자와."

"왕자?! 그게 뭐야. 아니, 그보다 할아버지랑 잘 아는 사이? 이제 보니 엄청 높은 사람이었어?"

원순은 웃었다. 정말로 그 왕자에게 연청 같은 쾌활함이 있었다면. 아니, 적어도 한 사람이라도 좋으니 연청처럼 구김살 없는 친구가 곁에 있었더라면 얼마나 좋았을까.

연청과는 정반대로 모든 것이 얼음 같았던 왕자였다. 지나칠 만큼 뛰어났던 둘째 왕자.

…하지만 그 왕자는 *이제 없다.* 원순이 귀양(貴陽)을 떠나 있을 때 일어난 사건을 생각하면 지금도 괴롭다. 그러나 원순의 몸은 하나밖에 없다. 둘째 왕자의 유배를 막지는 못했지만 적어도 다주에 돌아온 목적은 달성해야만 했다.

"은랑산의 수호자에게 의뢰를 하려고 왔단다."

연청은 밥그릇에서 머리를 들었다. 짐작은 하고 있었기 때문에 별로 놀라지 않았다. 그때까지 연청은 항상 그렇듯이 편하게 듣고 있었다. 다음 말이 이어지기 전까지는.

"…의뢰 내용은 '살인적'의 괴멸이다."

그 순간 연청의 달라진 표정을 본 원순은 온몸에 소름이 돋았다.

태양 같은 쾌활함이 사라지고 모든 감정이 가면을 벗은 듯이 사라져버렸다. 깊은 눈동자는 차가운 허무로 뒤덮이고 나락과 같은 어둠 속으로 젖어들었다.

원순은 그의 마음 깊은 곳에 가라앉아 있는 열어서는 안 되는 상자를 열었다는 생각을 했다.

얼어붙은 침묵을 깬 것은 문 쪽에서 들려온 *제3의 목소리*였다.

"어이, 불청객. 그런 얘기는 제자가 아니라 내게 하시오."

원순이 놀라서 뒤를 돌아보니 어느 새인가 홀연히 한 사람이 서있었다.

연청은 다른 걸로 놀란 듯이 젓가락을 문 채 눈을 깜빡거리고 있다.

"어? 사부님! 웬일이시래? 나오셨네? 새빨개져서 도망치지도 않고."

"무슨 소리냐, 나도 진보한다고. 스승이니 제자인 네놈보다 매일 한 걸음 앞섰다가 세 걸음 물러설 정도로 성장했다고."

"퇴화하고 있는 거지!"

연청은 평상시의 모습으로 돌아와 있었다. 방금 전의 무표정은 착각이었다고 생각할 수밖에 없었다.

원순이 저도 모르게 눈을 비빈 순간, '사부님'은 전골냄비를

끼고 원순의 반대편에 앉았다. 상당히 인상적인 사내였다. 훌쩍 키가 크고 짐승을 연상시키는 눈동자, 허리까지 닿는 긴 은발에는 진홍색이 한 줄기 섞여있었다. 결코 단정한 생김새는 아니었지만 봐도 봐도 계속 보고 싶어지는 묘한 매력이 있었다. 나이도 짐작이 가지 않았다. 삼십대라고 해도, 오십대라고 해도 믿을 것 같았다.

이 사내── 남 노사는 무례할 정도로 빤히 원순을 쳐다봤다. 당황한 원순이 통성명을 하려고 하자 연청이 갑자기 국자로 탁자를 치며 화를 냈다.

"사부님! 이 할아버지가 만들어준 전골, 혼자서 다 먹어치우면 어떻게 해!"

원순이 응? 하고 냄비를 들여다보자, 방금 전까지 많이 남아있던 전골이 한 방울도 남지 않고 사라져 있었다. 말도 안 돼. 앉아있기만 했는데?

"난 괜찮지만 원순 할아버지는 나한테 떠주느라고 하나도 못 먹었다고! 손님한테 실례잖아!"

"그런가, 잘 먹었다. 자, 돌아가게."

"사부님, 이 밤중에 돌려보낼 거야? 이 할아버지 의뢰하러 온 건데?"

남 노사는 시끄럽다는 듯이 귀를 후볐다.

"연청, 밖에서 은차랑과 좀 놀다오렴."

그러더니 연청의 머리를 한 손으로 콱 잡아서 창밖으로 집어

던져버렸다. 연청은 '으악~' 하는 비명소리를 내며 창 받침대와 함께 날아가버렸다.

원순은 식은땀을 흘렸다. 송준개에게 이야기는 들었지만 엄청나게 난폭한 노사다.

남 노사는 갈기 같은 머리를 흔들었다. 마구 헝클어진 노사의 그 머리는 마치 야수의 털처럼 아름다웠다. 그의 눈동자를 마주보자 정말로 야수 앞에 서있는 듯한 느낌이 들었다.

"연청의 운명을 뒤흔들어 여기서 데리고 가려는 불청객이여. 하지만 아기 멧돼지를 구해줌으로써 당신은 이 산의 손님이 되었소. 이야기는 들어보지. 어쩔 수 없으니."

아기 멧돼지를 구해준 일을 이미 알고 있는 게 원순은 왠지 당연하다는 생각이 들었다. 은차랑이 이 산의 주인이라면, 어른 같기도 하고 아이 같기도 한 이 노사는 산신령 같다고 생각했다.

내던져진 연청은 마른 풀 위에 은차랑의 하얀 배를 베개 삼아 밤하늘을 바라보고 있었다. 보통 때는 저녁을 먹고 나면 바로 잠이 들곤 하지만 오늘 밤은 눈이 말똥말똥하다. 잠이 들 것 같지 않았다.

『…의뢰 내용은 '살인적' 의 괴멸.』

쿵, 하고 심장이 울렸다. 시야가 핏빛으로 물들어 간다. 온몸이 와들와들 떨렸다. 오랜만에 왼쪽 뺨의 상처가 욱신거렸다.

연청은 의식적으로 심호흡을 했다.
갑자기 은차랑이 일어나는 바람에 연청은 하얀 배에서 미끄러졌다. 마른 풀 위에 얼굴을 처박은 그를 끄집어 낸 것은 사부님의 손이 아니었다.
"어? 원순 할아버지? 뭐야? 얘기는 끝났어?"
"그래, 그리고 남 노사가 자려면 여기 마른 풀에서 자라고 하더구나."
"하여간 사부님은!! 내 침대 빌려줄게!"
"아니다. 여기가 좋아. 옛날에 자주 이렇게 자곤 했거든."
원순은 정말로 마른 풀 위에 털썩 누웠다. 은차랑은 연청을 내버려두고 어디론가 어슬렁거리며 가버렸다. 은차랑도 사부님과 마찬가지로 사람이 오면 모습을 감춰버린다.
마른 풀에서 그리운 햇빛 냄새가 나서 원순은 눈을 감았다.
"…연청, 의뢰는 취소다. 잊어주렴."
연청은 한참 동안 아무 말도 하지 않았다. 잠이 들었나, 하고 원순이 생각했을 때 갈라진 목소리가 들려왔다.
"…사부님한테 내 얘기 들었구나. 고마워, 할아버지. 하지만 난 가야 돼."
"연청."
"나 바보라서 읽기, 쓰기, 셈도 제대로 못해. 분명 배웠는데도."
연청을 바라보니 모래처럼 무너져내릴 것 같은, 우는지 웃는지 알 수 없는 얼굴을 하고 있었다.

"…정말 바보야. 가족의 얼굴을 다 잊었지만 그 남자의 얼굴, 목소리 전부 기억하고 있어. 이런 얼간이가 또 있을까 싶다니까. 반대가 돼야 하는걸. 하지만 이 바보 같은 내게 남아 있는 건 그거밖에 없어. 그러니까 내가 의뢰를 받을게. 이 산을 내려가서 내 세계로 돌아갈 때가 된 거야. 아무리 한 치 앞도 안 보이는 어둠 속이라 할지라도 그게 내가 선택한 세계거든. ──난 가족을 몰살시킨 그 남자를 죽이러 가야 해."

아련해진 '가족'의 기억. 꿈속에서조차 얼굴이 흐릿하게 보이게 된 것은 언제부터일까. 그렇게나 잊지 않으려고 했는데.

가족의 얼굴도 잊고 만 지금, 어느 누구를 위해서도 아니었다. 그저 자신을 위해 연청은 이 엉망진창이지만 세상 어느 곳보다도 안전한 이곳에서 나가려 한다.

『자네가 막아도 연청은 갈 것이네. 혼자서라도. 자네가 아니라 운명이 자신을 부르고 있다는 것을 깨달았으니까.』

아무 말 없이 원순은 그저 연청을 안아줄 수밖에 없었다.

연청은 그 다정한 품속에서 눈을 감았다. 눈물이 한 방울 흘러내렸다.

이 산에서 사부님과 은차랑과 함께 보냈던 8년은 확실히 연청을 지켜주었다. 하지만 그의 세계는 아니었다. 아니, 그의 세계로 삼을 수 없었다.

연청은 자신이 한 맹세를 잊을 수도 버릴 수도 없었다. 얼어붙은 증오가 녹아내리는 일은 없었다. 그저 시간이 멈춰있었을 뿐이다. 연청의 마음 한 구석에는 언제나 얼어붙은 어둠이 자리잡고 있었다. 잊은 척을 해봐도 끝까지 사라지지 않았다.

'미안해, 사부님, 은차랑.'

그들을 선택할 수 없었던 연청은 이 산을 떠나 자신의 세계로 돌아가는 것이다.

그 다섯 살의 여름날 이후 끊임없이 피를 흘려왔던 새빨간 기억과, 끝까지 내버리지 못한 증오와 함께.

남 노사는 높은 절벽에서 별을 보고 있었다. 그 뒤쪽에 소리 없이 은색 늑대가 앉아있다.

"은차랑, 왜 연청을 데리고 온 거냐?"

은색 늑대의 원래 이름은 다른 것이었지만 이제 모든 사람들이 은차랑이라고 부르고 있었다.

조금 지나 어디에선가 낮고 부드러운 목소리가 들려왔다.

'…불쌍했습니다.'

은색 늑대의 목소리였다. 머릿속에 울려 퍼지는 신비로운 목소리였다.

'연민이란 감정을 그때 처음 안 것 같습니다, 주인님.'

"눈 뜨자마자 굽고 있던 소 통구이에 덤벼드는 바람에 엉덩이에 불이 붙어 왁왁거리며 날뛰다가 강에 머리부터 뛰어들어 기절한 놈이 뭐가 불쌍했던 거냐."

'…네, 그때는 저도 제가 본 것이 착각이라고 생각했었죠.'

물고기와 함께 둥실둥실 강을 떠내려가던 연청을 건져올린 것도 은차랑이었다. 저런 바보가 다 있나 싶어 넋을 잃고 바라보다가 움직이는 게 늦었다.

은차랑이 복슬복슬한 꼬리를 흔들었다. 이 애지중지하는 꼬리에 콧물을 닦은 건 연청이 처음이자 마지막일 것이다. …착각이었을 리가 없지.

'저는 연청이 망가지던 순간에 옆에 있었습니다. 망가지기 전에 연청이 제게 행복했던 기억을 기억해달라고 말했습니다. 자기는 잊어버릴지도 모른다면서.'

어린 소년이 증오에 물들어가는 순간을 은차랑은 목격했다.

죽이는 게 나았을지 모른다. 은차랑은 가끔 그런 생각을 한다. 그냥 내버려두거나 죽여도 되는 상황이었다. 사실 그러려고 다가갔었다. 엄청난 살기에 다른 야수들까지 피하던 아이다. 몇날 며칠을 산을 시끄럽게 만들고 있기에 없애버리려고 했다. 마음이 바뀌어 구해준 후에도 은차랑은 그 소년에게 별 관심이 없었다. 걸을 수 있게 되면 바로 산에서 내려갈 것이라고 가볍게 생각하고 있었다.

그러나 살아난 꼬마는 울었다. 왜 구해줬냐며, 이젠 살 수밖에 없다며.

이제 살 수밖에 없다. 그렇게 외치며 연청은 퍼석, 하고 도자기가 흙으로 돌아가듯이 조용히 무너져내렸다. 그 영혼을 찢는 듯한 비통한 외침을 지금도 은차랑은 잊을 수 없다.

'이곳으로 데려온 것은 후회하고 있는지도 모릅니다.'

"…은차랑, 사실을 말하자면 연청의 목숨은 그날 끝날 운명이었다."

순간적으로 은차랑은 숨을 멈췄다.

'제가… 운명을 바꾼 것입니까?'

"아니다. 바꾸는 것은 언제나 연청이다. 너를 부른 것도, 네 마음을 돌린 것도 연청이다. 연청의 별인 태양은 주위를 구석구석까지 비추며 바꿀 수 있지만, 어느 누구도 태양을 바꿀 수는 없다."

위대한 은색 늑대가 연청의 영향으로 바뀌었지만, 끝까지 연청은 바뀌지 않았듯이.

남 노사는 하늘 가득한 별을 올려다보았다.

하지만 연청의 별은 정확하게 말하면 태양의 광기. 빛에 가려져 보이지 않지만 언제나 그림자처럼 어둠이 어른거린다. 태양이 미쳐버리면 어느 누구도 막을 수 없다. 아슬아슬하게 흔들리고 있는 저울의 균형점 위를 연청은 태연한 얼굴로 달려온 것이다.

오로지 자신을 지배하는 그 남자의 사슬을 끊어버릴 날만을 바라보며.

…이 8년 동안 연청은 멋대로 강해졌다. 특히 검에 대한 집념은 무서울 정도였다.

처음에는 날붙이를 보기만 해도 창백하게 질려 경련과 구토를 반복했다. 그래도 검을 놓지 않았다. 검술 훈련은 하루 일과 중 얼마 되지 않았지만 그 짧은 시간에 모든 것을 쏟아 붓듯이 엄청난 속도로 실력을 쌓았다. 아니, 정확하게 말하면 검술이 아닌 죽이는 기술만 일취월장했다. 연청은 기술이나 형태는 아무것도 익히지 못했다. 그저 짐승이 이빨로 사냥을 하듯이 사냥감의 숨통을 확실하게 끊어놓는 것에만 집중했다.

순식간에 살인 기술만이 향상되었다. 검을 든 연청의 움직임은 완전히 다른 사람이었다.

훈련이 끝나면 보는 것도 싫다는 듯이 손질도 하는 둥 마는 둥 검을 짚단 밑에 쑤셔 넣었다. 가끔 바람에 짚이 날려 검이 드러나면 짜증을 내며 차버리곤 했다. 하지만 사흘에 한 번은 그 짚단 위에서 잠을 잤다.

연청의 8년은 이런 식으로 흘러갔다.

검은 연청의 '광기' 그 자체였다.

잘못되었다고 생각하면서도 꺼려하면서도 손에서 놓을 수가 없었다.

하루 중 얼마 안 되는 검술 훈련에 모든 것을 쏟아 부었듯이 옆에서 보면 한없이 태평해 보이는 세월이었지만, 연청이 보낸 8년은 오로지 한 명의 사내를 죽이기 위한 시간이었다.

…하지만 약속한 10년까지 2년은 남아있을 터였다.

올려다본 밤하늘에 금방이라도 꺼져버릴 듯 깜빡거리는 작은 별이 보였다.

"연청을 부르는 것은 저 별인가…."

연청이 은차랑을 불렀듯이 지금 별의 궤도를 바꿔서까지 연청을 부르는 자가 있다. 지금 연청이 산을 내려가지 않으면 저 별은 떨어지고 만다. 이번 생에서 연청과 저 별의 주인이 만나는 일은 없을 것이다. 가는 것은 좋다. 하지만 그 후에는?

『사부님, 눈앞이 계속 빨개. 피가 계속 흘러내리고 있는 것처럼.』

딱 한 번, 아무리 해도 검을 놓을 수가 없었던 연청이 울면서 물었던 말이다.

『잘못된 거라는 건 알고 있다고. 이렇게 괴로운걸. 하지만 달리 어떤 방법이 있다는 거야?』

괴로움 속에서 간신히 찾아낸 답조차 잘못되었다는 걸 알고 있는 아이. 8년 간 거의 항상 태양 밑에서 웃으며 지냈다. 이 아이의 그림자가 어둠에 잠겨 있다고 한들 누가 비난할 수 있겠는가? 짓눌려 깨져버릴 것 같은 연청의 마음과 같은 무게의 '정답'을 알려줄 수 있을까?

남 노사는 대답할 수 없었다. 무엇 하나. 그저 약속을 해줄 수밖에 없었다.

『네가 네 자신을 잃어버리는 때가 온다면 내 손으로 너를 편안히 잠들게 해주마. 네 집 정원의 매화나무 밑에 묻어주고, 네가 흙으로 돌아갈 때까지 은차랑과 함께 매일 놀러가 줄게.』

그러자 연청은 겨우 마음의 굴레에서 벗어났다는 듯이 웃으며 검을 놓고 잠이 들었다.

…하지만 네가 가버리면 나도 은차랑도 무척 슬플 게다.

사라져버린 2년을 이토록 아쉬워하리라고는 남 노사는 생각지 못했었다.

2

"그렇습니까, 다원순 님이 움직였군요…."

'살인적'의 본거지인 양산(梁山)의 한 구석에서 보고를 들은 남자는 조용히 중얼거렸다. 서열 3위, 뛰어난 두뇌로 종횡무진 책략을 구사한다고 해서 '지다성(智多星)'이라 불리는 사내다.

"그래서? 다원순인가 하는 놈이 은랑산에 간 게 뭐 어쨌다는 거냐? 은랑산 정도가 뭘 할 수 있다고 생각하는 건가? 이 10년 동안 관군도 어쩌지 못 한 우리를?"

부두령인 명상(暝祥)은 비아냥거리며 '지다성'을 쳐다봤다. 같이 지낸 지 10년이 다 되지만 명상은 지금도 이 사내를 좋아할 수가 없었다. 전에는 명상이 담당하던 계획 입안을 혼자 맡아 명상의 전적을 뛰어넘는 화려한 활약을 보여주고 있는 것도, 두령인 조개(晁蓋)의 말 한 마디에 서열 3위로 뛰어오른 것도 다 마음에 안 들었다. 하지만 무엇보다도 속을 읽을 수가 없었다. 정체를 알 수 없었다.

하지만 '살인적' 에서 제대로 말이 통하는 몇 안 되는 상대라는 점은 명상도 인정하고 있었다.

"은랑산 녀석들 때문에 몇 번인가 약탈계획이 실패로 돌아간 적이 있긴 하지만 어차피 소수 세력 아닌가?"

'지다성' 은 긴 속눈썹을 내리깔았다. 신중하게, 그렇죠, 라고 중얼거린다.

"…조금 신경이 쓰였을 뿐입니다. 부디 주의를 늦추지 마십시오."

너무 순순히 물러나는 것이 더욱 명상의 신경을 긁었다. 결국 '지다성' 이 하는 것은 무엇이 되었든 다 마음에 안 드는 것인지도 모른다. 명상은 마지막으로 평소처럼 죽간(竹簡)을 던졌다.

"이 달 들어온 신참 명단이다."

두루마리의 두께를 본 '지다성' 은 눈썹을 찌푸렸다. 지금까지 본 것 중 가장 두꺼웠다.

"…상당히 많이 들어왔군요."

"보충을 안 할 수 없으니까. 매일매일 '소선풍(小旋風)' 에게 죽어나가고 있으니 말이지."

처음으로 '지다성' 의 눈초리가 험악해졌다. 명상은 입 꼬리를 끌어올리며 비웃음을 지었다.

"내가 아니라고. '소선풍' 을 죽인 놈에게는 간부 승진에 금 100량까지 포상한다고 약속한 건 두령이니까. 사망자가 줄을 잇는 것도 어쩔 수 없는 일이잖아?"

"그것만이 아닐 텐데요. 마을 사람들을 잡아다가 '소선풍' 에게 들여보낸다는 이야기도 들었습니다."

명상은 쿡쿡거리며 차갑게 웃었다. '소선풍' 덕분에 시시한 하루하루에 재미가 생겼다.

"보고 있으면 아주 재밌거든. 날이 갈수록 검술과 미모는 빛을 발하지. 타락해가면서도 여전히 콧대만 높지. 아무리 더럽혀져도 자신은 특별하다고 생각하는 모양이야. 귀엽잖아. 바보 같은 숫처녀 짝이지 뭐야. 아름답고 오만하고 어리석은 소년을 짓밟는 것처럼 쾌감을 주는 일도 또 없다고."

'지다성' 은 비난 대신 그저 이렇게 말했다.

"…마치 자기 얘기를 하고 계신 듯한 말투군요."

그 순간, '지다성' 의 뺨이 팍 하고 찢어졌다. 베인 줄도 몰랐다는 듯이 천천히 상처에서 피가 흘러내렸다. 깊은 상처는 아니었지만 다 나을 때까지 따끔따끔 아플 상처였다.

"실례… 언짢으셨습니까?"

차분한 목소리에 더 화가 나는지 명상은 분하다는 듯이 혀를 차며 쿵쿵거리며 나가버렸다.

'지다성' 은 뺨에서 흐르는 피를 손수건으로 닦으면서 다시 한 번 신입대원 목록을 훑어보았다.

문득 시선이 멎었다. 연령 표시란에 말도 안 되는 숫자가 적혀 있었다.

——열세 살.

그것도 가장 어렵다는 무예부문으로 들어왔다는 것은 이 나이로 중견간부급의 고수들을 10명 베었다는 애기다. 사실이라면 '소선풍'에 비견할 만할 실력일지도 모른다.

"출신지는… 매태랑이 있는 곳?"

저도 모르게 픽 하고 웃고 말았다.

이름은 랑연청.

그 이름을 입 속으로 중얼거렸다.

● ● ❖ ❖ ● ●

"별명?"

순조롭게 '살인적' 잠입에 성공한 연청은 마치 십 년 전부터 이곳에 있었던 듯한 얼굴로 안내 겸 교육 담당 겸 형님 격인 사내의 뒤를 따라 걷고 있었다. 내가 생각해도 너무 자연스러운 걸.

"그래, 일일이 이름 따윈 기억할 수 없으니까. 안 그래도 바보 얼간이가 너무 많아서 말이지. 어제도 누가 생선 한 마리를 더 먹었네, 어쩌고 해서 큰 싸움이 났었어. 그래서 내가 말해줬다. 이 바보 놈들아! 다음 날 전원 화장실에서 나온 걸 비교하면 단번에 알 수 있다고 말이야. 안 그래? 내가 사실 좀 두뇌파거든."

연청은 왠지 자신도 두뇌파가 될 수 있을 것 같은 생각이 들었다.

"두뇌파라고 하면 역시 '지다성' 이지."

"'지다성' ?"

"서열 3위의 대간부야. 머리가 좋아서 그런 별명이 붙은 모양이더라고. 이름은 까먹었어. 거봐, 별명은 편하다고, 까먹지를 않으니까."

그건 그렇다. 형님 같은 사람을 위해서 별명이 필요한 거지. 연청은 두뇌파가 될 수 있을 것 같은 게 아니라, 이미 두뇌파라는 생각이 들었다. 경사스럽게도 바보 얼간이 중 한 명이라는 걸 알지 못하는 형님보다는 어울린다는 생각이 들었다.

"군사(軍師)라는 거지. 큰 건수는 전부 '지다성' 이 짜냈다던데."

연청은 별 관심 없는 척을 하면서 슬쩍 물어봤다.

"굉장하네요. 어떤 사람이에요?"

"그게 아무도 몰라. 고참이라는 건 확실한데, 대간부 중에서도 직접 만나본 사람은 거의 없나봐. 뭐, 두뇌파는 원래 너무 생각이 많아서 혼자 틀어박혀 있기 일쑤니까. 나도 그런 적이 있거든. 비 오는 날 입는 우비 있지? 그 말의 유래가 '비와 하동〔일본어로 우비와 발음이 같다〕' 이라는 역사적인 발견에 도달하기까지 밤새 잠을 못 잤어."

연청은 어안이 벙벙했다. …그런가?

'어째… 다른 한자였던 거 같은데.'

하동은 아니었던 것 같은데 발음만 따져보면 맞는 것 같기도 하다. 좀 더 고민해보면 어렴풋이 한자가 떠오를 것도 같았지만 역시 무리였다. 게다가 '비와 하동 논쟁'에 쓸려가다가 그만 '지다성'의 이름을 잊을 뻔했다. 대단한 형님이다. 역시 두뇌파였구나!

"형님도 별명이 있어?"

"당근이지, 훗훗훗. 내 별명은 무지 멋있어. 듣고 놀라지 마. 내 별명은—."

형님은 으스대며 가슴을 펴더니 말했다.

"단명(短命)둘째다!"

"단명둘째?!"

진짜 놀랐다. 단명둘째?

'어떤 반응을 보여야 되는 거야?'

무조건 짱인데, 라고 해야 하나? 확실히 짱이긴 하다. 누가 붙인 별명인지 진짜 궁금하다. 무조건 박수? 시간 벌기에는 무난한 선택이긴 하지. 무조건 진짜 멋져? 연기가 중요한데.

단명둘째 형님은 연청이 어떤 반응을 보여야 하나 고민하고 있는 걸 너무 감동해서 말도 안 나오는 모양이라고 착각하고는 무척 기분이 좋아졌다. 귀여운 동생이 생겼다.

"좋아좋아, 넌 내 동생이니까 '단명셋째'란 별명을 허락하도록 하지."

연청은 펄쩍 뛰어오를 뻔했다. 싫다고, 그런 바보 같고 불길한 별명은!

"형님! 난 오래 살고 싶거든, 다른 별명이 좋겠어!"
형님은 퍽 하고 연청의 머리를 때렸다.
"바보 녀석! 네 맘대로 내 수명을 줄이지 마! '나를 만나다니 네 운도 다했군, 네 녀석은 이제 끝이다' 란 뜻이야! 단명은 내가 아니라 상대편이라고!"
"헷갈리잖아!"
"시끄럿! 살짝 비틀어야 제 맛인 거지!"
또 한 번 형님의 주먹이 연청의 머리를 가격했다. 뭐가 되었든 두뇌파와는 거리가 먼 별명이다. 역시 자칭 두뇌파일지도 몰라. 그보다도 형님은 식사담당인데 왜 그런 별명이지?
"뭐, 주위를 깜짝 놀라게 할 정도의 수훈을 올리지 않는 한 별명을 받는 건 당분간 무리겠지만. '소선풍' 을 쓰러뜨린다든가."
"'소선풍'?"
갑자기 형님이 지금과는 달리 진지한 표정으로 연청을 돌아보았다.
"…셋째야, 누가 '소선풍' 얘기를 하더라도 상대하면 안 된다."
"응?"
"넌 확실히 강해. 중견간부를 10명이나 베어버린 건 정말 굉장했어. 거기에 바보에다가 귀여운 놈이야. 난 네가 마음에 들었어. 목숨이 아깝거든 '소선풍' 에게 가까이 가지 마. 포상에 눈이 어두워져서 도전했던 녀석들이 거의 백 명 가까이 되는데 그 꼬마한테 다 죽었어. 그놈은 마물이야. 인간이 아니야."

바람이 나뭇가지를 흔들고 지나갔다. 연청은 문득 하늘을 올려다보았다.

…왜일까, 누군가가 부르고 있는 듯한 느낌이 들었다.

오래 전부터다. 은랑산에 있을 때부터.

『살아남아 주렴.』

누군가가 귓가에 속삭인다.

젖은 천으로 누군가 몸을 닦아준다. 상처에 약을 발라준다. 예전에 청원이라 불렸던 그는 격렬한 통증에 몇 번이나 절규하며 몸부림쳤다. 그래도 상대는 참을성 있게 치료를 계속했다.

흐려진 의식 속에서 반복되는 그 속삭임만이 귓가에 남았다.

『살아남아 주렴. 지옥 끝에서라도.』

…왜?

무엇을 위해서?

—의식을 되찾은 후 몇 번이나 그는 생각했었다.

바닥에는 지금 막 그가 죽인 시체가 다섯 구, 피투성이가 돼서 뒹굴고 있었다. 이미 별 다를 것 없는 일상이 된 지 오래라 아무 느낌도 들지 않는다. 또 다른 발소리가 들려오는 쪽으로 눈길을 돌려보니 이번에는 전혀 분위기가 다른 형편없는 옷차림의 남자가 떨면서 거의 넘어지다시피 비틀거리며 들어왔다.

어디서 잡아온 마을사람인가 보다.

마을사람은 부들부들 떨면서 지면에 무참하게 쌓여있는 시체와 눈앞에 서있는 아이를 보았다. 아직 어린 이 소년은 양 발목에 족쇄가 채워진 채 사슬로 철 침대에 묶여 있었다.

이 아이를 죽이면 집으로 보내주겠다. 명상인가 하는 부두령이 약속해줬다. 살아서 돌아갈 수 있는 유일한 길이었다. 마을사람은 명상에게 받은 손도끼를 움켜쥐고 소년에게 다가갔다.

순간적으로 소년과 눈이 마주쳤다. 마치 마물처럼 무기질의 공허한 눈동자였다. 마을사람은 등줄기가 서늘해지면서 도끼를 떨어뜨렸다. 소년의 팔이 움직였다. 다음 순간, 마을사람은 목이 날아가 숨이 끊어졌다. 뿜어져 나오는 핏줄기가 뺨에 튀어도 소년은 눈썹 하나 꿈쩍하지 않았다. 하지만 그 마을사람의 목에서 툭하고 뭐가 떨어졌을 때에는 잠깐 시선을 돌렸다. 장난감같이 작은 피리였다. 바로 다음번 희생자가 끌려 들어와 시체는 순식간에 일곱 구가 되었다.

아무리 청원이라지만 숨이 가빠졌다. 상처 치료도 제대로 받지 못한 그에게 있어 무거운 양발의 족쇄는 추와 같았다. 명상은 비웃으며 바라보고 있다. 조심스럽게 사슬과 검이 닿지 않는 장소에서.

스윽, 하고 명상의 팔이 움직였다.

반사적으로 검을 들어올렸지만 한 박자 늦었다. 검이 부채인 양 자유자재로 다뤘던 시절이 있었다는 것이 믿어지지 않을 정도로 몸도 검도 무거웠다. 수리검이 오른쪽 어깨에 박혔다. 관통하지는 않았지만 그의 의지를 꺾기에는 충분했다. 오른손으로 검을 세웠지만 무릎을 꿇었다.

명상이 천천히 걸어오는 발소리가 들렸다.

『살아남아 주렴.』

…왜? 무얼 위해서?

바로 옆에 멍한 표정의 창백한 마을사람의 시체가 누워있다. 시큼한 피와 죽음의 냄새. 화려했던 왕궁과 마찬가지인 썩은 냄새. 그러나 이곳은 좀 더 노골적이고 비리고 시궁창 같았다.

명상의 발소리가 다가온다. 가장 정확하고 무자비하게 그의 긍지를 짓밟고 산산조각을 내면서 즐거워하는 남자. 매일 끝도 없이 굴러 떨어지고 있는 이 바닥없는 나락.

이 시궁창 밑바닥에서조차 살려고 하는 의미는 무엇인가.

검을 쥔 손에 힘이 들어갔다.

이를 알아 챈 명상은 주의 깊게 발걸음을 멈췄다. 이 야수는 조금이라도 체력을 남겨두면 화약보다도 위험하지. 그때였다. 전혀 분위기 파악을 못 하는 느긋한 목소리가 평소와 다름없는 일상을 바꿔 놓았다.

"흥, 이놈이 소문난 '소선풍' 이라는 놈이야?"

명상은 연청을 보자마자 콱 하고 고함을 질렀다.

"이 새끼 원숭이가! 또 너냐! 뭐하러 온 거냐?!"

부두령인 명상이 신입 단원의 얼굴을 기억할 리가 없다. 하지만 이 새끼 원숭이는 달랐다.

들어온 지 보름밖에 안 된 놈이 서열 2위인 명상을 상대로 하고 싶은 건 다 한다. 귀엽지도 않지, 명상을 존경하는 기색은 눈곱만큼도 없지, 하여간 사사건건 신경을 긁는 꼬마다. 무엇보다도 연청을 보고 있으면 신경 끝이 팽팽하게 당겨지는 게 어째 예감이 좋지 않다. 뭔가를 잊고 있는 것처럼.

오늘 새끼 원숭이는 웬일인지 진지한 얼굴로 '소선풍'을 보고 있다. 그 옆얼굴을 본 명상은 눈썹을 치켜 올렸다. 진지한 표정일 때에는 꽤 괜찮은 얼굴인데?

"누구한테 '소선풍' 얘기를 들은 거냐? 어때, 한판 붙어볼 테냐?"

연청은 말없이 바닥에 구르고 있는 일곱 구의 시체를 보고 '소선풍'을 봤다.

온몸에 엉겨붙은 피. 양발에 채워진 족쇄, 묶여진 사슬. 고개 숙인 얼굴은 긴 앞머리 때문에 보이지 않았다. 이 모든 것을 하나하나 확인하듯 살펴본 후 마지막으로 소년이 들고 있는 피와 기름으로 얼룩진 검을 보았다. 곤봉에 기대면서, 저 말이야, 하고 말을 걸었다.

"너, 그 검하고 슬슬 연을 끊는 게 좋을 거 같다. 아님 끊고 싶어도 못 끊는 건가?"

그 순간 두 사람의 눈빛이 얽혔다.

'소선풍'은 수상쩍다는 듯이 미간을 찌푸렸다. 상대 소년의 눈에는 비난도 연민도 조소도 경멸도 없었다. 그저 조용히 그곳에 서서 강한 눈빛으로 똑바로 자신을 바라보고 있었다.

이는 그가 태어나서 처음 만난 눈이었다. 어떤 계산도 없이, 그 몸을 염려하고 미래를 걱정하는 눈. 하지만 그는 그 의미를 알 수 없었다.

태어나서 지금까지 형제조차도 서로 적대시하며 누구 하나 믿지 못하고 살아왔다. 누구도 그런 식으로 그를 보지 않았다. 단 한 명 막내 남동생 말고는 결코 누구에게도 마음을 열어본 적이 없는 그에게 그 말도, 투명한 눈길의 의미도 이해되지 않는 것이었다.

연청도 그의 상황을 파악한 듯하다. 한숨과 함께 긴 머리를 벅벅 긁었다.

"…어쩔 수 없군. 놓지 못한다면 내가 해주지."

기대어 섰던 곤봉을 가볍게 휘둘렀다.

그 몸짓에 '소선풍'의 눈이 휘둥그레졌다. 강하다. 지금까지 만난 얼치기들과는 차원이 다르다. 정통파 무예의 기초를 완벽하게 익혀 완전히 자기 것으로 소화했을 때에만 가능한 가벼움이었다. 바로 그때 연청의 유쾌한 형님, 즉 단명둘째가 안색이 달라져서 뛰어 들어온다.

"야, 셋째! '소선풍'과 만나고 오겠다니, 너 사람 말을 뭐로 듣는 거야?"

"미안해, 형님. 괜히 궁금해져서. 하지만 걱정 안 해도 괜찮아."

그 사이에도 소문을 듣고 온 구경꾼들이 늘어나고 있었다. 누가 '소선풍' 을 죽일 수 있는가. 이는 '살인적' 안에서도 상당히 영웅 취급을 받을 대 수훈이었다.

"그럼 해볼까."

연청은 가벼운 발놀림으로 '소선풍' 앞에 섰다. 씨익 하고 웃었다.

'소선풍' 은 어이가 없었다. 어떻게 이런 상황에서 태평하게 웃을 수가 있는 거지?

일곱 구의 시체가 굴러다니는 그곳에서 연청은 오로지 청원만을 응시하고 있었다. 아까와 마찬가지로 강하고 조용한 눈빛이다. 더 이상 왕자도 아니고 어떤 누구도 아닌 그를.

"이제 슬슬 제정신을 차리자고. 내가 도와줄 테니까 사양 말고 덤벼. 나, 무지 세니까 네가 아무리 날뛰어봤자 절대로 죽이진 못할 거야. *다행이지?*"

그때 청원은 확실히 무의식의 한 구석에서 작게 안도의 한숨을 내쉬었다.

『살아남아 주렴.』 누군가가 말했다.

그 목소리를 따른 것은 아니다.

하지만 울음소리가 들려온다. 오래 전부터 누군가 울고 있다.

『외, 외롭습니다.』

——그 목소리가 검을 휘두르게 했다.

이 시궁창 속에서 그래도 살고 싶다고 생각하는 자신이 신기했다.
매일 팔도 들어올릴 수 없을 정도로 사람을 죽였다. 움직일 수 없게 되면 명상에게 깔리고, 개처럼 바닥에 던져진 음식을 먹었다.
'어째서.'
영원히 계속될 것 같은 이 지옥에서 그래도 살아가려고 하는 자신을 깨달았다. 무엇 때문에.
…하지만 이젠 곧 끝난다.
이제 더 이상 누군가를 죽이지 않아도 된다.
갑자기 또 동생의 울음소리가 들려왔다. 마음과는 달리 신경이 날카롭게 집중되는 것을 느낀다. 팔이 멋대로 움직인다. 역시나 이번에도 몸이 살려고 하고 있다.
"…네 바람을 이뤄주도록 하지."
들릴 듯 말듯 한 속삭임만을 남겨둔 채 연청은 곤봉을 들었다.

3

처덕처덕, 누군가 습포를 대는 느낌이 들었다. 그 후에 붕대를 조심조심 감아준다. 익숙한 피비린내가 아닌 마른 짚과 상쾌한 여름바람 냄새가 났다. 신기하게 생각한 청원이 눈을 번쩍 뜨자 낯선 허술한 천정이 보였다.
갑자기 '으악!' 하며 붕대를 감고 있던 누군가가 달려나간다.

“셋째야! 이, 일어났어!! 교대다, 교대! 난 일이 있어서 가봐야 돼!”
달려나가는 누군가와 교대하듯이 기운찬 발소리가 들려왔다. 발소리의 주인은 전혀 경계도 하지 않고 청원이 누워있는 침대를 들여다보았다. 발소리와 마찬가지로 태평한 얼굴이다. 곤봉은 들고 있지 않은 것 같았지만 왼쪽 뺨의 상처는 확실히 본 기억이 있다.
“야, 괜찮아? 일어날 수 있겠냐? 뭣 좀 먹을래? 죽 있는데.”
“…어째서.”
연청이 ‘소선풍’의 목소리를 들은 것은 그때가 처음이었다. 얼굴과 마찬가지로 아름답지만 따스함이라곤 전혀 없다. 땅 끝까지 파고들 것처럼 가라앉은 목소리.
‘유령 같잖아.’
여기 이렇게 있는데도 살아있지 않다.
“죽이지 않았지?”
음침한 단어를 연결하는 데는 조금 시간이 걸렸다. 의미를 이해한 연청은 기가 막혔다.
“뭐? 뭐 이런 멍청한 놈이 다 있어? 그것도 모르겠냐? 바보가 아니면 네 머리로 좀 생각해보시지. 그래도 모르겠으면 가르쳐 줄게.”
유령 같은 소년은 울컥, 눈썹을 치켜 올렸다. 마치 태어나서 지금껏 바보라고 불린 적이 없다는 듯이.

"나한테 죽고 싶거든 밥 먹고 체력 키워서 더 수련해야 할걸. 내가 얼결에 팍 베어버릴 정도로 강해지라고. 아무튼 옛날부터 약한 놈은 못살게 굴면 안 된다고 하도 잔소리들을——."

연청은 갑자기 입을 다물었다.

'*누구에게?*'

우는지 웃는지 알 수 없는 표정이 스쳐갔다. 마치 잊어버린 소중한 조각들을 다시 주워모으려는 듯한 표정이었다. …잊어버린 소중한 조각들…? 청원은 그 순간 뭔가 떠올릴 뻔했다.

"그런데 너 이름은 뭐냐? '소선풍'이라 일일이 부르긴 너무 이름이 길잖아."

그 순간 거의 열릴 뻔했던 문이 다시 완전히 닫히고 말았다. 조금이지만 흘러나왔던 감정도 남김없이 사라져버렸다. 청원은 표정 없는 얼굴로 시선을 돌렸다. 모든 것을 거부하는 옆얼굴이었다. 물론 연청까지도.

연청은 별로 신경 쓰지 않았다. 상처 입은 동물은 새끼돼지라도 신경이 날카로운 법이니까.

"무명씨냐? 그럼 내 맘대로 붙여야겠군. 오랑(五郎)은 어때? 지금부터 넌 오랑이다."

오랑? 한마디 안 할 수가 없다.

"뭐야, 그 얼빠진 이름은? 장난 하냐?"

"장난 아니야. 우리 집엔 벌써 매태랑하고 은차랑이 있어서 첫째, 둘째는 결번이고, 형님은 나를 셋째라고 부르거든. 사랑(四

郞)은 어째 불길하고, 그래서 오랑. 좋잖아?"
"좋긴 뭐가 좋으냐. 절대 싫어."
"알았어. 별명이 있으면 좋겠지? 그럼 '놀래라 오랑이'는 어때?"
진짜 놀랠 노자다, 왕년엔 귀하신 몸이었던 이 소년은 생각했다. 이런 모욕은 처음이다.
"어딜 봐서 내가 오랑이냐?"
"까칠한 오랑이는?"
"오랑부터 떼라니까!"
할 수 없이 연청은 '자포자기', '인형씨', '비실비실', '퍼런 표주박', '도련님' 등등을 제안했지만 모조리 기각당했다. 사람 좋은 연청이지만 이래서는 열 받는다.
"주제를 좀 알라고! 자, 그럼 이건 어떠냐. 거만남!"
청원은 움찔했다. 자각은 하고 있었지만 면전에다가 대고 말한 사람은 처음이다.
"시, 시끄럿! 뭣보다 네가 무슨 권리로 내 이름을 멋대로 붙인다는 거야?"
"권리가 있지, 포상 대신 널 *받았으니까*."
아무렇지 않게 말한 순간 청원의 태도가 순식간에 굳어졌다.
"…네놈 명령 따위 들을 거 같아?"
"응? 전혀 기대도 안 했어. 하지만 내 부하가 된 이상 밥이랑 잠자리도 줄 거고, 상처 치료도 해주겠어. 아무도 건들지 못하게 할 거야. 그러니까 지금은 좋게 잠이나 자라고."
당혹스러운 침묵 후 의심과 경계의 눈빛을 보인다. 정말이지 상처입은 짐승 같다.
"…너한테… 무슨 득이 있는데?"
"득? 당연히 없지. 너 참새나 강아지 주워본 적 없어?"
청원은 막내동생 생각이 나서 불쑥 중얼거렸다.
"…동생…이라면 주워본 적 있어."
"동생?! 너희 집에서는 땅에 떨어져 있나보지?"
진짜 놀래라 오랑이다. 뭐, 그건 됐고.
"다친 새끼돼지 같은 놈에게 대가를 기대하는 사람이 어디 있냐. 도대체 왜 그렇게 까칠한 건지. 걱정하지 않아도 몸이 다 나으면 '야생으로 돌아갓' 하고 외쳐줄 테니까."
——돌아가?
어디로?
청원은 조소하듯 웃었다. 물론 지금 상태론 내겐 아무런 이용가치도 없다. 하지만 그런 고마운 말을 믿어줄 만큼 어리석지는 않았다. 지금까지 청원은 그렇게 살아왔고, 앞으로도 그럴 것이다. 청원은 변함없는 차가운 불신과 의심의 눈으로 연청을 흘깃 보았다.
"그런 말도 안 되는 설명을 지금 믿으라는 거냐?"
"좋을 대로 해. 나야 상관없으니까. 믿건 안 믿건 네 자유지."
허를 찔려 당황하는 청원은 본체만체, 연청은 중얼거리며 청원의 이름을 생각하고 있었다.

"이름··· 뭐가 좋을까··· 이름··· 숙···제···?"

문득 이름 하나가 떠올라서 얼레, 하고 멍청한 목소리를 냈다. 그 이름은···.

이상한 일이다. 이 녀석 옆에 있으면 잊고 있던 소중한 것들이 거품처럼 떠오른다.

"···네 이름, 제〔일본어 발음으로는 '세이'〕라고 할까. 싫으면 본명을 알려주던가. 나는 연청, 랑연청이라고 해."

제, 라고 불린 소년은 눈썹을 치켜 올렸다. 랑연청? 부모가 알고 붙인 이름인가?

"아무튼 죽 좀 가지고 올게. 형님이 식사담당이라 밥이 맛있더라고."

연청이 부뚜막으로 내려갔다. 청원의 눈이 무의식적으로 검을 찾아 방안을 훑었지만 어디에도 없었다. 가슴에 뭔가가 닿는 느낌이 들었다. 들여다보니 목에 작은 피리가 걸려있다.

···본 기억이 있다. 자신이 죽인 마을사람이 떨어뜨렸던 장난감 같은 피리. 왠지 이걸 목에 걸어준 건 연청인 것 같은 생각이 들었다. 사라진 검 대신에 피리를 놓고 간 연청.

아까 연청은 아무 말도 하지 않았다. 그 눈에는 비난의 빛은 찾아볼 수 없었다. 만약 이 피리를 청원이 던져버린다 해도 연청은 아무 말도 하지 않을 것 같았다.

『좋을 대로 해.』

스스로 생각하라고 했던 그 말대로.

턱 끝이 떨렸다. 인정하고 싶지 않은 현실이 눈앞에 있었다. 족쇄는 풀렸다. 하지만 어디로 도망쳐 무엇을 해야 할지조차도 알 수 없었다. 청원에게는 아무것도 남아있지 않았다. 무엇 하나 남아있지 않았다. 더 이상 왕자가 아닌 그는 이 장소에서 빠져나가야 할 이유조차 찾지 못할 정도로 빈 껍데기였다.

『…네 바람을 이뤄주도록 하지.』

바람? 나 자신도 알지 못하는 바람을 알고 있다는 거냐?

"우주의 진리라도 찾으려는 듯한 얼굴인걸? 자, 죽 데워왔어."

연청이 내민 밥그릇을 바라보았다. 먹는다는 것은 산다는 것이다. 이 지옥 밑바닥에서.

먹지 않으면 언젠가는 죽는다.

"뭐야, 먹여줘? 어리광이 심하군. 다쳤으니까 삼일만이야!"

"아니야! 누가 먹여달랬어?! 젠장, 이리 줘!"

섬세한 마음의 갈등 따윈 티끌만큼도 알아채지 못하는 연청 덕분에 청원은 세 박자 만에 단식을 접었다.

참으로 우아하게 식사를 하는 청원을 보며 연청은 감탄했다. 그릇을 드는 것도 힘들 정도로 엉망인 몸인데 내색조차 하지 않는다. 박수라도 쳐주고 싶을 정도로 대단한 고집이었다. 게다가 그래, 우리 가족도 이렇게 보기 좋게 식사를 했었지. 이 녀석을 보고 있으면 진짜 옛날 생각이 방울방울 쏟아진다.

"한 그릇 더 먹을래?"

청원은 말없이 그릇을 내밀었다. 진짜 거만하기 짝이 없는 놈이다. 뭐, 밥 먹을 힘이 있다는 건 좋은 거지.

"어, 맞다. 너 머리 좋아 보이긴 하는데, 글씨 쓸 수 있냐? 혹시 우비, 한자로 쓸 수 있어?"

청원은 무시하려고 했지만 이 녀석에게 바보 취급당하는 건 굴욕이라고 생각했는지 마음을 고쳐먹었다. 연청의 손에서 국자를 뺏더니 뒤집어서 손잡이 부분으로 땅에다가 글씨를 썼다.

『우비(雨合羽)』

연청은 물끄러미 쳐다보며 몇 번이나 끄덕였다. 그래그래, 역시 '비(雨)와 하동(河童)' 은 아니었어.

'역시 형님은 두뇌파는 아니라니까.'

"대단한걸? 너 머리 좋구나."

"못 쓰는 놈이 바보인 거지."

청원은 차갑게 내뱉었다. 연청은 머리를 긁으며 쓴웃음을 지었다. 그런가.

등 돌리고 자는 척이나 하려던 청원이 한 호흡만큼의 침묵 후에 이렇게 물었다.

"넌… 왜 여기에 있는 거냐?"

연청은 왼쪽 뺨의 상처를 손가락 끝으로 만졌다. 작게 웃었다. 대답은 간단했다.

"'살인적' 을 쳐부수려고."

──다음 날 청원은 배탈이 나서 사흘이나 배를 잡고 뒹구는 신세가 되었다. 원인은 이 더위에 냄비 속에 방치되어 상해버린 죽이었지만, 같은 죽을 먹고도 아무렇지 않은 연청과 형님은 원인불명의 복통에 고개를 갸웃거렸나. 게다가 원인 제공자인 연청에게 '넌 몸이 전체적으로 약한가보다' 라고 동정까지 받은 청원은 연청을 때려눕힐 때까지 절대로 여기를 떠나지 않겠다고 결심했다.

"그렇습니까… 소곤왕(小棍王)이란 별명이 붙었습니까…."

'지다성' 은 쿡쿡 웃고 말았다.

이에 비해 명상은 벌레 씹은 표정이다. 화려할 정도로 완벽한 기술로 '소선풍' 을 쓰러뜨린 연청에게 그 자리에서 별명이 붙었다.

승자가 원하는 포상을 주는 건 당연하다. 신참이 거액의 포상금이나 승진을 원하면 문제가 생기지만 '소선풍' 만 주는 거라면 질투하는 사람은 아무도 없다.

새끼 원숭이가 계획적으로 한 것은 아니겠지만 결과적으로는 끌고 온 구경꾼들이 증인이 되어 비밀리에 일을 처리할 수가 없게 되었다. 명상이 재미있어할 리 없는 상황전개였다.

"괜찮겠나? '소선풍' 을 저렇게 내버려둬도. 놓아주느니 죽이는 게 낫다고 생각하는데."

"새삼스럽게 죽이는 것도 좀 그렇지 않습니까. 죽이려면 가둬 놓았을 때 했어야죠. 갇혀서도 시체로 산을 쌓았던 소년입니다. 게다가 '소선풍'은 죽여서는 안 되는 손님이 아니었나요? '암야(闇夜)'가 당신과 두령에게 맡긴 아이라고 들었습니다만."

명상의 한쪽 뺨이 신경질적으로 반응했다. '살인적'에게 막대한 자금 원조를 하고 있는 '암야'에 대해서 알고 있는 것은 대간부 중에서도 조개와 명상뿐이었다. 서열 3위인 '지다성'도 그런 존재가 있다는 것밖에 알지 못한다.

"…딱히 죽이지 말라고 한 것은 아니다. 마음대로 키워보라고 했을 뿐이다."

마치 '살인적'을 부하처럼 부리는 말투로군, '지다성'은 속으로 차갑게 웃었다.

"본론으로 들어가죠. 명상 님, 내통자가 있는 것 같습니다."

명상의 눈에서 초조함이 사라졌다. 순식간에 부두령의 얼굴로 변모했다.

"확실한가?"

"아마도… 최근 각지에서 주군(州軍)에 토벌되는 확률이 급격히 늘고 있습니다. 정보가 새나가고 있을 가능성이 있습니다. 대원들의 출신성분을 한 번 더 철저히 살펴보셔야 할 것 같습니다."

'지다성'은 최근 몇 개월 간의 습격에 관한 상세한 내용을 명상에게 건네주었다. 특히 지금은 다원순이 고향에 돌아와 있다. 그가 은랑산에 갔었다는 정보도 있다.

"시기가 시기인 만큼 신경이 쓰입니다."

"…은랑산이?"

"그건 모르겠습니다. 하지만 주군과 관련이 있는 것은 확실합니다. 조사해주십시오."

명상은 담담한 표정의 '지다성' 을 바라보며 비아냥거림을 담아 비웃었다.

"…완전히 '살인적' 이 다 되었는걸."

"두령과의 약속이었으니까요."

명상은 얼굴을 찌푸렸다. '지다성' 은 무슨 변덕인지 조개가 어디선가 데리고 온 남자였다. 출신도, 이름도 밝히지 않았다. 조개는 한 번이라도 일을 허술하게 하면 죽이겠다고 선언했다. '지다성' 은 지금도 살아있다. 명상이 알고 있는 것이라고는 이 정도밖에 없었다.

그러나 오랫동안 '살인적' 에 있으면서도 변치 않는 온화한 눈빛을 간직하고 있는 이 남자를 명상은 신뢰할 수 없었다.

"…요즘 너도 전혀 일을 안 하는군. 다원순이 어슬렁거리는 지금이야말로 실력을 보여줄 기회가 아닌가? 서열 3위인 참모잖아?"

침묵 끝에 '지다성' 이 고개를 끄덕였다. 예상치도 못한 일이었다.

"알겠습니다. 두령의 허가가 떨어지면 계획을 짜보도록 하겠습니다."

실현된다면 오랜만에 '지다성' 이 짜낸 대대적인 약탈을 할 수 있게 된다. 그가 입안한 습격이 실패한 적은 이제까지 한 번도 없었다. 만약 다원순을 쓰러뜨린다면 '지다성' 은 큰 공을 세우게 된다. 단번에 주가가 올라갈 것이다. 이제 와서 괜히 성질 한번 부려본 거라고 할 수도 없는 노릇이다. 명상은 풀길 없는 초조함을 차버리려는 듯이 발소리를 울리며 방에서 나갔다.

'마음에 안 들어.'

요즘 사사건건 모든 것이 명상의 신경을 긁었다. '소선풍' 이 자신의 손아귀에서 빠져나간 것도, 자신이 '지다성' 의 부하처럼 생각되는 것도. 모든 것이 마음에 들지 않았다.

'두령도 두령이지. 도대체 무슨 생각을 하고 있는 거야?'

절대적인 힘과 공포로 '살인적' 을 지배하고 있는 두령 조개. 그러나 그 조개는 막상 '살인적' 에 관심이 없었다. 하지만 귀찮은 일은 모두 명상에게 일임해버리면서도 살인적의 존속에는 묘하게 집착했다.

『앞으로 2년이다. *그때까지는 얌전히 있어라,* 명상.』

그 말을 떠올릴 때마다 명상은 뼛속까지 차가워지는 느낌이 든다. 가끔 조개가 모든 것을 간파하고 있을지도 모른다고 생각할 때도 있었다. 그러나 아무것도 모를 게 분명했다. 비할 길 없는 무술실력은 인정하지만 그뿐이다. 매일 술에 절어 살고 있다. 이제는 부하들에게 얼굴을 보이는 일도, 간부회의에 참석하는 일도 거의 없었다. 하물며 명상이 비밀리에 '암야'와 연락을 취하고 있는 것 따윈.

명상은 갑자기 발을 멈췄다. 애증이 뒤섞인 어두운 비웃음이 입가에 번졌다.

조개는 지금도 눈짓 하나로 명상의 혼을 움켜쥐어 굴복시키고, 개처럼 기게 할 수 있는 유일한 남자였다. 지금도. 그렇기 때문에 명상은 이미 끝이 보이고 있는 '살인적'에 이렇게 남아있는 것이다. 조개를 내려다보면서 복종하고 있다. 아마도 빛도 없는 어두운 한 귀퉁이에서.

…그래도 좋았었다. 그에게 있어서 '살인적'은 조개 그 자체였고, 그 외에는 어떤 의미도 없었으니까. 하지만 '지다성'이 온 뒤로는 명상 안에서 무엇인가가 서서히 무너져내렸다.

만약 10년 전처럼 그의 오른팔이라는 확실한 자신이 있었더라면 명상이 '암야'와 연락을 취하는 일은 없었을 것이다.

문득 두령이 좋아하는 술 냄새가 난 듯했다. 산 위의 거처에서 좀처럼 내려오려 하지 않는 두령이다. 왔을 리가 없지. 오랜만에 한번 찾아가볼까——.

망설이다가 결국 발걸음이 향한 곳은 두령의 거처와는 반대방향이었다. 그럴 것 없다. 하고 싶은 대로 하면 되는 거다.

머지않아 내가 '살인적'을 버릴 테니까.

명상이 나간 후 홀로 남아있던 '지다성' 의 코끝에 바람에 실려 어디선가 술 냄새가 풍겨왔다. '지다성' 은 천천히 고개를 들었다. 어느 새인가 그림자에서 솟아난 듯한 거구의 남자가 서있었다. 기분이 내키면 불쑥 찾아오는 그는 기척도 없이 술 냄새로 자신의 방문을 알렸다.

"어서 오십시오, 두령."

조개는 대답 대신 술병을 던지고는 소리도 없이 훌쩍 '지다성' 옆으로 다가왔다. 변함없이 짙은 그림자 같은 남자였다. 얼굴보다도 그림자가 기억에 남는다.

"또 바둑이라도 두시렵니까?"

조개는 대답 대신 바둑판 앞에 앉았다. '지다성' 은 바둑판 위에 놓여있던 바둑돌을 하나하나 주워 통에 담았다.

"한 판 치러야 할 것 같습니다. 꽤 큰 건수가 되겠지요. 제가 입안하겠습니다."

조개는 물끄러미 '지다성' 을 바라보았다. 눈동자는 술로 탁해져 있었지만 칼날처럼 날카로운 눈빛이다.

"…좋아. '약속' 은 잊지 말도록. 한 번이라도 일을 허술하게 하면——."

순간적으로 '지다성' 과 조개의 눈빛이 얽혔다. 지금까지 한 번도 굴복하지 않은 그 눈으로 '지다성' 은 이번에도 조개를 정면으로 응시했다.

"알고 있습니다. 저는 죽을 수 없습니다. 그러니 허술한 계획은 세우지 않습니다."

가느다란 한숨 같은 한 마디에 한 줄기 광풍 같은 칼날이 서려 있다. 조개는 웃었다.

"현명한 참모여, '살인적' 최고의 살인마는 누구인지 알고 있나?"

'지다성'이 움켜쥔 바둑돌이 주먹 쥔 손 안에서 잘그락 소리를 냈다. 네, 그는 대답했다.

"…접니다."

조개는 유쾌하다는 듯이 웃었다. 조개가 쌓아올린 시체 수를 순식간에 능가해버린 대량 살상 계획을 짜내는 참모. 이 작은 방에서 한 발자국도 나가지 못하면서도 그는 '살인적' 최고의 살인귀였다.

가장 죄 많은, 나락 속의 현자.

연청은 밤바람 속에서 번쩍 눈을 떴다.

누군가가 그를 부르는 소리가 들렸다. 가슴이 술렁거려 연청은 깊이 숨을 들이켰다.

왜일까. 그 목소리는 묻혀있던 기억들을 하나씩 불러일으킨다.

"기억났다… 누님들의 이름. 아황 큰누님, 여영 작은누님."

그러자 잊고 있었던 부탁이 머릿속에서 메아리쳤다.

『강하고 상냥한 아이가 되어주렴.』

미안해… 연청은 조용히 눈물을 흘렸다.

미안해, 작은누나.

나 아무래도 그 부탁은 들어주지 못할 것 같아.

4

연청이 매일 밤 훌쩍 나갔다 오는 것을 청원이 알아채기까지 그리 오래 걸리지 않았다. 청원은 움직일 수 있게 되자 연청의 뒤를 밟았다. 딱히 이유가 있었던 것은 아니다. 그저 좀 궁금했을 뿐이다.

『'살인적' 을 쳐부수려고.』

…밑 빠진 독처럼 얼빠진 놈이다. 매일 밤 염탐이랍시고 명상 근처를 어슬렁거리다가 벌써 꼬리를 잡혔다 해도 놀랄 일도 아니다.

도중에 연청의 모습을 놓쳤다. 나무 사이에서 다시 발견할 때까지 조금 시간이 걸렸다.

연청은 나무 밑동 쪽에 한쪽 무릎을 세우고 앉아 오른쪽 팔을 잡고 있었다. 기도라도 하는 듯이 오른손 손등을 이마에 대고 있다. 청원은 의아하게 생각했다. 딱히 어딜 다친 건 아닐 텐데?

갑자기 연청이 천천히 감은 눈을 떴다. 심연의 암흑 같은 어두운 두 눈에 청원은 숨을 삼켰다. 온몸에 소름이 돋는 것 같았다.

짙은 암흑의 눈빛과 살기어린 기백이 그 주위를 지배하고 있었다.

연청은 한 번도 보지 못한 얼굴을 하고 있었다.

완전한 무표정.

왠지 청원은 그 오른손에 검이 들려있는 것 같은 착각이 들었다. ──손잡이까지 피로 물들어 있는.

연청은 아주 천천히 하늘을 올려보았다. 기도라도 하듯 들어올린 목에 달빛이 쏟아진다. 딱 한 번 깜빡 하고 눈을 깜짝였다.

밤바람에 연청의 머리가 날리면서 그 완전한 무표정의 얼굴을 숨겼다.

"…달에는 월계수가 자라고 궁전이 있어서 미녀가 살고 있다고 하던데 말이야."

청원은 순간적으로 자신에게 한 말이라는 것을 알아차리지 못했다. 연청을 바라보니, 그는 청원을 똑바로 바라보며 평소처럼 웃고 있었다.

"그거 진짜일까?"

하지만 연청은 아직도 팔을 움켜쥐고 있다. 얼굴은 평상시와 똑같지만 평상시의 얼굴을 가장하고 있을 뿐이었다. 떨어져 있어도 팽팽한 긴장이 청원의 팔을 찌를 듯이 느껴졌다.

연청은 청원이 가까이 오지 않도록 말을 하고 있다. 개의치 않고 청원은 발을 내딛었다.

"잠 안 자면 안 그래도 나쁜 머리, 더 나빠진다."

"어쩔 수 없잖아. 잠이 안 오는걸."

매일 밤 그러냐고 물으려다 그만두었다. …나하고는 상관없는 일이다.

그런 생각을 하면서 청원은 가까이에 있는 나뭇가지를 꺾어 땅에 가지 끝으로 글씨를 썼다.

"항아(姮娥). 달에 사는 선녀 이름이야."

"헤… 이거구나. 누님이 자기 이름이 달의 선녀와 같은 한자라고 자랑했었는데."

누님이라는 호칭에 청원은 눈썹을 치켜 올랐다. 전혀 어울리지 않는데? 아니, 꼭 그렇다고도 할 수 없지. 청원은 시험 삼아 물어보았다.

"누님 이름이 뭔데?"

"아황과 여영. 아마도."

청원은 놀라 눈을 크게 떴다. 아황과 여영? 한자를 써본다. 아황(娥皇)과 여영(女英).

"…신화시대의 왕에게 시집 간 미녀자매의 이름이야. 둘 다 현비로 유명하지."

"그렇구나… 그럼 나는? 나도 그런 전설이 있는 이름이야?"

청원은 뚱한 얼굴로 침묵했다.

'유랑자' 연청. 신화나 영웅담에는 나오지 않지만 사람들이 가장 친근하게 생각하는 이름.

강하고 아름답고 세련된 모습. 궁술과 씨름에서 대적할 자가 없고, 성실하고 지략과 용맹을 겸비한, 거문고 소리를 사랑하는 협객. 서늘한 눈매, 머리에 꽂은 깃발, 허리에는 비스듬히 꽂은 부채 하나. 빛나는 옥팔찌를 팔에 끼고 늠름하게 나타나는 그는 부귀영화를 좇지 않고 약한 이를 돕기 위해 달린다.

모든 이가 사랑하는 설화 속의 매력남. 그것이 유랑자 연청이다.

왠지 심사가 뒤틀려 청원은 틀리진 않지만 상당히 엉성한 설명을 해줬다.

"동네 해결사로 유명한 사람이야."

"어, 뭐야, 아버지는! 내 이름만 대충 짓고 말이야!"

그렇지만 은랑산의 수호자니까 동네 해결사 맞네. 아버진 정말 대단한걸.

전에 한번 떠올랐던 의문이 또다시 청원의 머릿속을 스치고 지나갔다. 형제들의 이름을 볼 때 연청의 부모는 평범한 서민이었을 리가 없다. 그런데 어째서 연청이 '살인적' 에 들어와 있는 것인가?

"도대체 네 가족은 어디서 뭘 하고 있는 거야?"

"자고 있어."

연청은 웃었다. 자신도 졸린 듯이 눈을 감았다.

"모두 자고 있어."

마치 아침이 되면 일어나기라도 할 듯이.

그 대답의 의미를 깨달은 순간 청원은 연청에게서 시선을 돌렸다.

청원은 명석했지만 누군가의 마음을 헤아려주는 것은 서툴렀다. 그럴 상대가 없었던 것이다. 그래서 생각 없이 던진 말을 나중에 후회하는 일도 없었다.

이럴 때 무슨 말을 해야 하는지, 사과하는 법도 위로하는 법도 청원은 무엇 하나 알지 못했다.

『'살인적' 을 쳐부수려고.』

연청의 가족은 살해된 것이다. 전원이. 아마도 '살인적' 에 의해.

이런 사실을 알게 되었지만 청원은 무슨 말을 건네야 할지 알 수가 없었다. 그저 우두커니 서있을 수밖에 없었다.

방금 전 목격한 연청의 차가운 눈빛의 의미도 이해가 되었다. 동시에 이해할 수 없었다.

"…넌 지금도 할 수 있잖아."

복수를 할 수 있는 힘이 있다. 그런데도 지금까지 아무것도 하지 않고 있다.

연청은 눈을 떴다. 그래… 하고 끄덕인다.

"할 수 있어, 하지만 그래서는 안 돼. 조개를 죽이고, 명상을 죽이고, 닥치는 대로 다 죽여버리고 지쳐서 뻗어봤자 만족하는 건… 나 하나잖아."

청원은 눈을 부릅떴다. 연청은 알고 있는 걸까? 그 말의 진짜 의미를?

"그러면 안 되는 거잖아. 그래서 할 수 있지만 하지 않을 거야… 하지 않아."

연청은 자신을 타이르듯 수없이 되뇌어 왔던 그 말을 주문처럼 거듭 중얼거렸다.

'살인적'에 있으면 싫어도 떠올리게 된다.

새빨갛게 물든 저택, 난도질당한 가족, 화공 행세를 하며 집에 들어왔던 명상의 얼굴.

자칫하면 미칠 것 같은 살의에 휘둘리고 말 것 같다. 분노와 증오보다도 나쁘다. 그런 건 복수도 아니다. 그냥 살인귀에 불과하다. 그 악마 같은 남자와 똑같아진다.

하지만 이것이 그가 살아온 8년이었다.

"나… 망가졌거든. 검을 들면 아마 너도 죽여버릴 거야. 머리가 좋지 않아서 그렇게밖에 살아갈 수가 없어. 한 번 망가지면 두 번 다시 원래대로는 돌아갈 수 없어. 그 한 번은, 딱 한 번만이라고 정해놓았어. 무슨 일이 있어도 그 한 번을 그르칠 수는 없어."

얼어붙은 어둠. 깊고 깊은 물속에 잠긴 뚜껑 닫힌 상자 속. 누르고 있는 오른손.

기도를 올리듯 달을 올려다보았다.

깊은 어둠을 품고 있었지만 연청은 태양이었다. 결코 상자를 열지 않았다. 강인한 의지로 뚜껑을 누르다가 언젠가 힘이 다하면 누군가를 망가뜨리기 전에 자기 자신을 부숴버릴 것이다. 청원과는 달리.

그 한 번 외에 검을 빼게 된다면, 그 후 연청은 더 이상 살아있지 않을 것 같았다. 훌쩍 어디론가 모습을 감추고 다시는 나타나지 않을 것 같은 생각이 들었다.

이런 남자를 청원은 만난 적이 없다.

"야, 제. 네가 주웠다던 동생 말이야."

흠칫, 청원의 턱 끝이 떨렸다.

"기다리고 있을걸. 분명히. 그러니까 어서 돌아가. 네가 있을 곳은 여기가 아니잖아."

청원의 표정을 보고 연청은 웃었다.

"하지만 갈 데가 아무데도 없으면 나하고 같이 가자. 전부 끝나면 가자고."

"…어디로?"

"네가 웃을 수 있는 곳. 내가 편안히 잠들 수 있는 곳. 아무도 죽이지 않아도 되는 곳."

그런 꿈같은 곳을 찾으러.

같이 가자.

연청이 말하면 그런 바보 같은 꿈도 이루어질 것 같았다.

청원은 비웃으려고 했지만 잘 되질 않았다. 이유는 알 수 없었다.

청원은 목에 건 피리를 불었다. 단순하지만 아름다운 자장가에 연청은 눈을 감았다. 꾸벅꾸벅 기분 좋은 졸음이 오랜만에 연청의 마음속을 채워주었다.

"야, 제."

피리 소리를 들으며 연청은 중얼거렸다.

"…같이 갈 수 있으면 좋겠다."

청원이 아니라 연청 자신에게 말하는 것 같다고 청원은 생각했다.

● ● ✠ ✠ ● ●

청원은 몸이 나은 후에도 떠나지 않았지만 여전히 아무것도 하지 않았다. 그러나 연청이 부탁하면 싫은 얼굴을 하면서도 피리를 불었고, 연청은 그 곁에서 잠이 들었다. 주위 사람들은 '소선풍'을 길들였다는 것에 놀랐고, 연청과 그 형님인 '단명둘째'까지 덤으로 주가가 올라갔다. 식사담당인데 말이다.

연청은 청원에게 아무것도 감추지 않았다. 청원의 옆에서 요새의 지도를 그리고 인원수와 배치, 군량, 무기, 함정을 표시했다. 청원에게 간단한 한자를 배우기까지 했다. 급기야 청원이 거의 회복되었을 무렵 잠입한 남 노사에게 '새로운 제자'라니 어쩌니 멋대로 소개까지 했다.

하지만 그때는 청원도 정말 놀랐다.

"남 노사? 그 유명한?"
"뭐야, 너 알고 있었어?"
"이 바보야, 남 노사에게 8년이나 제자 수업을 받았던 거야? 어떻게 이런 일이 있을 수 있지? 어떤 호걸이 찾아가더라도 좀처럼 만날 수 없는 환상의 무인으로 명성이 자자한 남 노사가 어떻게 너 같은 바보 얼간이를 제자로 받아들였지?"
"바보 얼간이?! 환상은커녕 그저 부끄럼쟁이라 밖에 못 나와서 그런 거라고."
"말도 안 되는 소리 하지 마. 뭐가 부끄럼쟁이냐. 그 대단한 송 장군조차도 한 달이나 매일 찾아가서 하루 종일 기다렸는데도 상대를 해준 건 고작 사흘이었다고 들었어!"
"그런 사람이 있었어? 은랑산에서 한 달이나 노숙을 하고도 살아남았다니 대단한데? 기억나, 사부님?"
"글쎄… 아, 한 달 정도 매일 '이리 오너라, 이리 오너라' 하고 외쳐대면서 온 산을 헤집고 다니다가 결국 누구더러 오라는지는 끝까지 말 못 하고 돌아간 괴상한 방문객이라면 있기는 했구나."
청원의 입이 쩍 벌어졌다. 연청도 송 장군이라는 사람이 불쌍하게 느껴지긴 했지만 그놈이 그놈이란 생각이 들었다. 남 노사는 열이 받는지 입을 삐죽였다.
"맞다. 그러고 나서 맛있는 양을 준다는 편지가 집에 놓여 있기에 신나서 만나러 갔다가 갑자기 양치기에게 습격을 당했지

뭐냐. 양을 다 받기까지 사흘이나 걸렸다."

그것이 '송 장군, 전설의 무인을 만나다' 사건의 진상인 모양이다. 송 장군은 득의양양하게 '사흘 만에 전술의 묘법을 깨쳤다' 고 자랑하곤 했는데, 이 얼마나 맥 빠지는 진상이란 말인가. 양 묘법은 남 노사에게밖에 통용되지 않는다.

그렇게 시간은 흘러갔다. 남 노사는 전혀 연청을 도와주지 않았다. 기분이 내키면 양산 시내를 나돌아 다니고, 청원을 단련시킨다고 끌고 다녔다. 참다못해 항의했더니 연청은 박장대소를 했다.

"비슷한 냄새가 난다고 생각한 거 같은데? 동류라고 생각한 거지. 남하고 못 어울리고 친구도 없고."

청원은 말문이 막히고 말았다.

연청 옆에 누우면 울창한 나무 사이로 감청색의 여름 하늘이 보였다. 마치 깊은 우물 속에 있는 것 같았다. 지옥의 밑바닥이라는 것에 변함은 없었지만 연청 곁에 있으면 신기하게도 어둠이 아니라 하늘이 보인다.

『살아남아 주렴.』

얼어붙은 마음으로 가끔 그 말을 떠올린다.

눈을 떼면 연청이 죽는 게 아닐까, 그런 생각이 들었다. 모든 것이 끝난 후에 연청이 살아있을 것 같지 않았다. 그랬기 때문에, 끝까지 지켜보기 위해서 이곳에 머물렀는지도 모른다.

청원은 그 말을 한 남자를 몇 번이나 찾아보았지만 어디에도 없었다.
그렇게 기묘하게 평화로운 시간이 지나고, 드디어 간부들이 내통자를 찾고 있다는 이야기가 청원의 귀에까지 들어왔을 무렵, 연청은 '단명둘째' 형님과 함께 명상에게 불려갔다.
"잘 왔다. 다주군(茶州軍)의 개."
탁, 하고 명상은 탁자를 친 그 손으로 가리켰다. ――연청의 옆을.
"단명둘째, 원소오(阮小五)."

5

연청은 놀라 원소오를 보았다.
원소오는 당황하지도 않았다. 항변하지도 않다.
"주부(州部)의 관리였다면서? 잘도 '살인적'에서 2년이나 버텼군."
연청은 거의 기절할 뻔했다. 관리?! 주부의 관리라면 어려운 시험에 급제해야만 할 수 있는 자리다. 그래, 작은형이 그랬다.
'그보다 진짜야? 완전 제대로 속았잖아! 정말로 두뇌파였구나, 형님!'
너무나 멍청한 표정으로 입을 쩍 벌리고 있는 연청을 보고 그 자리에 있던 모든 사람들이 연청은 관계가 없다고 믿었다. 그 정도로 얼빠진 표정이었다.

"안타깝게도 말이다, 네 행동까지 '지다성'의 계획의 일부였거든."

처음으로 원소오의 얼굴색이 바뀌었다.

"설마… 내게 거짓 정보를."

"잘 움직여주었어, 단명둘째. 시간도 없으니 이제 끝을 내주지."

명상의 손이 검 쪽으로 움직였다. 원소오는 한 번도 연청을 보지 않았다. 여기에서 원소오가 연청을 조금이라도 본다면 바로 의심을 받게 된다. 그는 미동도 하지 않았다.

'형님, 내 계획을 알았던 거야?'

원소오가 정말로 외부와 연락을 취하고 있었다면 다원순이 연청에 대해 언급을 했을 가능성이 있다. 그렇기 때문에 연청을 맡은 것이다. 그리고 지금 연청에게 자기를 버리고 도망치라고 하고 있다.

연청은 반 호흡 정도 눈을 감았다. 명상의 칼이 원소오를 내려치려 한다. 연청은 허리를 낮추고 들고 있던 곤봉을 튕겼다. 검을 쳐내는 동시에 명상을 차서 날려버렸다.

그 순간 명상과 연청의 눈이 마주쳤다. 명상은 그 눈을 보고 하늘의 계시를 받은 듯 깨달았다. 건방진 눈. 랑연청. 화공 행세를 하고 찾아갔던 집에서 만났었지.

'——랑가의 3남!!'

반대편 벽까지 명상을 날려버린 연청은 원소오를 잡아챘다.

"——도망치자고, 형님."

"셋째야?! 이 바보——!"

"그냥 죽게 둘 수는 없잖아. 이렇게 착한 동생을 둬서 형님은 진짜 좋겠다니까."

부하들이 들이닥쳤다.

"큰일입니다! 서쪽 군량고에서 불이 났습니다!"

연청은 씨익 웃었다. 그대로 원소오를 끌고 중앙요새를 뛰쳐나왔다.

"제가 군량고를 태웠군, 살았다!"

연청은 뻔뻔하게도 집으로 돌아갔다. 군량고 진화작업에 정신이 없는지, 아니면 설마 겁도 없이 집으로 돌아갔을 거라고는 생각지 못한 것인지(아마도 후자일 것이다), 아직 추격자는 보이지 않았다.

원소오는 불같이 성을 냈다.

"이 멍청한 놈! 진짜 너란 놈은——."

연청은 귀를 후볐다.

"저기 형님, 어느 쪽이 바본지 잘 모르겠는데? 왜 명상한테 들키고 그래?"

"우, 그, 그렇지만 너까지 한 번에 들켜버리면 어쩌란 말이야!"

"염탐은 이제 끝. 명상이 말했잖아. 시간이 없다고. 명상은 무은 꿍꿍이속이지?"

원소오는 잠시 고개를 숙이고 있다가 무거운 어조로 말을 시작했다.

"다원순 님은 토벌대를 동화군부(東華郡府)에 총집결시킬 계획이셔. 주군(州軍)도 다가(茶家)의 사병도 쓸 수 없으니 아마도 각 지방군(郡)의 유지를 모아 만든 소수정예부대일 거야."

현재 다주 주목은 다가와 '살인적'의 꼭두각시나 마찬가지였다. 그 때문에 원소오는 주부에서 나왔다. 주군이나 다가의 도움은 전혀 기대할 수 없었다. 첩자를 보내는 것은 명상의 주 특기다. 이런 상황이라는 것은 이미 파악하고 있을 터였다.

"명상은 동화군부에 전력이 집결하기 전에 습격부대를 주변 마을에 보내 동시다발적으로 습격할 계획이야. 그렇게 되면 토벌군도 뿔뿔이 흩어져 지원에 나서야 할 테니까."

동화군 주변의 마을과 도시는 서로 떨어져 있기 때문에 진압에 성공한다 해도 재집결까지는 시간이 걸린다. 게다가 동화군은 오랫동안 '살인적'과의 싸움으로 피폐해진 상태였다.

"그래서 동화군부의 방어력이 허술해져있는 틈을 타서 '살인적'의 간부들이 쳐들어간다는 건가? 그렇게 되면 확실히 순식간에 무너져버리겠군. 그럼 형님이 흘린 가짜 정보는 언제라고 되어있었지?"

"…그래… 열흘 후…라고 알려줬어."

"그랬던 걸 내일 출발한다. …쉽지 않겠는데."

열흘은 크다. 동화군부는 인원 확충은커녕 대비도 제대로 안 되어있을 것이다.

"…저, 형님. 다주의 군부(郡府)에 혹시 쓸 만한 수군이 있어?"

"수군? 아, 한심한 얘기지만 '살인적'의 수군이 제일 훈련이 잘 되어있지."

배를 마치 명마처럼 자유자재로 다루면서 때로는 군량과 무기를 전달하고, 때로는 도주 중인 동료들을 태워 순식간에 사라진다. 양산이 난공불락이었던 이유도 수로를 교묘하게 이용하는 이 수군의 존재가 컸다.

이 이야기를 들은 연청은 흠, 하고 중얼거렸다. 그렇다면 *길이 아주 없는 것도 아니겠는걸.*

"형, 사부님을 준비시킬 테니까 지금 바로 다원순 할아버지에게 가줘!"

"응? 뭘 준비시켜? 아니, 잠깐, 널 혼자 두고 갈 순 없잖아!"

이 양산에 남는 것은 대간부를 비롯하여 대원이 천 명. 혼자 남아 뭘 어떻게 하겠다는 거냐!

"내가 여기서 간부들을 붙잡아 놓을게. 동화군부에는 한 명도 못 가게 하겠어! 이틀은 버틸 수 있어. 모든 관문을 열어두고 기다릴게."

원소오는 연청을 때릴 뻔했다.

"바보 같은 소리는 하지도 마! 할 수 있을 리가 없잖아! 다원순

님이 너 같은 꼬마에게 죽으라고 했을 리가 없어!"

예리하다. 사실 원순은 위험해지면 바로 도망가라고 했다. 역시 형님은 두뇌파였다.

"어떻게든 해볼 거야. 그리고… 목소리가 들려와."

오래 전부터 연청을 부르는 목소리가 들려왔다. 이곳에 연청을 기다리는 누군가가 있다.

그렇기 때문에 연청은 남아야 한다.

"사부님, 형을 부탁할게."

"무슨 소리── 셋째── 우욱."

등 뒤에서 나타난 남 노사가 퍽 하고 원소오를 때려 기절시키더니 짐짝처럼 어깨에 둘러맸다.

연청은 씩 웃었다.

"자, 어서 가. 사부님."

…지금까지 수많은 인간들이 남 노사에게 부탁을 하려 했다. 좋은 일이든 나쁜 일이든. 하지만 연청은 아무것도 바라지 않았다.

모든 소망은 자신의 힘으로 성취하지 않으면 의미가 없다는 것을 연청은 어떻게 알고 있는 것일까?

그렇기에 말릴 수도 없었다. 남 노사는 내키지 않았지만 중얼거렸다.

"…네 운명을 만나러 가거라."

남 노사가 사라진 후 문 쪽에서 소리가 났다. 돌아보니 청원이 서있었다.

"어이, 동생. 수고했어. 군량고에 불을 질러준 덕분에 살았어. 수고도 덜었고 말이야."

"진심으로 천 명을 상대하겠다는 거야?"

"날 진짜 바보로 아는구나?"

"바보 취급을 한 게 아니라 바보 중에서도 특급 바보라고 한 건데."

"좀 들어보라니까, 동생."

"누가 동생이야!"

"중요한 건 산 전체에 흩어져 있는 육지와 수로의 관문, 여덟 개를 함락시키고 대간부를 해치우는 일이지. 이 두 가지가 전부야."

청원은 눈을 가늘게 떴다. 맞는 말이다. 지휘관만 처치하면 전투력은 반으로 준다. 거기에 여덟 관문이 함락되면 양산은 무너진다. 마을을 습격하고 있을 상황이 아닌 것이다. 습격부대도 도중에 돌아오지 않을 수 없게 된다. 그렇게 되면 토벌군은 반격의 기회를 잡아 추격할 수 있게 된다.

"게다가 원순 할아버지가 형님의 말을 다 믿었을 거 같진 않아."

청원은 흠칫 놀라며 연청을 바라보았다. 원순? 다원순이 와 있는 건가?

청원은 생각에 잠겼다. 그가 왕도 귀양에서 포박당했을 때 다원순은 막 고향으로 떠난 직후였다. 그로부터 반년 이상이 지났다. 다주까지의 여행에 두 달 정도 걸렸다 치더라도 나머지 네 달이면….

하지만 연청 혼자 뭘 할 수 있겠나.

"난 안 도와줄 거야."

"그래, 넌 도망가서 목숨을 구해야지."

순간적으로 청원의 미간이 팍 구겨졌다. 그때.

"——이렇게 말할 줄 알았냐, 이 바보 녀석아! 진짜 일손도 시간도 모자라니까 좀 도와달라고! 동생!"

맥 빠진다. 뭐하자는 거냐.

"너, 우아하게 먹고 자고하는 생활 만끽했잖아? 피리까지 불어대면서 말이지. 그러니까 조금은 몸으로 뛰어서 이 연청 님에게 은혜를 갚으라고. 안 그러면 돼지 된다, 너."

돼지? 울컥 화가 치밀어 올랐지만 조금 걱정이 되긴 한다. 그보다도 연청이 처음으로 자신에게 부탁을 했다는 것에 좀 기분이 묘해졌다. 아버지가 오자미를 주었던 때같이.

그렇지만 청원은 타고나길 삐딱한 성격.

"흥, 썩은 죽 따위에 누가 은혜를 느끼겠냐. 좀 더 공손하게 부탁해봐."

"부탁 좀 드릴게요~ 자, 가자고, 동지."

"동지?"

연청은 청원의 팔을 잡더니 지붕에 사다리를 걸었다. 멀리서 무수한 무기들이 부딪치는 소리가 청원의 귀에도 들려왔다.
――추격자들이다.
사다리 위로 여름 하늘이 보였다.
연청과 함께 있으면 항상 푸른 하늘이 보인다. 손이 닿을 것처럼 가까이에. 함께 갈 이유 따윈 없었다. 하지만 연청은 그런 건 생각지도 않는다는 듯이 호탕하게 웃었다.
"자, 가자."
함께.
그 한 마디에 청원은 손을 잡았다.

6

"북쪽, 동쪽, 남쪽의 군량고도 불타고 있습니다. 바로 진화작업에 나섰지만 화약, 기름, 유황을 뿌려놓아서 작업 진행이 어렵습니다!"
진화에 정신없는 사이에 이번에는 수군용 소형 배들이 바닥이 뚫려 가라앉기 시작했다. 중간 크기의 배에는 기름통을 묶은 화전(火箭)이 날아왔다. 하나라도 맞으면 순식간에 일대가 불타오른다.
청원은 처음 보는 연청의 활솜씨에 혀를 내둘렀다. 청원도 궁술에는 자신이 있었지만 자신을 뛰어넘는 백발백중의 명수였다. 청원은 태어나서 처음으로 '마음속으로' 완패를 인정했다.

게다가 입으로는 바보다, 바보다 떠들지만 실제로는 연청은 바보와는 거리가 멀었다. 쓸데없는 행동은 일절 배제한 채 최단 시간에 최고의 성과를 올려간다. 연청은 머리로 생각하는 게 아니라 감으로 해치우고 있는 듯했다. 청원은 지금까지 머리로만 이리저리 계산하던 자신이 바보처럼 느껴졌다.

연청과 청원은 무기고에서 훔쳐낸 화약과 기름을 이용하여 이동수단과 보급물자를 차례차례 차단시켰다.

밤이 되자 여물에 섞어 놓은 약이 효력을 발휘하면서 수백 마리의 말들이 픽픽 쓰러지기 시작했다. 배와 말을 사용할 수 없게 되면 이동도 연락도 보급도 불가능해진다. 동화군부 습격 운운할 때가 아니었다.

총체적 난국에 명상은 눈앞이 빨갛게 물드는 것 같았다. 원소오도 보이지 않는다. 지금 애송이 두 놈에게 중앙요새 전체가 농락당하고 있는 것이다.

'——랑연청!'

두령이 별 생각 없이 살려줬다는 꼬마. 설마 살아서 여기까지 올 줄이야.

『흐음, 당신이 이번 화공이야? 어째 화공같이 안 보이는데 진짜 화공 맞아? 그 손에 굳은살, 붓을 잡는 위치가 아니잖아? 형님들 손이랑 다른걸.』

하필이면 그 꼬마를 살려줬다는 것을 알았을 때 왠지 예감이 좋지 않았다.

기억난다. 랑가는 누구 하나 목숨을 구걸하지도 애원하지도 않았다. 양친과 형제자매가 모두 무기를 들고 맞서 하인들이 도망갈 수 있도록 시간을 벌어주었다. 청렴결백하다고 소문난 대부호가 구차하게 목숨을 구걸하는 꼴을 보려고 명상이 직접 고른 사냥감이었다. 하지만 끝까지 짓밟지 못했던 일가.

8년이란 세월이 흘렀다.

"부두령!! 어떻게 해야──."

'지다성' 을 찾아갈까 하는 생각이 명상의 머리를 스쳤지만 그만뒀다.

"대간부들은 각각 여덟 관문을 맡아 방어에 전념하도록. 쓸 만한 말은 모두 끌어모아 기병부대를 조직한 뒤 산중턱의 마을을 습격하여 당장 필요한 말과 식량을 조달해온다. 각지의 습격부대에 말과 물자를 운반하도록 지시하고, 물자가 도착하면 꼬마놈들은 상관치 말고 바로 동화군부를 덮쳐 원하는 만큼 약탈하면 된다. ──방해할 자는 없다."

부하가 지시를 전달하러 달려나가자 명상은 오랜만에 두령의 거처로 향했다.

중앙요새에 방은 마련해 놓았지만 조개가 머무르는 일은 거의 없었다. 양산 정상의 동굴을 거처로 삼고 깎아지른 절벽에서 밑을 내려다보면서 술을 즐겼다.

산꼭대기가 가까워지자 눈에 익은 검은 그림자와 익숙한 독한 술 냄새가 풍겨왔다. 명상이 좋아하는 냄새였다. 조개는 불도 켜지 않고 한밤의 어둠 속에 녹아 있었다. 그 존재 자체가 그림자 같았다.

"여, 명상. 아래쪽은 난리가 난 거 같군?"

마치 강 건너 불구경하듯이 재미있어하는 목소리였다.

"두령, 랑연청이란 꼬마, 혹시 기억하십니까?"

"왼쪽 눈 밑에 상처가 있나?"

"…있어요. 일자로 난 상처가."

조개는 발작적으로 웃음을 터트렸다.

"…그렇군. 정말로 찾아왔군. 2년이나 빠르잖아."

명상은 갑자기 '앞으로 2년이다' 라고 했던 조개의 말이 떠올랐다. 설마.

"…그 꼬마를 기다리고 있던 겁니까?"

"아니, 나는 나를 기다리고 있었다."

"……?"

"그 녀석은 자기 가족의 시체가 뒹굴고 있는 곳에서 내 칼에서 벗어났어. 팔다리를 다 부러뜨려 은랑산에 버리고 온 놈이 살아 있을 리가 없어. 하지만 만약 살아서 내 앞에 돌아왔다면 그놈은 이미 인간이 아니야. 마물이지. 나처럼."

쿡쿡 하고 어두운 웃음소리가 동굴에 울려퍼졌다.

"명상, 목숨이 아깝거든 도망치는 게 좋을걸. 오늘로 '살인적'은 끝이다. 그 꼬마는 혼자서 천 명이라도 쓰러뜨리고 여기까지 올 거야. 쭉 기다리고 있었다. 나와 같은 마물이 되어 눈앞에 나타날 또 하나의 '나'를 말이야. 이제 약한 놈들은 지긋지긋해."
명상은 줄곧 뭉쳐있던 응어리가 풀리는 느낌이었다.
조개가 '살인적'에 관심이 없다는 것은 딱히 이상한 일도 아니었다. 조개는 사람을 죽이기 위해 태어난 것 같은 사내였다. 바람이 불면 불을 붙이고, 바람이 없으면 손도끼로 머리를 깨부순다. 돈이나 원한 때문이 아니라 죽이고 싶으니까 죽이는 사내다. 자연재해 같은 존재다. 조개에게 죽임을 당하는 사람은 다른 이유가 있어서가 아니라 그저 운이 없어서일 뿐이었다. 돈에도 동료에도 관심이 없었다. '살인적'의 덩치가 커져 맞수가 없어지게 된 후부터 조개가 '시시하다'며 떠나버리지 않는 것이 명상은 신기할 따름이었다.
"…두령."
"뭐냐."
"랑연청을 죽이고 나면 어떻게 하실 겁니까?"
"또 어디론가 훌쩍 떠나겠지."
명상은 환하게 웃었다. 그 순간 지금까지 마음을 덮고 있던 울적한 기분이 순식간에 날아가버렸다. 그렇다면 명상도 '살인적' 따윈 어떻게 되든 상관없다.
"…다가의 도련님께 추가로 말과 물자를 부탁하러 갈 생각이었지만 그만두겠습니다. 말 두 마리를 끌고 저 앞에서 기다리겠습니다."
"뭐야, 또 나한테 붙으려고?"

"네. 두령은 바보니까 저 같은 보좌가 있어야 하지 않겠습니까."

"너 진짜 이상한 놈이다. 혹시 나보다도 더 바보인 거 아냐?"

"그런 말을 듣다니 유감인데요… 뭐, 그래도 두령에게라면 죽어도 좋습니다. 두령은 바보니까 아무 생각 없이 죽여버리겠죠."

"죽이는 데 무슨 생각이 필요하단 거야."

"뇌가 있으면 보통은 뭔가 생각을 합니다. 벼락에 맞으면 하늘이라도 원망하지만 두령의 손에 죽는다면 운이 나빴다는 걸로 끝이죠."

조개의 학살은 신의 변덕 같은 것이었다. 신은 신이되 사신이지만. 부조리하고 무자비하며 무의미한 학살. 귀천도 선악도 상관없다. 그렇기 때문에 끌렸는지도 모른다. 명상보다도 가진 게 많고 행복한 사람이라도, 두령의 손에 걸리면 죽는 건 모두 같았다. 모든 불공평을 공평하게 만든다. 그렇다면 좋다고 생각했다.

"두령의 살인 솜씨 하나는 진짜 예술 아닙니까. 그 솜씨 하나 보고 바보에다가 빈털터리에 구제불능인 두령을 따르는 겁니다."

명상은 거침없이 말했다. 마치 처음 만났던 때로 돌아간 것 같았다. '살인적'이 괴멸되건 말건 다시 이렇게 두령과 솔직하게 이야기를 할 수 있는 여행을 떠날 수 있다면 그걸로 충분했다.

"술이나 한 통 사놓고 기다리겠습니다. 농담이라도 '지다성' 도 같이 데려간다고 하지 마십쇼. 거치적거리니까요."

명상은 대답도 듣지 않았다. 두령이 죽을 리기 없다. 의심조차 하지 않았다.

…그러나 이것이 명상과 조개의 마지막 만남이었다.

명상이 나간 후 조개는 술병을 들이켰다. 딱 한 번만 명상을 생각했다.

힘도, 명성도, 공포 때문도 아닌, 인간 '조개' 를 따라온 이상한 놈. 조개를 두려워하면서도 옆에 있고 싶어하는 그 마음은 진심이었다. 그런 이상한 놈은 명상 하나였고, 별 희한한 놈도 있다 싶어 멋대로 하게 두었다. 요즘 들어 괜히 토라져서 '암야' 와 연락을 취하고 있었지만 이제와선 아무 상관없었다. '살인적' 을 탐낸다면 넘겨줄 생각이었지만 또 따라오겠다고 한다.

하지만 조개가 명상과 만나는 것은 이번이 끝이다.

조개는 지겨웠다. 그 지겨움의 대상이 살인인지 삶인지는 알 수 없었다. 어느 쪽이 되었든 명상이 따르고 싶어하는 자신은 이제 없다. 그렇기에 함께 갈 수 없는 것이다.

그런 조개에게도 단 한 가지 기다리는 것이 있었다. 그래, 계속 기다리고 있었다.

『언젠가 너를 반드시 죽이고 말겠어.』

그 눈이 다시 한 번 자신 앞에 나타나는 것을.

진정한 증오. 진정한 살의. 생사의 갈림길에서 죽음을 놓고 겨루는 아슬아슬한 고양감. 온힘과 온몸을 다해 오직 조개를 죽이기 위해 여기까지 왔을 또 하나의 자신. 망가진 꼬마를.

조개는 어둠 속에서 비릿하게 웃었다. 그때가 이제 가까워졌다.

"'지다성', 처음이자 마지막으로 감사한다. 네놈과 그때 '계약'을 맺길 잘했어."

"이제 남은 건 관문 함락과 대간부인가."

요새의 기능을 거의 마비시킨 연청과 청원은 나무 위에서 군량고에서 슬쩍한 식량으로 저녁을 먹고 있었다. 옆에서 청원은 연청이 호쾌하게 우적우적 먹는 모습을 어이없다는 듯 멍하니 보고 있었다.

'물을 벌컥벌컥이 아니라 콸콸콸 하고 마시는 놈은 처음 봤다….'

그러다가 두 사람은 좋아하는 음식을 서로 먹겠다며 거위처럼 꽥꽥거리며 쟁탈전을 벌였다. 연청과 있으면 이상하게도 맛없는 식사도 싫지 않았다. 마지막으로 남은 배를 연청이 반으로 잘라 반쪽을 청원에게 던지고 그대로 덥석 베어 물었다.

"조개, 명상, '지다성'. 이 세 놈은 절대로 놓치면 안 돼… 이놈들을 잡아들여야 일이 되니까. 그리고 나머지 간부들도 가능한 많이 생포해야지."

연청은 내키지 않는 얼굴이었다. 낮에도 그랬지만 모든 일이 계획대로 진행되고 있는데도 연청은 조금도 기쁘지 않은 것 같았다. 고군분투해서가 아니라 승패에 관심이 없기 때문인 것 같았다. 싸우는 것 자체에도. 연청은 계속 '그 후'의 일을 생각하고 있었다.

승패를 목적이 아니라 수단으로 삼는 것은 무관이 아닌 문관의 자질이다. 어쩌면 연청은——.

'아니야, 하지만 구제불능의 바보인걸. 문관 체질이라고는 도저히 생각할 수 없어.'

스쳐지나간 생각이 너무나 황당해서 청원은 코끝으로 웃어넘겼다. 연청이 만약 문관이 된다면 상사도 부하도 천하도 혼이 쏙 나갈 정도로 바빠질 것이다. 유능한 보좌관이 있다면 또 얘기는 달라지겠지만.

문득 시선을 느끼고 얼굴을 들어보니 연청이 물끄러미 바라보고 있었다.

"제, 넌 여기까지야. 도와줘서 진짜 고마웠어. 이제부터는 내 일이야."

"…뭐?"

"대간부는 나 혼자 상대하러 갈 거야. 너는 절대로 나서지 마."

"…배 잘못 먹고 돌기라도 한 거야? 안 먹길 잘했네."

"진지하게 들어, 오랑!"

"누가 오랑이얏!"
"들어봐── 넌 아직 검을 들면 안 돼."
청원은 연청과 대결했던 날 이후 한 번도 검을 들지 않았다. 단 명둘째 형님이 동생격인 청원에게 쭈뼛거리며 검을 지급했지만, 그 검도 연청이 어디론가 숨겨버려 보지도 못했다.
연청은 진지한 얼굴이었다. 전혀 어울리지 않았다.
"이건 내 싸움이야. 그리고 지금 네가 다시 검을 든다면 인정사정없이 오로지 죽이기 위해 사람을 베게 될 거야. 그러니까 안 돼. 죽이기 위해서가 아니라 무언가를 지켜야 할 때가 오기 전까지는 절대로 검을 뽑으면 안 돼. 넌 아직 선은 넘지 않았으니까."
청원의 얼굴에서 표정이 사라졌다. 갑자기 납덩이 족쇄의 묵직한 느낌이 되살아나는 것 같았다. 시큼한 피 냄새와 썩은 냄새도. 목에 건 피리가 무겁게 느껴졌다. 이건 누구 피리지?
"…선을 넘지 않았다고? 이미 늦었어."
"늦지 않았어."
"늦었어! 지금까지 이미 셀 수 없을 만큼 죽이기 위해 사람을 베었어. 이제 와서 뭐가 달라지는데?!"
"──이 바보 자식!"
연청은 청원의 멱살을 잡아 끌어당겼다. 이마가 닿을 것 같다.
"그때는 *너 자신을 지키기 위해* 싸운 거잖아! 상대가 누구라도 싸우지 않았으면 넌 죽었어. 산에서 곰과 만나서 죽을지 살지 모르는데, 인정사정없는 게 당연하지! ——아직도 모르겠어? *넌 그렇게 해서라도 살고 싶었던 거야.* 이유야 네 가슴에 물어보고. 하지만 그 이유가 무엇이든 간에 죽이기 위해서가 아니라 살기 위해서 한 일이잖아. 그런 거라면 난 인정할 수 있어, 세상 모든 사람이 아니라고 해도 나는 네 곁에 있어줄 거야."

코끝이 닿을 듯이 가까운 곳에 연청의 흑단 같은 까만 눈동자가 있었다. 청원이 알지 못하는 거리였다. 지금까지 누가 이곳까지 들어온 적도, 스스로 다가간 적도 없었다.

어머니, 아버지조차도 들어오지 못했던 얼음의 대지를 연청은 단 한 걸음에 답파해버렸다.

청원은 눈길을 피했다. 속눈썹이 떨렸다. 마음을 얼려버림으로써 지켜온 모든 것들이 소리를 내며 무너져내릴 것 같았다. 무엇보다도 두려운 일이었다. 그렇기 때문에 거부할 수밖에 없었다.

"아는 척하지 마…!"

연청의 태양은 모든 것을 녹여버린다. 하지만 청원은 얼음 그 자체였다. 녹으면 사라지고 만다. 아무것도 남지 않는다. 청원에게는 아무것도 없기에.

이름도 긍지도 지켜야 할 모든 것을 버렸다. 어머니를 죽게 내버려둔 그 눈 오던 날에.

"네놈이 뭘 한다고 그러는 거야. 너와는 달라."

지옥의 밑바닥에서조차 천리의 어둠마저도 빛으로 밝히며 하늘을 찾아내는 너와는 달라.

멀리서 말발굽 소리가 들렸다. 횃불의 불빛과 말굽소리. 남은 말로 산기슭 마을을 습격하여 물자를 조달하려는 것이리라.

연청은 말없이 멱살을 잡고 있던 손을 놓고는 곤봉을 집어들었다. 청원에게 등을 돌린 채 조금 머뭇거리다가 다시 뒤돌아본다.

"…난 네가 부러웠어. 그렇게 해서까지 살아야 할 만큼 소중한 무언가가 아직 남아있는 네가. 정말로 소중한 건 사라지거나 하지 않아. 그러니까—— 기억해내라고."

…연청이 어둠 속으로 사라진 후 청원은 오래도록 얼어붙은 듯 서있었다.

이윽고 천천히 고개를 들었다. 가야 할 장소가 있다.

되찾아야 할 것이 있다. 깨어났을 때 청원의 손에서 사라졌던 것이 있다.

어렴풋한 기억 속에서 누군가가 말했다.

『살아남아 주렴.』

…무엇을 위해?

줄곧 묻고 싶었다. 거기에 있을 게 분명했다.

잊은 척했던 소중한 것과 안 보이는 척했던 물음의 답이.

어디에도 없는 남자, '지다성' 이 있는 바로 그곳에.

연청은 밤의 장막 속을 바람처럼 달렸다.

'죽이지 않고 어디까지 할 수 있을까.'

되든 안 되든 해보는 수밖에 없었다.

『강하고 상냥한 아이가 되어주렴.』

조금 가슴이 뻐근하게 아팠다. …미안해, 작은누님.

난 아무래도 그 부탁은 들어주지 못할 거 같아. 하지만 끝까지 노력은 할게.

그러니까── 한 사람만 봐줘.

'조개.'

연청의 어두운 눈동자가 차가운 분노에 물들었다. 그 사내만을 생각했던 8년 간.

망가져버린 자신. 이제 두 번 다시 되돌릴 수 없다. 그 대신 모든 것이 끝나면.

망가진 내가 누군가를 죽여버리지 않도록 잠들 테니까, 한 사람만 봐줘.

『같이 가자.』

언젠가 제에게 말했던 소망조차 내던진 채. 나무 사이를 바람처럼 가르며 횃불의 한 가운데로 뛰어들었다. 재빨리 표적을 정했다. 총 오십 명. 대간부는 세 명.

'우선── 세 놈!!'

횃불의 불길이 타오르며 연청의 얼굴을 비췄다. 누군가 외치는 소리가 들렸다.

"소곤왕이다. 여기 있다────!"

자, 종말의 시작이다.

“큰형님은 백이(伯夷), 작은형님은 숙제(叔齊). 나는 그 동생인 랑가의 3남 연청이다. 이 이름을 기억하고 있는 놈은 늘씬하게 패주겠다. 기억하지 못하는 놈도 패주도록 하지. 자, 너희가 저지른 짓의 대가를 치룰 때가 왔다. 각오해랏!”

‘소곤왕’의 활약은 대단했다. 습격 계획을 저지한 정도가 아니라, 아침까지 여덟 개 중 세 개의 관문을 불태워 함락시켰다. 귀신같은 연청을 저지할 수 있는 자는 아무도 없었다. 순식간에 관문이 세 개나 함락되었다는 소식을 들은 간부들을 등골이 서늘해졌다. 내통자가 주군을 이끌고 양산에 들어올 것이라는 소문까지 퍼지면서 탈주자가 속출했다. 아무리 찾아도 명상은 보이지 않았고, 질책이 무서워 조개에게는 갈 생각조차 하지도 못했다. 명상을 좋아하진 않았지만 대간부를 통솔할 수 있는 사람은 그 외에는 없었다. 아니—— 한 사람 더 있다. 대간부 중 한 명이 마지막 이름을 외쳤다.

“이봐, ‘지다성’이다. ‘지다성’을 찾아 지시를 받아와. 전열을 다시 다듬는 거다!!”

그가 맡은 계획은 백전백승. *밖으로 나오지는 못하더라도* ‘지다성’이라면 무슨 수를 내줄 것이다. 바로 ‘지다성’을 찾아 전령이 달려나갔다.
이때를 기다렸던 청원은 전령의 뒤를 밟았다.

'지다성' 은 문득 얼굴을 들었다. 발소리가 계단 중간에서 뚝 끊겼다.
그의 거처를 알지 못하는 누군가가 그를 만나기 위해 미행을 하다가 계단에서 대원을 죽였다. 그렇다면 그 상대는 짐작이 갔다.
조금 후 유령처럼 소리 없는 발소리의 주인공이 신중하게 문을 열었다.
문 앞에 서있는 소년을 보고 '지다성' 은 안도했다. 동시에 조금 아쉽기도 했다.
"다행이군요. 상처는 다 나으신 모양입니다."
'지다성' 은 찾아온 청원을 보고 덧없이 웃었다.

7

청원은 '지다성' 을 바라보았다. 희미한 기억 속의 얼굴. 그 목소리의 주인공을.
"기다리고 있었습니다. 이걸 찾으러 오셨지요? …너무 늦지 않아 다행입니다."
부드럽고 상냥한 목소리였다. 그 목소리와 잘 어울리는 사려 깊은 얼굴이었다.

'지다성' 은 품속에서 꺼낸 것을 청원에게 내밀었다. 손바닥 위에는 낯익은 작은 오자미가 하나. 피와 진흙으로 검붉게 더러워져 있었지만 청원이 전에 류휘와 함께 아버지에게 받았던 그 오자미였다.

하지만 청원은 망연자실하게 우뚝 선 채 종잇장처럼 창백한 얼굴로 '지다성' 을 뚫어져라 바라보고 있었다. 젊다. 아직 20대 중반으로밖에 보이지 않는다.

그보다도

'이 목소리.'

말투가 완전히 반대였기 때문에 *공통점을 느끼지 못했었다.* 하지만 지금이라면 알 수 있다.

청원은 천천히 고개를 저었다. 뭔가를 중얼거린 것 같았지만 무슨 말이었는지 자신도 알 수 없었다. 입이 멋대로 움직였다. 목소리의 망연한 울림이 저 멀리서 들려온다.

"당신 이름은… 제… 숙제(叔齊)?"

'지다성' 은 옅게 웃었다.

마치 자신 이외의 모든 사람에게 잊혀진 이름을 백 년 만에 들은 것처럼.

"네, 그렇습니다."

연청과 똑같은 목소리로.

똑같은 두 눈과 똑같은 입술 모양.

끄덕이기도 전에 '지다성'은 연청의 형이라는 것을 그 몸으로 증명했다.

——단 하나 다른 것은.

…그는 무릎 아래가 없었다.

원래 있어야 할 두 다리가 도끼로 잘려나간 듯 없었다.

도망치는 것조차 허용되지 않는 지옥의 끝.

지옥 속의 현자.

청원의 무릎이 꺾였다. 언제 다가갔는지 자신도 모르는 채로 정신을 차려보니 쓰러지듯이 그의 앞에 무릎을 꿇고 있었다. 수그리고 있는 청원의 머리를 가는 팔이 살며시 쓰다듬었다.

"…잘 하셨습니다. 힘드셨죠."

너무나도 상냥한 목소리였다. 연청과 똑같은 색깔의 목소리.

숙인 턱 끝에서 눈물이 흘러 떨어졌다.

『살아남아 주렴. 지옥 끝에서라도.』

찾아내면 때려주려고 했다. 잘도 그딴 소리를 하다니.

——알고 있는가. 처참하고 추악한 시궁창 밑바닥. 영원처럼 계속되는 지옥을.

살아가는 의미도 나아갈 길도 자기 자신조차도 잃어버렸는데 무엇을 위해 살라고 하는가.

그래, 말하려고 했다.

하지만 할 수 없었다. 할 수 있을 리가 없다.

청원보다도 훨씬 오랫동안, 정신이 아득해질 정도로 오랜 세월을 이 지옥에서 보낸 사람.

두 다리를 잘린 채 감금당한 채 태양도 하늘도 여름 바람도 느끼지 못한 채.

이런 짓까지 당했는데도 '지다성' 으로서 가족을 살육한 상대를 위해 일했다.

"…어째서…?"

알 수 없었다. 어째서 그렇게까지 해서 살려고 하는가.

'지다성' 은 대답 대신 청원의 손바닥에 오자미를 놓았다. 딱 한 번, 청원의 손을 쥐었다가 살며시 놓았다. 그 손은 연청처럼 따뜻했다.

"…가십시오. 그 오자미의 주인 곁으로. 지금이 아니더라도 괜찮겠죠. 당신은 잃은 것이 없습니다. 명상이 빼앗을 수 있었던 것은 없으니까요. 어느 무엇 하나도. 그러니 살아가세요. 자신보다도 소중하게 생각되는 사람이 있다면 그것만으로도 살아가는 이유가 됩니다. 그리고 그 사람을 위한 길이기도 하지요. 언젠가 당신을 만나게 될 날을 계속 기다리고 있을 누군가를 위한."

아무리 잔혹한 운명이 기다리고 있다 하더라도 그가 꼭 쥐고 있었던 이 오자미가 있다면 살아줄 것이라고 생각했다. 그래서 손에서 빼내어 보관했다. 이 오자미를 찾으러 그가 돌아오길 기다리며.

청원은 작은 오자미를 두 손으로 감싸쥐었다. 아무리 어금니를 악물어도 빗물처럼 눈물이 쏟아졌다. 아이처럼 울음소리가 새어나왔다. 이런 식으로 울어본 적은 처음이었다.

'지다성' 은 그저 아무 말 없이 달래듯이 청원의 머리를 쓰다듬었다.

울음소리가 귀에서 떨어지지 않았다. 오래 전부터 우는 얼굴밖에 떠오르지 않는다.

『…외, 외롭습니다.』

무얼 위해서? 이유는 딱 한 가지밖에 없었다.

다시 한 번 만나고 싶다. 죽고 싶지 않았다. ──살아있고 싶었다. 살고 싶었다. 어떤 지옥에서라도 죄 없는 사람을 죽여서라도 다시 한 번 류휘에게.

설령 이제 그럴 자격조차 없다고 하더라도 그 소망만이 유일한 삶의 이유였다.

한바탕 눈물을 쏟아냈을 때 '지다성' 이 청원을 살며시 흔들었다.

"자, 이제 갈 수 있겠죠? 지금이라면 양산은 텅 비었습니다. 조개와 마주치지 않고 도망칠 수 있을 겁니다."

청원의 눈물이 멎었다.

"양산이 비었다고요?"

"대간부들은 모두 동화군부로 가라는 지시를 받았을 터입니다."

청원은 머뭇거리며 조용조용 전했다.

"연청이 혼자서 다 잡아두고 있는데요…."

"——개는 왜 그렇게 바보랍니까?!"

없는 다리로 일어서려 하다가 '지다성'은 쓰러졌다. 바둑돌이 와르르 떨어졌다. 청원은 황급히 '지다성'을 부축했다. '지다성'이 청원의 팔뚝을 움켜쥐었다.

"가십시오. 연청의 목을 잡아 이곳에서 끌고 도망쳐서——— 살아야 합니다."

청원이 반박하기 전에 '지다성'은 말을 막았다.

"저는 갈 수 없습니다. …이유는 아시겠죠."

달릴 수 있는 다리가 그에게는 없다.

그래도 안고 도망칠 수는 있다. 마음속을 알아챘는지 그는 천천히 고개를 저었다.

"도망칠 수 없습니다. 제게는 해야 할 일이 남아있습니다. 전상관 마시고 어서 가세요. '계약' 때문이라 해도 저는 너무 많은 죄를 졌습니다. 하지만 연청이 살아있으니 후회는 없습니다. 더 이상 바랄 것이 없습니다. 전부 제가 지고 갈 수 있습니다."

계약?

갑자기 청원의 뇌리에 하늘의 계시처럼 스쳐가는 것이 있었다.

연청은 가족이 전부 죽었다고 믿고 있다. 전원을 죽인다는 조개의 원칙에는 예외가 없다고도 믿고 있었다. 하지만 두 사람이 살아남았다. 이를 연청은 알지 못한다.
두 사람. 그리고 계약.
심장이 떨렸다. 어쩌면.
"연청을 살려주는 대신…?"
연청이 모르는 곳에서 모르는 시간에.
미래도 긍지도 두 다리도 바깥세상까지 모든 것을 잃더라도.
그저 연청을 지키기 위해 그가 조개와 모종의 계약을 했다면.
'지다성' 은 훗, 하고 꽃잎 같은 미소를 지었다.
"아닙니다. 제 자신을 위해서 한 일입니다."
물이라도 마시는 듯 청산유수 같은 거짓말이었다.
"자, 어서 가십시오."
자신의 의지라기보다는 그의 의지에 떠밀려 청원은 비틀거리며 일어났다.
'지다성' 은 조금 머뭇거리다가 마지막 순간에 물었다.
"연청은 어떤 아이로 자랐습니까?"
어떤 아이?
연청은 바보고 멍청이고, 앞뒤 안 가리는 천방지축에… 언제 어디서나 푸른 하늘이 있는 곳으로 데리고 가줬다. 그리고 몇 번이나 청원에게 손을 내밀어주었다. 마지막 순간까지. 그래, 마치――.
"…강하고 다정한 녀석입니다. 유랑자 연청 그 자체예요."
그 순간, '지다성' 의 턱이 희미하게 떨렸다.

연청. 그 이름은 부모가 아니라 형제자매들이 머리를 맞대고 고민해서 함께 고른 이름이었다. 백이와 숙제, 아황과 여영. 이런 고대의 성현이 아니라 모든 사람에게 사랑받는 이름을 붙여주자며.

강하고 상냥하고, 결코 약한 사람을 못 본 척하지 않는 모든 이가 사랑하는 설화의 영웅.

유랑자 연청 같은 사람이 되길 바라는 마음으로.

처음으로 그의 부드러운 얼굴이 일그러졌다. 우는 것 같기도 웃는 것 같기도 했다. 마치 이 세상의 모든 바람이 다 이루어졌다는 듯이.

『자신보다도 소중하게 생각되는 사람이 있다면 그것만으로도 살아가는 이유가 됩니다.』

이 말 그대로, 모든 허울 좋은 소리를 진실로 바꿨다.

…이것이 청원이 본 '지다성'의 마지막 모습이었다.

'지다성'과 헤어진 청원은 가까운 덤불에서 바스락 소리가 날 때까지 자신이 망연자실하게 끝도 없이 걷고 있었다는 것조차 알지 못했다.

느릿느릿 얼굴을 들자 나무 너머로 불길과 검은 연기가 보였다. 머리 위로 막 떠오른 태양이 쨍쨍 내리쬐며 연청의 체력을 한층 더 소진시킬 것이다. 머지않아 습격부대가 돌아온다.

…연청은 죽을지도 모른다. 멍하니 그런 생각을 했다.

청원이 무슨 말을 하건 간에 연청은 여기에서 마지막까지 원순을 기다릴 것이다.

『그러면 안 되는 거잖아.』

다주가 기다리는 것은 정의를 행하여 부정을 바로잡고, 절대적인 힘으로 도적떼를 박살내고 사람들을 지키러 와줄 나라의 힘. 그렇지 않으면 도적떼는 절대로 사라지지 않는다. 사람들은 앞으로도 공포에 떨 수밖에 없다.

다주에게 있어서는 정말로 마지막 기회였다. 더 이상 기다릴 수 있는 사람은 아무도 없었다.

그렇기에 연청은 자신의 복수보다도 다주의 소망을 우선순위에 놓았다. 조개를 찾아가지 않고 명상을 눈앞에 두고도 죽이지 않았다. 지금도 혼자서 시간을 벌며 버티고 있는 것이다.

그 모습은 '지다성' 과 많이 닮아 있었다. 결코 자신을 위해서 살려고 하지 않는다.

모조품에 불과한 청원과는 달리 지옥 속에서도 빛나는 진정한 고귀함을 가지고 있다.

원군은 올 것이다. '살인적' 은 다원순을 모른다. '지다성' 을 제외하고는.

그러나 그때까지 연청은 버티지 못한다.

혼자서는.

『가자.』

청원은 너덜너덜한 검붉은 오자미를 품속에 넣었다. 그때 청원은 태어나서 처음으로 아무것도 생각하지 않고 행동했다. 그 때문에 달려가는 청원의 뒤에서 덤불이 또 한 번 바스락거리는 것도, 살짝 그림자가 어른거린 것도 알아차리지 못했다.

8

땀으로 눈앞이 흐려진 순간, 연청의 손에서 곤봉이 떨어졌다.

온몸이 땀으로 젖어있었다. 턱 끝에서 땀이 방울방울 떨어졌다. 땀 때문에 눈을 제대로 뜰 수가 없다.

"곤봉만 없으면 한 방에 보낼 수 있어!"

곤봉을 놓친 걸 본 '살인적'의 대원들이 달려들어 연청을 에워쌌다.

연청은 곤봉을 줍는 대신 팔로 땀을 닦았다. 그 짧은 순간에 숨을 다듬었다.

"…누굴 한 방에 보내는데?"

쑤욱, 허리를 낮췄다.

"이 멍청한 놈들. 내 족쇄를 잘라 무적상태로 만들어주다니. 나와 사부님이 제일 자신 있는 무술이 이 세상에서 가장 유서 깊은 전신 격투기다!"

질풍처럼 상대의 품으로 파고든 다음 순간, 발차기 일격에 사내는 하늘 저편으로 날아갔다.

"이름 하여 '사나이의 필수품!!'"

“결국 주먹다짐이라는 거 아냐.”

목소리와 함께 등 뒤에서 뭔가가 날아왔다.

연청이 반사적으로 받아들고 보니 죽통이었다. 안에는 물이 가득 차 있다. 연청은 그 순간 동물로 돌아가 아무 생각도 하지 않고 세 모금 만에 다 마셔버렸다. 그리곤 놀랐다.

“응? 제, 이거 물이잖아!”

늦다. 순서가 뒤죽박죽이다.

청원은 연청의 곤봉을 주우면서 잠깐 동안 ‘지다성’에 대해 이야기를 해야 하나 망설였다.

‘…지금은 아직 때가 아니야.’

어차피 무슨 말을 하건 가지 않을 것이다. 그렇다면 부담밖에 되지 않는다. 모든 것이 정리가 된 후에.

“…내 특별히 도와주도록 하지. 빨리 끝내버리자고. 땀 냄새는 질색이다.”

연청은 허둥댔다.

“잠깐잠깐, 조금 궁지에 몰린 건 사실이지만, 네게 검을 들게 할 수는.”

“검은 쓰지 않아. 그럼 됐지?”

“뭐야, 너도 유서 깊은 주먹으로 한판하기?”

“바보 녀석. 그런 지저분한 기술을 쓸 거라면 얌전하게 보급부대나 맡고 말겠다.”

그, 그래? 연청은 조금 충격을 받았다. 내 십팔번인데.

"네 곤봉을 좀 빌릴게. 봉술은 무예의 기본이니까. 오랜만이지만 어떻게든 되겠지."

곤봉을 든 청원이 자세를 잡는 걸 본 연청의 눈이 휘둥그레졌다. 자세가 제대로다.

한 박자 늦게 연청은 활짝 웃었다. 너무나 자연스럽게 청원과 등을 대고 결투 자세를 잡았다. 청원이 누군가에게 등을 맡긴 것은 이때가 처음이었다. 그런데도 마치 오래 전부터 항상 이렇게 해왔던 것 같은 느낌이 들었다.

청원도 연청도 신기할 정도로 질 거라는 생각은 들지 않았다.

"좋아—— 자, 가자고!"

청원의 합류로 상황은 크게 달라졌다. 연청은 바람처럼 종횡무진 적진을 교란하며 상대를 전투불능 상태로 만들었다. 사정거리가 짧은 경우에는 청원이 곤봉으로 처리했다. 마치 자신이 한 명 더 있는 것처럼 완벽한 호흡이었다.

그야말로 천하무적인 그들은 차례차례 관문을 공략하여 여덟 개 중 여섯 개를 순식간에 함락시켰다.

남은 관문은 육지의 두 개. 청원은 땀을 닦으며 하늘을 올려다보았다. 연청과 함께 있으면 태양의 속도조차 느릿느릿한 느낌이 들었다. 습격부대는 아직 돌아오지 않았지만 원순의 토벌대 역시 도착할 기미가 보이지 없다.

청원은 '지다성' 이 마음에 걸렸다.

"연청, 나눠서 싸우자. 그게 빠르겠어."

"이상한데. 명상이 나오질 않아."

"남은 두 개 중 하나에 있겠지."

연청은 눈썹을 치켜 올렸다. 제의 대답치곤 상당히 건성이다.

하지만 이때의 연청 역시 평소와는 달랐다.

양산의 정상을 올려다보면 가슴이 울렁거렸다. 조개와 '지다성'의 거처는 밝혀내지 못했지만 연청은 조개가 저곳에 있을 것이라고 확신하고 있었다. 위에서 내려다보며 조소하며 연청을 기다리고 있다. 마지막 한 명을 쓰러뜨리고 자신이 있는 곳으로 올라올 때를.

——누구도 방해하지 못해.

명상과 '지다성'부터 생포해야 한다는 것을 머릿속 한 구석에서는 알고 있었지만… 열세 살의 초초함은 냉정한 판단을 흐리게 했다.

"그래, 여기서 헤어지자. 나는 산 위의 관문을 맡도록 하지."

"그럼 난 산 밑으로 갈게. 나중에 보자."

그리곤 두 사람은 정반대 방향으로 달려갔다.

…훗날 연청은 몇 번이나 후회하게 된다. 어째서 제와 함께 가지 않았을까.

어째서 제에게 *그 피리를 건네줬*을까.

청원과 헤어진 연청은 양산에서 가장 높은 곳에 있는 요새를 단숨에 무너뜨렸다.

도망치지 못하도록 간부들을 꽁꽁 묶어놓았을 때 연청의 가슴이 쿵 하고 내려앉았다.

숨을 쉴 수가 없었다. 연청은 아주 천천히 산꼭대기로 통하는 문을 보았다.

'…온다.'

그 악마 같은 남자가.

연청은 땅바닥을 흘낏 쳐다보았다. 검 한 자루에 눈이 멎었다. 희게 빛나는 칼날.

오래 전부터 마음속으로 정해놓았던 것이 있다.

그 남자와 대결하는 그때에는 주먹도, 곤봉도 쓰지 않는다. 후려갈길 필요는 없는 것이다.

죽이는 것 이외에 다른 목적이 있을 리가 없잖아.

마치 빨려들 듯이 검의 손잡이가 손 안에 들어왔다.

그 순간 세상에서 모든 소리가 사라졌다.

연청의 눈에서 모든 감정이 사라지고 심연의 암흑빛으로 얼어붙었다.

발소리가 들려온다.

이 8년 동안 연청을 지배해왔던 사내.

산 정상으로 통하는 문이 열리더니 산처럼 거대한 사내가 나타났다.

가족의 모습은 잊었지만 이 얼굴만은 한시도 잊어본 적이 없었다.

검은 그림자 같은 사내.

"약속대로 왔다, 조개. 네놈에게 잊혀질 수는 없지. 나도, 우리 가족도."

기억 속의 사내는 기억과 똑같은 표정으로 씨익 하고 입꼬리를 치켜 올렸다. 진심으로 기쁘다는 듯이.

산 아래의 관문으로 향한 청원은 생각지 못한 반격에 고전했다. 연청의 지원사격이 없어지자마자 바로 단련 부족이 드러나고 말았다. 곤봉은 익숙한 무기가 아니었고, 일대 다수로 오랫동안 싸울 수 있는 완강함을 청원은 가지고 있지 못했다. 그래도 명석한 머리와 민첩한 몸놀림으로 끈기 있게 상대를 줄여나갔다.

대충 보니 반으로 준 것을 확인하고 숨을 내쉬었다. 순간적으로 긴장이 느슨해졌다.

그때였다.

바스락하더니 옆의 덤불에서 소리가 났다.

돌아봐도 아무도 없다, 그렇게 보였던 순간.

청원의 옆구리에 둔한 충격이 가해졌다.

"……?"

청원은 시선을 내렸다. 작고 검은 머리가 청원의 허리부근에 있었다. 무척 익숙한 감각이었다. 막내동생이 항상 그랬으니까.

'아이…?'

대여섯 살밖에 되지 않은 아이였다.

"아빠를 돌려줘! 살인자!"

청원은 소년의 목에 걸린 작은 피리를 보았다. 청원의 피리와 똑같은 모양.

아이는 이를 악물고 움켜준 단도를 빼더니 다시 한 번 찔렀다. 깊은 원한과 증오를 담은 눈빛으로.

청원은 피하지 않았다. …피할 수 없었다. 류휘 또래의 아이.

"밤에 피리소리가 들려오길래 아빠가 살아있는 줄 알았어! 도와주려고 왔는데, 어째서 네가 가지고 있는 거야?! 왜 가지고 있는 거야?! 아빨 돌려줘!"

연청의 목소리가 멀리서 들려왔다.

『살려고 한 일이라면, 그렇다면── 난 인정할 거야.』

…아니야, 연청. 용서받을 수 없어.

조개가 예전에 연청에게 한 짓과 똑같은 짓을 청원은 이 아이에게 한 것이다. 아버지를 빼앗고 어린 마음을 망가뜨리고, 그 눈을 광기어린 증오로 물들였다.

적들이 아이까지 같이 베어버리려고 달려들었다. 청원은 혼신의 힘을 다해 공격을 뿌리쳤다. 옆구리의 격렬한 통증에 눈앞이 캄캄할 정도였다. 피가 쏟아지는 느낌이 들었다. 칼이 날아와 청원의 옆에 꽂혔다.

정신을 차려보니 포위당해 있었다.

아이는 제정신이 들었는지 공포로 일그러진 얼굴로 주저앉아 있었다.

해일처럼 여기저기서 잔당들이 모여들었다. 청원은 겁에 질려 웅크리고 있는 아이를 보았다.

청원은 옆에 깊숙이 박혀 있는 검을 보았다.

『검은 뽑으면 안 돼.』

뽑지 않겠다고 약속했다. …하지만.

'살인적' 이 고함을 내지르며 덤벼든다. 아이가 힉, 하고 비명을 질렀다.

아이의 울음소리. 그 소리에 내밀리듯이 청원의 손이 운명을 선택했다.

그 순간 청원의 얼굴이 힘없이 일그러졌다.

『같이 가자.』

…이제 너와는 같이 갈 수 없어.

'갈 수 없어.'

다음 순간 청원은 곤봉을 내던지고 전광석화처럼 칼을 뽑았다.

온몸에 전율이 흘렀다.

순식간에 그 지옥의 밑바닥으로 되돌아갔다. 아니, 처음부터 빠져나왔다고 생각한 것은 착각이었다.

하지만 연청이 하늘을 보여주었기에.
…연청과 같은 장소에 있다고 착각했었다.
함께 갈 수 있을지도 모른다는 꿈을 꿨었다.
첫 일격으로 두 명의 목숨을 끊은 순간.
그 지옥의 잔향이 코를 스친 것 같았다.

『연청.』
제의 목소리가 들린 것 같아 연청은 뒤를 돌아보았다. 제?
붕, 하는 불길한 소리와 함께 쌍도끼가 그를 덮쳤다. 연청은 튕기듯이 뒤로 물러나며 공격을 피했다. 오싹했다. 오랜만에 간이 오그라드는 것 같았다.
'――강하다!'
힘도 속도도 차원이 달랐다. 8년 전에는 검이었지만 쌍도끼로 무기를 바꾼 모양이다.
그 실력은 기억이 난다. 야수처럼 그저 죽이기 위한 강함. 연청은 검을 들었을 때에만 광기에 휩싸였지만 조개에게 있어 무기란 살인본능을 실현하는 도구일 뿐이었다. 무기가 없으면 때려죽이면 된다고 생각하는 사내.
자제력이라고는 처음부터 없었던 타고난 살인귀.
"날 만나러 온 거지? 한눈팔지 마. 난 너를 쭉 기다렸다고."
연청은 눈을 감았다. 자신에게도 똑같은 광기가 있었기에 그가 이해됐다.

"너… 살기가 힘들었지?"

연청은 검을 들었을 때에만 광기에 휩싸였지만 조개에게 있어 살아있다는 것은 살인을 의미했다. 어떤 조직에도 융화될 수 없다. 잘못해서 인간으로 태어난 그런 존재였다. 하지만 동정은 하지 않았다. 인간이라면 충동을 억누르고, 생각하고, 사물을 이해하는 힘이 있다. 선악의 구별도. 그러나 이 사내는 처음부터 모든 노력을 내던지고 욕망과 본능에 끌리는 대로 살아가며 인간이기를 포기했다.

연청은 숨을 들이마시고 검을 고쳐 쥐었다. 그림자 같은 거구의 사내를 정면으로 노려보았다.

――그래, 이 눈이다.

아주 오랫동안 명상과 '지다성' 이외에 조개의 눈을 보고 말을 하는 사람은 없었다. 거처를 찾아오는 사람도 없었다. 누구도 조개를 보지 않고, 말하지 않고 얼굴을 보면 도망쳤다.

많은 부하가 있었지만 조개는 외톨이였다.

살아있다는 느낌이 들지 않았다. 자신을 정면으로 쳐다보고 이 세상에 존재하고 있다는 것을 확인해주는 상대가 필요했다. 진정으로 조개와 대결할 상대가.

죽이는 순간 상대의 눈 속에서 자신의 모습을 확인할 때에만 조개는 살아있음을 실감할 수 있었다.

"――그럼 어디 죽여보자고."

시간으로 치면 아주 짧은 순간이었다.

조개가 도끼를 휘두른다. 연청은 검으로 가운데를 막아내면서 검에서 손을 떼었다. 두 주먹을 쥔 채 덤벼드는 또 한 자루의 도끼를 간발의 차로 피하고는 헛손질을 한 조개의 손등에 주먹을 날렸다.

뼈가 부서지는 소리가 들리며 도끼가 떨어졌다. 개의치 않고 조개는 연청이 처음에 막아낸 도끼를 휘둘렀다. 이를 옆으로 피하면서 지면을 박차고 올라 도끼를 쳐서 떨어뜨렸다.

조개의 양손이 비었다.

그러나 무기를 놓친 조개의 손은 다음 순간 주먹이 되어 철퇴처럼 연청을 공격했다. 일격에 연청의 두개골을 부숴버릴 듯한 바위 같은 주먹을 피한 연청은 한번에 조개의 품안으로 파고들었다. 주먹을 날렸다. 조개의 몸은 밀리지 않았다. 그 대신 등까지 관통하는 것 같은 엄청난 충격이 내장을 터트렸다. 보통 사람이었으면 그 자리에서 쓰러졌겠지만 조개는 두 다리로 버티고 섰다.

그때는 연청도 조개에게 감탄했다. 그러나 무릎이 꺾였다. 더 이상 움직일 수 없을 것이다.

조개의 입에서 피가 솟구쳤다. 묘한 색깔이었다.

연청이 허공에 놓아버렸던 검이 땅을 향해 떨어진다. 연청은 위를 보지도 않고 손을 뻗어 낚아챘다.

낮고 굵은 웃음소리가 울렸다. 입에서 피를 흘리면서 조개는 유쾌하다는 듯이 끝없이 웃고 있었다.

"…멋진 실력이군. 정말로 대단한걸, 꼬마야. 이 10년 동안 매일같이 나를 죽일 생각만 하며 살았지?"

마치 그랬기를 바란다는 듯한 말투였다. 연청은 아무 말 없이 검을 잡았다.

그때 연청의 머리에서는 제에 대한 일도, 모든 것이 사라져 있었다.

더운 여름날, 새빨갛게 물든 눈앞. 순식간에 8년 전으로 되돌아간다. 그 마음까지도.

"넌 나와 똑같아. 이 정도로 강하면 더 이상 인간이라고는 할 수 없지. 정상적인 생활로는 두 번 다시 되돌아갈 수 없어. 누군가 죽여주지 않는 한 계속 죽일 수밖에 없을 게다."

조개는 마치 동료를 찾아낸 것 같은 얼굴을 하고 있었다. 그래, 동료다. 같이 있지 못하고 그저 교대할 뿐인 동료. 죽고 죽이는 대결에서 이긴 자는 살아남고, 지면 도태된다. 죽는 순간까지 외톨이.

마지막 순간에만 혼자가 아니다. 그것이 기뻤다. 분명 이 순간을 위해 살아왔을 것이다.

이 꼬마도 나와 마찬가지다. 그래야만 한다. 그렇지 않으면 불공평하다.

평범한 인생을 살 수 있을 리가 없다. 그런 일이 있어서는 안 되니까 조개는 저주를 걸었다.

자신과 똑같은 인생을 그가 걷도록.

"네놈은 나와 같은 운명을 걷게 될 게다. 네가 나를 죽이러 왔듯이 다른 괴물이 너를 죽일 때까지. ──*그게 네 인생이다.*"

연청은 일격으로 조개의 머리를 날려버렸다. 조개는 마지막까지 웃고 있었다.

연청은 피투성이가 된 검을 바라보았다.

죽일 수밖에 없는 사내였다. 그건 확실했다. 하지만 변명처럼 느껴지는 건 왜일까.

…알고 있다. 연청은 결국 어느 누구도 아닌 자신을 위해 이 사내를 죽였다는 것을.

하지만 이것으로 모두 끝났다. 더 이상 검을 들지 않아도 된다.

검을 버리려 했다. 하지만 손에 들러붙은 듯 떨어지지 않았다.

'…어?'

마음이 차갑게 가라앉았다. 귀신이라도 씐 듯 들러붙어 손가락이 손잡이에서 떨어지질 않는다. 조개의 웃음소리가 들려왔다.

『네놈은 나와 같은 운명을 걷게 될 게다.』

눈앞이 붉게 물들기 시작했다. 조개를 쓰러뜨렸지만 달라진 것은 아무것도 없었다. 아무것도.

검이 멋대로 움직인다. 마치 사냥감을 찾으려는 듯이. 연청은 절규했다.

"사부님! 약속! 싫어, 그놈처럼 되진 않겠어! 절대로 되지 않아! 때리든 죽이든 상관없으니까 날 좀 멈춰줘요!"

원소오를 데리고 간 남 노사가 여기에 올 수 있을 리가 없다. 그런데 그때 연청은 정말로 뒤에서 날아온 주먹에 얻어맞았다. 짐승의 갈기 같은 은색 머리가 나부꼈다.

남 노사는 연청의 오른 손가락을 하나씩 손잡이에서 떼어냈다. 검이 떨어졌다. 남 노사는 연청의 머리를 다정하게 쓰다듬었다.

"이젠 하지 마라. 네겐 어울리지 않아. 넌 조개가 아니니 전혀 어울리지 않아."

연청은 눈물과 콧물이 쏟아질 것 같았다. 처음이자 마지막으로 연청은 조개에게 감사했다.

조개가 날 버린 곳이 은랑산이어서, 은차랑과 사부님이 살고 있는 곳이라서 다행이다. 정말 다행이야.

"사내놈이면! 주먹으로 살아가는 거다, 연청!"

"오오! 아니, 그게 아니잖아── 제!"

제정신이 든 연청은 창백하게 질렸다. 안 돼, 이러고 있을 때가 아니지.

"미안, 사부님. 나, 가봐야──."

돌아보니 스승의 모습은 처음부터 없었던 듯이 홀연히 사라진 뒤였다.

연청은 어안이 벙벙했다. 사부님이 보통 사람이 아니라는 것은 느끼고 있었지만 진짜 그렇구나.

"사부님은 '신비한 산의 사부님' 이었어!"

이렇게 결론을 내린 연청은 제가 있는 관문을 향해 질주했다.

9

연청은 말 그대로 날듯이 달렸다.

하지만 관문이 가까워져 와도 주위는 이상할 정도로 조용했다. 어떤 소리도 들리지 않는다.

'…? 뭐지… 이 느낌은?'

기분 나쁠 정도의 고요함이었다. 고여 있는 여름의 열기를 날려버리듯 바람이 불었다. 바람에 실려 온 냄새에 연청은 눈을 부릅떴다. 짙은 피와 죽음의 냄새다.

목적지에 도착한 연청이 본 것은 엄청난 피와 첩첩이 쌓인 시체의 산이었다.

제는 앉아있었다.

처참한 죽음과 정적 속에서.

"——제!"

연청의 외침에 제가 조금 몸을 움직인 듯이 보였다.

가까이 달려가서 보니 한눈에도 심각한 중상이라는 것을 알 수 있었다. 머리부터 발끝까지 검붉은 핏빛으로 물들어 있었다. 채 마르지 못한 피가 머리카락 끝에서 똑똑 떨어지고 있었다.

뒤집어쓴 듯한 피에는 제의 피도 섞여 있었다. 의식이 있는 게 신기할 정도였다. 옆구리의 상처는 깊지 않았지만 출혈이 심했다.

"제— 이 바보 녀석아, 이렇게 될 때까지 왜 싸우고 있었어?! 왜 도망치지 않은 거야!"

제는 아주 천천히 눈을 깜빡였다. 연청을 보고 안도했다는 듯이 그제야 검을 놓았다.

덤불이 바스락거리며 움직였다. 잘 보니 어린아이가 한 명 떨면서 웅크리고 있었다.

"어린애? 이게 무슨 일이야?"

"——괴물!!!"

아이는 미친 듯이 부르짖었다.

"이놈 인간이 아니야. 괴물이라고. 이런 게 인간일 리가 없어. 아빤 이 괴물한테 죽은 거야! 피리 내놔!"

아이의 가슴에는 낯익은 작은 피리가 흔들리고 있었다. 연청이 주워 제에게 줬던 것과 똑같은 피리다.

그 손에는 피 묻은 단도가 쥐어져 있었다. 손가락이 경직될 정도로 굳게.

제의 옆구리 상처는 딱 아이의 머리 위치.

무슨 일이 있었는지 안 순간, 이 꼬마를 죽여버리고 싶었다. 눈앞이 캄캄해질 정도로 화가 치밀어 올랐다.

"——입 다물어! 누가 널 지켜줬는지도 모르겠냐? 이 멍청한 꼬맹이가! 이 녀석은 너한테 찔렸는데도 끝까지 널 지켜줬다고. 이렇게— 이렇게 될 때까지…!!"

몸도—— 마음도 망신창이가 되면서까지.

연청은 아이를 패주는 대신 제를 끌어안았다. 제를 품에 안고 빗물처럼 눈물을 흘렸다. 누구보다도 자신을 때려주고 싶었다.

"미안해, 제… 미안, 미안하다. 늦어서 미안. 혼자 있게 해서 미안. 나만 생각했었어. 널 지켜주지 못했어."

눈물로 얼굴을 적시면서 연청은 청원의 어깨를 안았다.

"——같이 가자, 제."

같이.

"나와 사부님과 같이 가자. 네가 날 싫어해도 괜찮아. 나, 엄청 마음이 넓어서 전혀 신경 안 써. 그러니까 가자. 너를 두고 매태랑 밑에서 잠들 순 없어."

머릿속에 울리는 목소리였다.

연청 곁에 있으면 정말 마음이 편했다. 그곳이라면 청원은 싸우지 않아도 된다. 상처받을 일도 없다.

눈을 들어보니 어깨 너머로 또 푸른 하늘이 보였다.

그런 헛소리를 진심으로 믿고 싶어질 정도로 구름 한 점 없는 여름의 창공. 연청의 파랑색.

"죽지 마. 기운을 차리면 같이 만나러 가자고. 네가 너 자신보다도 소중하게 여기는 녀석을. 너 자신을 위해 살고 싶지 않다면 그 녀석을 위해 살면 되는 거야."

청원은 살짝 머리카락을 흔들며 한숨처럼 웃었다. '지다성' 과 똑같은 말을 하는군.

―― '지다성' . 연청의 형.

"…전부… 끝난 건가…?"

"끝났어. 이젠 어찌 되든 상관없어. 바로 사부님에게 데리고 갈 테니까 말 그만해."

…그럴 시간이 없었다. 연청은 가야 할 곳이 있다. 그의 형에게. 하지만 말해봤자 믿지 않을 거라는 걸 알고 있었기에 청원은 궁리 끝에 띄엄띄엄 말을 이었다.

"…남 노사에게 가기 전에… 중앙요새로 데려다줘."

"뭐? 중앙요새? 왜? 너 지금 죽을지도 모를 만큼 다쳤다고. 딴짓 할 시간이 없어."

"그곳에… 지혈제와 붕대가 있을 거야."

연청은 바로 걸려들었다.

"그렇구나! 지혈지혈! 여기저기 다 불을 질러놓아서 거기 말고는 남아있질 않겠다. 좋아, 가자!"

연청의 등에 업힌 채 청원은 남은 힘을 쥐어짜 목에 걸린 피리를 잡아챘다. 피리를 내밀자 아이의 얼굴은 일그러져 있었다. 자신이 아버지의 죽음에 눈물을 흘렸듯이, 누군가가 청원의 죽음을 슬퍼하리라고는 생각지도 못 했었다는 듯이. …무리도 아니다. 이 아이에게 있어서 청원은 아버지의 원수이자, 눈앞에서 백 명도 넘는 도적떼를 몰살한 악마일 뿐이다. 그래도 더 이상

'괴물' 이라고 부르지는 않았다.

막내동생과 비슷한 또래인 아이. 어딘지 얼굴도 류휘를 닮은 듯하다.

이 아이를 지켜낸 것에 안도했다.

"…죽어주지 못해 미안하다."

아이는 입술을 깨문 채 빼앗듯이 피리를 낚아챘다. 연청은 울컥 화가 나서 그만 한 대 때려주려다가 꾹 참았다. 연청도 알고 있었다.

이 아이의 분노와 증오, 살의까지 모두 청원이 받아들여야 한다는 것을.

하지만 연청에게도 권리가 있었다.

"야, 꼬맹이. 여기 숨어서 얌전히 기다리고 있어. 좀 있다가 데리러 올 테니까. 제가 목숨을 걸고 지켰으니까 나도 널 지켜주도록 하지. 하지만 네가 또 제를 찌르려고 한다면 난 친구로서 이 녀석을 지킬 거야. 너를 위해서도."

연청이 청원을 둘러메고 아이에게 등을 보이자 뒤에서 울먹이는 목소리가 들려왔다.

"…사실은 알고 있었어. 아빤 그렇게 피리를 잘 불지 못했으니까. 하지만 피리소리를 듣고 있으면 아빠가 살아있는 것 같았어. 찾으러 오지 말고 그냥 듣기만 했으면 좋았을 텐데, 만나버렸으니까."

아빠가 아닌 다른 사람이 피리를 걸고 있는 것을 이 눈으로 봐버렸으니까.

어쩔 도리가 없었다. 정신을 차려보니 옆에 굴러다니던 단도를 쥐고 있었다.

"미안, 미안해. 죽지 마."

청원은 연청의 등에 업힌 채 그 목소리를 듣고 있었다.

연청은 둑이 터지듯 엉엉 울어대는 아이의 머리를 거칠게 쓰다듬었다. 이 녀석도 나름대로 아버지의 죽음을 받아들이려고 필사적으로 노력하던 차에 불행과 현실이 거듭된 것이다.

연청은 아이의 손에서 단도를 빼냈다. 마귀가 떨어진 양 어이없을 정도로 간단히 손에서 떨어졌다.

"…이건 내가 맡아두마. 덤불 속에서 기다리고 있으렴. 두고 가진 않을 테니까."

꾸뻑 하고 고개를 끄덕인 아이를 남겨두고 연청은 청원을 업은 채 중앙요새로 향했다. 하지만 도중에 전방에서 피어오르기 시작은 검은 연기를 보고 기겁을 했다. ——중앙요새가 불타고 있다.

"어, 잠깐! 도대체 어떤 바보가 불을 질렀지?"

청원은 눈을 부릅떴다. '지다성' 의 말이 떠올랐다.

『해야 할 일이 남아있습니다.』

마지막 해야 할 일. 그러나 죽으려고 불을 질렀다고는 볼 수 없었다. 불길. 검은 연기.

검은 연기. 관군을 부르는 봉화—— 그와 동시에 누가 보더라

도 확실한 '살인적' 의 함락을 알리는 표시. 이것이 그 사람의 마지막 해야 할 일.

'하지만 그에게는.'

불길을 피해 도망갈 수 있는 다리가 없다.

──완전히.

"제, 여기서 기다려. 아직 창고까지 불길이 미치지 않았으니까 아마 약하고 붕대는 남아있을 거야."

문득 연청은 아이에게서 빼앗은 단도를 보았다. 흰 칼날을 보고 있으면 왼쪽 뺨의 상처가 욱신거렸다. 칼날. 복수.

더 이상 생각하지 않을 것이다. 복수 때문에 제가 죽을 뻔했다. 전부 밑바닥에 가라앉혀버리자.

미쳐버린 또 하나의 나와 함께. 깊이, 깊이.

"…제, 다 죽어가고 있는 마당에 미안한데, 내 왼쪽 뺨의 상처, 밑으로 한 번만 그어줄래? 나… 조개 같은 사람은 되고 싶지 않아. 절대로 되고 싶지 않아. 그러니까 다시는 검을 잡지 않을 거야."

청원은 천천히 연청을 보았다. 침울해 보이는 얼굴. 드문 일이다.

자신은 망가졌다고 말했던 연청을 떠올렸다.

달빛 아래 언뜻 보였던 피투성이의 검. 그 팔을 부여잡고 있던 연청.

'조개와 같다고?'

정말이지 바보다. 전혀 다르다고.

전혀 달라.

청원은 단도를 잡더니 손목 힘만 사용해서 휙 그었다. 뺨의 일자가 십자가 되었다. 피가 팍 솟구쳤다. 연청은 인정사정없는 그 손놀림에 화를 냈다.

“너 이 자식, 정말 봐주는 게 없군. 엄청 깊잖아! 진짜 아프다! 내 눈알까지 그어버리면 어쩔 뻔했어!”

“흥, 내가 그런 실수를 할 것 같아?”

“팔팔하구만. 다 죽어가는 주제에! ──팔팔하게 기다리고 있어. 금방 돌아올 테니까.”

“아, 야! …잠깐 기다려.”

그대로 달려가려는 연청을 청원은 황급히 불러 세웠다. 이 녀석 진짜로 창고에서 약하고 붕대만 찾아가지고 바로 돌아올지 모른다.

“조개의 방에 가. 침대 밑에 비밀 문이 있어. 명상이 말하는 걸 들은 적이 있거든.”

스스로 생각해도 엉성한 미끼였지만 역시나 단순한 연청은 귀가 솔깃했다.

그야 좀 이상하긴 하다. 조개는 전혀 자기 방을 쓰질 않았으니까 명상이 그걸 이용해서 악행의 증거품을 쌓아뒀을지도 모른다. 실제로 명상은 아무도 없는 조개의 방에 몇 번이나 들어갔던 적이 있다.

"알았어, 그럼 내친 김에 뭐가 있나 한번 보고 올게."
뒤도 돌아보지 않고 연청은 중앙요새를 향해 달려간다.
…혼자 남은 청원은 하늘을 올려다보았다.
눈이 시릴 정도로 푸른 하늘이다. 정적에 감싸인 산 속에서 솔개 울음소리가 멀고 높게 울려 퍼졌다.
『함께 가자.』
…갈 순 없어.
네 곁은 너무 기분이 좋아. 내가 지은 죄까지 전부 잊어버릴 정도로.
『살인자.』
청원은 더 이상 떨어질 곳이 없는 깊은 지옥에 떨어졌다. 한 줄기 빛도 비치지 않는 어둠 속에 목까지 잠겨 있었다. 연청은 몇 번이나 긍정해줬지만, 자신의 죄는 내가 잘 알고 있었다.
아이의 아버지는 무기도 없었다. 청원은 그걸 알고 있으면서도 베었다. 그런 식으로 수많은 사람들을 이 손으로 죽였다. 명상이 빼앗은 게 아니다. 자신이 모든 것을 버린 것이다.
이름도 긍지도 인간다운 마음도, 행복해질 수 있었을지 모를 모든 가능성을, 연청과 함께 갈 자격까지도.
청원은 그때 처음으로 지금까지 자신이 얼마나 제멋대로에 차갑고 거만했는지, 재능을 뽐내며 태연하게 남에게 상처를 주는 최악의 인간이었는지 뼈저리게 깨달았다.
…그렇기 때문에 남가에게도 외면당했다. 누구 하나 청원을

도와주지 않았다. 남을 의심하고 깔보고, 용서할 줄 모르는 인간을 누가 왕에 어울린다고 하겠는가.

이 지옥의 밑바닥이야말로 청원에게 어울리는 장소였다.

'연청.'

자신과는 정반대인 태양 같은 녀석.

질리지도 않고 몇 번이나 청원을 도와주러 돌아왔다.

마치 말라버린 화분에 열심히 물을 주듯이.

『함께 가자. 네가 웃을 수 있는 곳으로.』

바보처럼 따뜻한 말을 남긴 채.

청원은 떨리는 손으로 땅바닥을 짚고 무릎에 힘을 주며 일어섰다.

딱 한 번, 연청이 달려간 중앙요새를 돌아보았다.

그리고 청원은 모습을 감추었다.

• • ✤ ✤ • •

조용히 마지막 순간을 기다리던 '지다성'은 떠들썩한 고함소리에 깜짝 놀랐다.

"어어어어? 으아악, 위험해!! 멈추질 못하겠어!!!"

'지다성'은 눈을 크게 떴다. 이 목소리는.

'백이 형님.'

형과 자기가 목소리가 비슷하다는 얘기를 자주 들었다.

…하지만 형은 이제 없다. 그날, '지다성' — 랑숙제가 준시(準試) 수석 급제라는 소식을 안고 돌아왔을 때에는 이미 피바다 속에 뒹굴고 있었다.

그렇다면 이 목소리는 혹시.

'연청.'

누군가가 말 그대로 방안으로 굴러들어오더니 바둑판에 머리를 처박았다.

…숙제는 침묵했다.

동생임이 틀림없다고 확신했다. 하지만 다섯 살 때와 행동이 완전히 똑같지 않은가.

소년이 벌떡 일어났다. 머리를 한 번 흔들자 바둑돌이 후두둑 떨어졌다.

"아프잖아! 나 오늘 완전 동네북이네. 왜 바둑판이 이런 데—."

인기척을 느꼈는지 연청은 뒤를 돌아보았다. 그 모습을 보고 숙제는 미소를 지었다.

'많이 컸구나.'

눈물이 나올 것 같았다.

처음에 연청은 눈을 껌뻑거리며 고개를 갸웃거렸다. 어디선가 본 적이 있는 얼굴이다.

찬찬히 뜯어보다가 생각이 났다. 그렇다. 얼굴 닦을 때 물에 비치는 내 얼굴하고 비슷하잖아.

'응? 하지만 더 닮은 누군가를 알고 있는 거 같은데――.'

불쑥 연청의 뇌리에 몇 장의 그림이 스쳐지나갔다.

새 식구가 태어날 때마다 소문난 화공을 불러 초상화를 그리게 했던 아버지. 회랑에는 그 그림들이 주욱 걸려 있어서 연청은 매일 밖에 놀러 나갈 때마다 보곤 했다. ――그 그림 중에.

두근, 하고 심장이 크게 울렸다.

살아있을 리가, 없는데.

한 사람도 남김없이 조개의 손에 *토막토막 난도질을 당했는데.*

그래, 여기저기에 토막 난 채로 흩어져 있었기 때문에 모든 가족의 얼굴을 확인한 것은 아니었다. 딱 한 번 연청이 고향에 돌아갔을 때에는 마을사람들이 시체를 수습해 매장해준 무덤이 세워져 있었다.

형이 미소를 짓고 있다. 온화하고 다정한 그 그림 속 표정과 똑같은 얼굴로.

"연청."

그 목소리로 이름이 불린 순간 머리보다도 먼저 모든 것이 이해가 되었다.

은랑산에 있을 때부터 계속 누군가가 연청을 부르고 있는 듯한 느낌이 들었다.

'살인적' 에 들어온 후에도 그 속삭이는 듯한 목소리는 그치지 않았다. 나뭇가지를 흔들고 밤바람 사이에 섞여, 랑연청을 기다리는 누군가가 있었다.

…제도 조개도 아니었다.

'연청.'

형의 두 다리가 없는 것을 보았을 때.

연청의 얼굴이 힘없이 일그러졌다. 어금니를 악물었다.

형제 중에서 가장 머리가 좋았던 형.

누구에게도 모습을 보이지 않는 참모, '지다성'.

이유는 묻지 않았다. 형제 중에서 가장 정이 많고 정의감이 강했던 작은형.

그 작은형이 '지다성'이 된 이유를.

"…작은형님."

연청은 중얼거렸다. 확신할 수 있었다.

"나 때문에 여기에 온 거구나."

…그것 말고 이 형이 여기서 살고 있는 이유가 있을 리 없었다.

● ● ◈ ◈ ● ●

숙제는 목소리가 나오지 않았다. 왜냐고 물으리라 짐작하고 있었다. 하지만 연청은 숙제가 어떤 말도 하기 전에 이미 모든 사실을 감지하고 있었다.

동요했다.

"아냐… 아닙니다. 내 자신을 위해 조개와 거래를 하고 이리로 왔을 뿐입니다."

"어떤 거래?"

연청은 침착했다. 지독히 슬픈 얼굴을 하고 있었다. 마치 처음부터 답을 알고 있다는 듯이.

"'살인적' 을 위해 계획을 세워라. 한 번이라도 허술한 계획을 세운다면 죽이겠다고. 그래서 난."

"음… 하지만 거기 빠진 말이 있지 않아요? 정확하게는 '한 번이라도 허술한 계획을 세운다면 『동생』을 죽이겠다' … 아니야?"

숙제는 이번에야말로 아무 말도 할 수 없었다.

연청은 눈을 감았다. …생각나는 것이 몇 개 있었다.

"작은형… 그날… 언제 돌아왔지?"

"……."

"무슨 시험인가 결과가 나오는 날 아니었나? 그래서 작은형도 약속 시간에 늦었지."

"…아닙…."

"돌아와보니 이미 다 끝났고 조개가 혼자 기다리고 있었지? 혹시 그 자식 이렇게 말하지 않았어? '이제야 *한 사람* 돌아왔군'."

연청이 집에 돌아왔을 때 조개가 이렇게 말했었다.

『…이제야 마지막 한 사람이 돌아온 건가.』

"그래서 작은형은 내가 어디선가 노느라 아직 돌아오지 않았다는 것을 알아챘어. 그런 정신없는 애는 가족 중 나 하나였으니까."

사냥감은 전원 몰살하는 조개. 예외는 없었다. 그렇기에 *자신이 대신 죽을 테니 동생을 살려달라는 평범한 애원*은 의미가 없었다.

숙제의 귀에 지난 날 자신이 외쳤던 말이 메아리쳤다. 얻어맞고, 가족과 마찬가지로 두 다리가 잘려나갔다. 그래도 연청이 살아있다는 것을 안 이상, 죽을 수는 없었다. 이우를 지킬 수 있는 것은 나 하나뿐이야. 어떤 대가를 치루더라도 상관없었다.

『내가 '살인적' 을 위해 일하겠어. 널 위해서 쓸 만한 사냥감을 함정에 빠뜨려주지. 절대로 도망치지 않겠어. 모든 계획은 완벽하게 짜주겠어. 자살도 하지 않아. 그러니까.』

——그러니까 부디 연청만은.

마물과 거래를 한 그 순간, 숙제는 스스로 지옥으로 뛰어들었다.

나는 상관없어. 모든 것을 알고서 선택한 길이다. 하지만 연청에게 알려져서는 안 된다.

숙제는 웃으려고 했지만 조금 실패하고 말았다.

"무슨 그런 바보 같은… 난 네가 살아있는지 어떤지도 알지 못했어. 무엇보다도 조개가 그런 거래를 지킨다는 보장이 없지 않니."

그때 조개는 연청이 살든 죽든 별 상관없었으리라. 연청도 그렇게 생각한다.

"응, 작은형은 몰랐어. 조개가 진짜로 나를 살려줄지 어떨지."

아마도… 그때는 이미 다리가 잘린 뒤였기 때문에 확인할 수 없었겠지.

그 광경이 눈앞에 떠오르는 듯 했다.

그 피로 물든 저택의 방 한구석에서 두 다리를 잘린 채 누워 내가 돌아오는 소리를 들었을 것이다. 그리고 조개의 손에 팔다리가 부러져 절규하는 내 비명을.

…분명 눈물을 흘리며 기도하며 모든 것을 듣고 있었으리라.

"조개는 마음이 바뀌어 약속을 받아들였어."

형은 조개의 말을 믿을 수밖에 없었다.

"…그래서 작은형님은 '지다성'이 된 거야."

동생이 정말로 살아있는지 어떤지 알 수 없었다. 확실한 것은 숙제가 한 번이라도 허술한 계획을 짠다면 그 순간 *어디엔가 살아있을지도 모르는 연청을 이번에야말로 조개가 죽이러 간다는 것.*

거미줄처럼 가느다란 가능성조차도 형은 버릴 수 없었다. 그렇기에 모든 계획을 완벽하게 입안했다. '지다성'으로서 8년을 살았다.

오직 연청을 위해서.

누구보다도 정의감이 투철하고 다정했던 작은형은… 자기 자신을 버렸다.

숙제는 더 이상 아닌 척하기를 포기했다.

다순이 움직이면 '살인적' 은 끝난다. 그때가 자신의 최후다. 죄를 갚고, '살인적' 의 막을 내리기 위해 포박을 기다리고 있었다. 그 마지막 순간에 설마 동생의 이름을 발견하리라고는 생각지도 못했다. 동생이 자신을 발견하리라고는 생각지도 못했다.

연청 앞에서 형의 표정이 무너져내렸다. 형은 덧없이 웃었다.

"…그래. 그리고 넌 살아주었어. 기뻤어. 기뻤단다. 이제 계약을 지키지 않아도 돼. 그러니 이제 괜찮은 거지? 이제 괜찮은 거지, 연청… 널 위해서 살지 않아도."

더 이상 살지 않아도 되냐고 연청에게 부탁하고 있는 것이다.

연청의 얼굴이 힘없이 일그러졌다.

『작은형은 약하니까 내가 지켜줘야 해. 악덕관리들은 나쁜 부하들이 많이 있으니까 작은 형님, 분명히 잡혀버리고 말 거야. 그러니까 내가 싸우는 관리가 되서 작은형님을 구할 거야.』

…지키지 못했다. 구하지도 못했다.

지옥 속에서도 형은 자기 자신을 내던져 연청을 지켜왔는데 연청은 매일매일 조개에게 복수할 일만 생각했다. 형이 남겨준 가능성을, 모든 가능성을 내가 엉망으로 만들어버렸다.

관리가 되어 다주를 변화시키려 했던 형에게 있어 이 8년은 숨쉬기도 괴로운 시간이었을 것이다. 연청이 살아있는지조차 알지 못한 채 오로지 연청을 위해 살아왔다.

그러면서 이젠 괜찮지 않느냐고 묻고 있다. 이제… 살아있는 것이 괴롭다고.

연청도 같은 생각을 했었다. 조개를 죽이면 매태랑 밑에서 잠들고 싶었다. 너무 지쳐서, 너무 오랫동안 지쳐있어서 모든 게 끝나면 잠도 제대로 못 자는 나날들에 이별을 고하고 어딘가에서 조용히 잠들고 싶었다. 아무도 죽이지 않아도 되는 곳에서.

—하지만 형의 괴로움은 연청과는 비교도 되지 않을 정도로 깊었다.

연청은 눈물로 일그러진 얼굴로 형 앞에 무릎을 꿇었다.

다리를 잃은 형은 연청보다도 작았다. 그 작은 몸을 끌어안고 어린아이처럼 울었다.

숙제는 눈을 감고 동생의 등을 살며시 안아주었다.

오랫동안 느끼지 못했던 여름의 햇빛 냄새와 파란 하늘이 보인 것 같았다.

"안녕… 연청."

연청은 흐느끼면서 몇 번이나 숨을 들이켰다. 그 말을 하기 위해서.

"…힘들었지. 이제 괜찮아. 이젠 잠들어도 괜찮아. …잘 자. 작은형님."

숙제는 미소를 띤 채 잘 자라, 하고 대답했다.

…한낮의 별이 곡선을 그리며 떨어졌다.

| 종장 |

———두 달 후.

하늘은 여름에서 가을로 바뀌고 있었다.

은랑산을 누군가 오르고 있다. 연청은 짚더미에서 뒹굴면서 하늘을 바라보고 있었다.

뒤집어진 얼굴이 보였다.

"…어, 원순 할아버지. 혼자서 여기까지 오다니 은차랑하고 이 산이 어지간히 할아버지를 좋아하는 모양이네. 아님 사부님 같은 신비한 산사람이 혹시 곁에 있어서 냄새가 옮았나?"

신비한 산사람? 원순은 이유 없이 친구인 소 태사를 떠올렸다. …그 녀석인가.

"남 노사까지 기운이 빠져 있단다. 제자가 축 처져있다고."

"응… 아아… 정말이지, 할아버지 말을 듣는 건데 그랬어."

양산까지 달려온 원순은 연청을 보자 험악한 표정으로 꿀밤을 때렸다.

『위험해지면 도망치라고 했지 않냐! 왜 나를 믿지 못하고 멋대로 움직인 거야!』

원순이 소규모라는 정보를 퍼트리며 집결시켰던 토벌대는, 원소오의 말을 빌리자면 '있을 수 없는 최강군' 이었다고 한다. 송준개에 흑요세, 백뇌염, 사마룡을 비롯한 '엄청 엄청 엄청 대단한' 거물들로 구성된 최정예 부대였던 모양이다. 성난 파도처럼 대규모 선단이 밀려드는 것을 봤을 때에는 정말 놀랐다. 원순이 '수군에 아는 사람이 있다' 며 자신만만해하기에 별동대가 있나보다고 짐작은 했었지만.

'보통 이렇게까지 요란스럽게 데려오냐고요!'

게다가 모두 다원순의 편지 한 통으로 소집된 개인적인 연줄이라고 한다.

그들이 몇 개월에 걸쳐 동화군부군(東華郡府軍)을 재조직하고 철저하게 훈련시켰다. 주위의 마을과 도시에서 '살인적' 의 습격계획이 전부 실패로 끝난 것은 다른 이유 때문이 아니었다. 군이 강해졌기 때문이었다. 어느 날 갑자기 폭풍처럼 밀어닥친 호랑이 장군님들의 지옥 같은 훈련을 견뎌낸 군을 대적할 자는 이미 없었다.

당연히 원소오 외에도 많은 밀정을 풀어 양산의 상황을 살피고 있었기 때문에 명상의 야습계획도 사전에 파악하고 있었다. 만전의 태세로 요격 준비를 끝내 놓은 상태였던 것이다. 원순이 은랑산을 찾은 것도 원래는 후방지원과 명상의 주의를 돌리기 위해서였다. 연청에게도 몇 번이나 일러둔 내용이다.

그런데도 연청은 자신의 힘을 과신한 나머지 원순을 믿지 못한 채 멋대로 움직이다가… 결국, 형도 친구도 아무도 지키지 못하고 잃고 말았다.

"연청, 그때는 때려서 미안했다. 모든 정보를 알려주지 않은 내 불찰이다."

다른 부대의 지휘 때문에 여기저기로 뛰어다니던 원순이 원소오와 만난 것은 아침이었다. 연청이 혼자 남았다는 소식에 황급히 전군을 끌고 양산에 도착했을 때에는 모든 것이 끝난 후였다. 원순은 물론, 송준개, 사마룡, 흑요세, 백뇌염까지, 처참하기 그지없는 그 광경에 말을 잃었다. 여기저기 굴러다니는 산처럼 쌓인 시체와 온 산을 덮은 신음소리.

하루 만에 양산은 함락되었다.

그 후 연청은 유령처럼 주위를 헤매어 다녔다. 양산과 그 주변을 매일매일. 사라져버린 친구를 찾아서.

"…할아버지, 그 녀석 얘기 뭐 들은 거 없어?"

"아니… 미안하구나."

연청이 어떻게 되는 건 아닌지 걱정이 된 원순은 다주의 각 관문에 통달을 보내, 비슷한 인상착의의 소년이 지나가면 보고를 올리도록 손을 썼다. 하지만 두 달이 지나도록 어떤 보고도 없었다.

'…아니지, 한 건 있기는 했다.'

한 관문에서 특징이 비슷한 소년이 있다는 연락을 받았지만, 보고에 의하면 아무래도 다른 사람 같았다. 양친과 어린 여동생과 함께 여행하는 가족처럼 보였다고 한다. 그렇다고는 해도 보고를 볼 때 특징은 확실히 비슷했기 때문에 확인 차 원순이 달려가 보았지만 이미 관문을 통과한 후라 행방을 찾을 수 없었다.

연청에게 쓸데없는 희망을 주고 싶지 않았기 때문에 원순은 그 건은 가슴에 담아두기로 했다.

이번에 그 밖에도 몇 가지 실책이 있었다. 특히 부두령인 명상을 놓친 것은 오산이었다.

일찍이 상황을 판단하고 양산을 떠난 줄 알았는데, 무슨 이유였는지 명상은 말을 두 마리 끌고 한참 동안 그 주변을 어슬렁거리고 있었다고 한다. 그러나 양산의 함락과 효수된 조개의 머리를 확인한 직후, 어디론가 홀연히 자취를 감추었다고 한다. 그 보고에 원순은 두 가지 의미에서 크게 후회했다.

'단서는 명상밖에 없었는데.'

다가의 누군가가 명상과 연관되어 있다는 것은 눈치채고 있었다. '살인적' 에게 막대한 자금이 흘러들어가고 있다는 것도. 그러나 아무리 해도 꼬리를 잡을 수 없었다. 양산이 위험해지면 분명 명상이 연락을 취할 것이다. 그때가 처음이자 마지막 기회라고 보고 명상을 내버려두었던 것이 지금 와서 생각하면 뼈아픈 실수였다.

솔직히 지금 다가에 그 정도로 교묘하게 증거와 단서를 감출 수 있는 사람이 있다고 생각할 수 없었다. 아니, 원순이 알고 있는 가족 중에는 없었다. 하지만 원순이 아직 능력을 파악하지 못하는 인물이라면.

'…아이.'

그렇다면 짚이는 사람이 한 명 있었다. 만약 그렇다면… 다가는 말도 안 되는 괴물을 키우고 있는 셈이 된다.

갑자기 원순이 조용해진 것을 연청은 다른 의미로 해석했다.

"원순 할아버지, 그런 얼굴 하지 마. 괜찮아. 사부님이, '시체가 없으면 살아있는 기야!' 라고 하더라고. 그렇겠지? 나도 그렇게 믿을래. 그 녀석 언젠가 반드시 어디선가 또 만나게 될 거야."

다시 만나면 다시는 혼자 두지 않을 거다.

두 번 다시.

원순은 온화한 눈으로 연청의 머리를 쓰다듬으며 끄덕였다.

"근데, 오늘은 무슨 일로?"

"아아… 연청, 지금부터 관리 시험을 목표로 공부를 해보지 않겠니? 문관 쪽으로 말이다."

연청의 눈이 휘둥그레졌다.

『관리를 바꾸지 않으면 달라지는 건 아무것도 없다』는 말을 들은 후부터 원순은 결심했다.

"그럴 마음이 있다면 키워주겠다. 가끔 내가 돌아왔을 때 공부를 봐주도록 하지. 어떠냐?"

문관이 되면 원순처럼 엄청난 힘으로 많은 것들을 지킬 수 있다. 이번에야말로 어떤 것도 다치지 않게 하면서 소중한 것을 지킬 수 있다. 생각도 하기 전에 대답이 튀어나왔다.

"응, 나 할래."

아주 오래 전 작은형님과 했던 약속.

싸우는 관리가 돼서 형님을 도울게. 꽤나 멀리 돌아왔지만 돌아가자. 그곳으로.

"나, 바보지만 노력해볼게."

"뭐, 바보라도 괜찮도록 보좌관을 붙여주마. 지금 그대로도 충분히 좋은 주목(州牧)이 될 자질이 있어. 쓸데없이 머리 쓰는 관리는 되지 마라. 그런 건 지금도 차고 넘친다. 중요한 건 야성의 본능이야."

"…… …… …… …주목? …주관(州官)이 아니고? 그보다 나, 방금 한 말의 어디 어디를 지적해야 하는 거야? 몽땅 다 엄청 실례잖아."

원순은 켈록켈록 하고 이상한 기침소리를 냈다.

"…뭐, 아무튼 앞으로 몇 년 안에── 그래, 몇 년 안에 이것저것 담을 수 있을 만큼 집어넣어보자. 내가 귀양에 있을 때에는 다가 본가에 있는 내 처와 아들에게 공부를 봐달라고 하렴. 말해두마."

"…헤, 할아버지 부인? 어떤 사람이야. 여성스럽고 상냥하고 정숙한 공주님?"

"…잘 들으렴, 연청. 그런 기대는 하지 마라. 아무 기대도 하지 말고 가는 게 좋을 거다."

원순이 그렇게까지 말하다니 도대체 어떤 사람일까?

"근데… 뭐랄까, 괜찮아? 부인을 내버려둬도? 바람피우면 어쩌려고?"

"응? 있을 수 없는 일이다. 바보 같군. 나 말고도 그런 취향이 특이한 사람이 또 있을 리가 없지."

"아— 생각났다— 누님이, '남자는 자기가 바람을 피우면서도 상대방은 절대로 배신하지 않는다고 믿는 바보지. 일한다고만 하면 면죄부라도 된다고 생각하니까. 여자가 언제까지라도 기다려준다고 생각하면 큰 오산이야!' 하고 퍼붓고는 정인하고 헤어졌어."

원순은 침묵했다. 버적버적 식은땀이 흘렀다. 어딘지 찔리는 구석이 있는 모양이다.

"……저, 정말이냐?"

"응, 그러고는 바로 다른 사람하고 만나던데."

"……오늘은 이만 가보겠다. 또 보자."

"또 봐요. 돌아갈 때 꽃이라도 좀 꺾어가지 그래?"

그날 꽃을 들고 돌아온 남편에게 아내인 영희는 '여우인지 너구리가 원순으로 둔갑했구나! 이 건방진 놈. 사랑하는 남편을 내가 못 알아볼 거라고 생각했던 거냐. 좀 맞아야겠구나!' 하며 진짜로 때려서 쫓아냈다. 원순은 충격을 받았다. 바람을 피운

적은 없지만 너무 집을 비웠다— 이렇게 후회한 것은 또 다른 이야기.

원순이 돌아간 후 남 노사가 연청 곁으로 다가왔다. 아직도 조금 걱정스러운 얼굴이다.

"연청, 원소오네 놀러가자!"

"또?"

"그놈 얼간이지만 밥은 맛있잖아."

사부님에게 얼간이란 소릴 듣는 지경이 되다니 끝장이다. 하지만 형님 원소오가 좀 덜렁거리는 건 사실이다. 머리는 분명히 좋을 텐데. 지금은 동화군부에서 관리로 분투 중. 그리고 밥도 맛있다.

"그리고 돈도 좀 빌리려고. 그게 아주 좋더라고~."

연청은 흠칫했다. …원소오와 도시에 심부름을 갔다온 후부터 사부님은 '가게'를 무척이나 좋아하게 되었다. 방글방글 웃으며 사람들이 말을 걸어주기 때문이란다. 그야, 누군들 돈 주는 사람에게 친절하게 대하지 않겠는가. 하지만 가게에서 물건을 사려면 돈이 필요하다. 사부님은 '돈 꾸기' 기술을 배웠다.

"…저, 저기, 사부님. 돈은 빌리면 갚아야 하거든. 사과처럼 따서 묻으면 나무가 자라서 주렁주렁 열리는 게 아니거든? 알고 있어?"

"이 바보 놈이. 그 정도는 나도 알고 있다. 돈나무인 '요전수'에나 열리는 거지!"

"아니야! 돈은 안 열려! 그건 그냥 나무라고!"

"은랑산에는 그 나무 못 심는 겨?"

이렇게 하여 빚은 기하급수적으로 불어나 10년 후에는 제자까지 빚더미에 올라앉는 신세가 되고 말았던 것이었다.

연청은 가을 하늘을 올려보았다. 은랑산도 조금 쓸쓸한 가을 바람이 불어오는 계절이 되었다.

"사부님, 언젠가는 만나겠지?"

남 노사는 대답하지 않았다.

가을 하늘은 조금 희뿌옇고 가깝게 느껴졌다.

몇 번이나 계절이 바뀌어 간다. 다시 만날 날까지.

같은 하늘을 보고 있으면 좋을 텐데, 연청은 그렇게 생각했다.

…그는 하늘을 바라보고 있었다.

어느 새인가 계절이 바뀌고 있다.

소매를 고사리 같은 작은 손이 잡아당겼다.

"뭐 보고 있어?"

"……."

"일어날 수 있게 돼서 다행이지."

한 마디도 하지 않는 소년이었지만 수려는 기죽지 않았다. 계속 같이 있어도 한 마디도 하지 않고 표정도 인형처럼 항상 그대로다. 하지만 인형은 아니니까 분명 언젠가는 말도 해주고 빙긋 웃어도 줄 거야. 그날을 기대하면서 오늘도 기죽지 않고 힘차게 소년의 주위를 맴돌고 있었다.

대답이 돌아오지 않아도 별 신경 쓰지 않고 수려는 같은 방향을 올려다보고는 스스로 답을 찾아냈다.

"하늘을 보고 있었구나."

수려는 방긋 웃었다.

"하늘을 좋아하는구나. 오빠가 *배에 실려 떠내려 왔을 때*도 있잖아, 하늘을 보고 있었어. 오자미 한 개 손에 쥐고서 계속, 계속 하늘만 쳐다보고 있었다? 기억나?"

살짝 소년의 앞머리가 흔들렸다.

…강의 관문에 이르러 간신히 나룻배 한 척을 수로에 띄웠다. 그러고 나서 정신을 잃었다. 노 젓는 사람도 없는 배는 흔들거리며 신기하게도 가라앉지도, 부딪치지도 않고 파도 사이를 헤쳐나갔다.

몇 번이나 눈을 떴다가 몇 번이나 기절했다. 눈을 뜨면 언제나 하늘이 보였다. 푸르디푸른 하늘.

죽어도 좋다고 생각했었는데.

…하늘을 보면 죽을 수 없었다.

몇 번째인가 눈을 떴을 때 그의 눈앞에는 하늘 대신 세 명의 가족이 있었다. 죽게 해주세요. 그렇게 말한 것 같다. 내 힘으로 죽을 수는 없으니 죽게 해주세요.

죽게 해주세요.

하지만 부인인 듯한 여인은 큰 소리로 콧방귀를 뀠다.

"안됐지만 우리는 남이 싫어하는 일을 하는 걸 좋아하거든. 감쪽같이 낫게 해줄 테니 각오하시게."

어안이 벙벙해서 멍하니 있는 사이에 어디론가 날라다가 융숭한 간호를 해주었다. 도망치려고 해도 어찌 된 건지, 그 어딘지 좀 모자라 보이는 가장(家長)에게 번번이 걸려 매번 끌려오고 말았다. 그렇게 조금씩 여행을 했다. 북쪽으로.

…예선에 그가 이 세상에 있을 리가 없다고 비웃었던 모든 것들이 이 가정에는 너무나 당연한 듯이 존재하고 있었다. 연청이나 자신과는 인연이 없었던 따뜻한 행복과 온화한 선의로 가득 찬 매일은, 이렇게 평범한 세상 한쪽 구석에서 별거 아니라는 듯한 얼굴을 하고 굴러다니고 있었던 것이다.

하지만 그 따스함이 그의 마음까지 녹이지는 못했다.

'…몸이 나으면.'

이곳을 떠나자. 여기는 나 같은 인간이 있어서 좋을 곳이 아니었다.

방에서 멍하니 하늘을 바라보고 있던 그는 문득 가리는 것이 아무것도 없는 장소에서 하늘을 보고 싶어졌다. 딱히 별 생각 없이 그는 창문에서 훌쩍 뛰어내렸다. 허리 정도밖에 안 되는 높이였지만 착지한 순간 다 낫지 않은 상처가 한꺼번에 비명을 지른 것 같았다. 온몸의 근육이 딱딱하게 굳어버려 기름이라도 치고 싶을 지경이었다.

그는 온몸의 비명은 무시한 채 다리를 절며 몇 발자국 처마 밑에서 나갔다.

벌써 추운 겨울이 다가오고 있었다. 그의 얼어붙은 마음처럼 차가운 겨울이.

그때 뒤쪽에서 풀썩 하고 뭔가가 떨어지는 소리가 들렸다. 돌아보니 수려가 자기를 따라 창으로 나오려고 했는지, 창문 밑에 공처럼 구르고 있었다. 그는 흠칫 놀랐다.

되돌아가려고 했지만 현기증이 나서 무릎이 꺾였다. 몸이 아직도 덜그럭거렸다.

울음소리가 들릴 줄 알았는데 훌쩍훌쩍 하고 코를 훌쩍이는 소리만 나고는 수려가 엄청난 기세로 그에게 굴러왔다. 말 그대로 굴러왔다. 와락 하고 꿇은 무릎에 엉겨붙는다. 옷을 통해 높은 체온이 느껴졌다. 동생과 똑같다. 그리운 따스함.

"나 강하거든. 울지 않거든. 울면 그 틈을 *타서* 오빠가 어디론가 가버릴 거니까. 그러니까 울지 않아."

수려는 죽어도 놓지 않겠다는 듯이 그의 다리를 끌어안은 채 외쳤다.

"가면 안 돼! 오빤 아직 유령 같은 얼굴을 하고 있잖아. 한 번도 말한 적도 없잖아. 한 번도 웃지도 않았잖아. 그러니까 안 돼!"

왜인지 그제야 와앙, 하고 울기 시작했다.

곧 부부가 다가오더니 역시나 창문에서 뛰어내렸다. 부인은 그의 뺨을 있는 힘껏 꼬집었다.

"수려의 말대로다. 너는 *가장 중요한 것*이 하나도 낫지 않았으니 나을 때까지 책임을 지고 돌봐주겠다. 그것이 주치의의 의무라는 것이니라."

그 마음이 나을 때까지.

소가도 끄덕였다. 홍가 당주 문세로 다주에 늦게 도착한 탓에 찾으러 가는 것이 늦어졌다. 그 사이에 행방을 감춘 소년을 찾아 방방곡곡 헤매어 다니다가 배 위에서 발견한 것은 여름이 끝날 무렵이었다. 늦게 데리러 간 것을 소가는 두고두고 후회하고 있었다.

"…이제 슬슬 이름을 붙여주도록 할까? 그러면 우리 가족이 되는 수밖에 없지."

"그거 좋은 생각이다. 물건에 이름을 붙이면 자기 것이 되는 게 세상의 이치."

도둑놈 심보 같은 말도 안 되는 이치를 입에 올리며 그녀는 생각했다.

원래 이름이 청원〔淸苑. 일본어 발음은 '세이엔'〕, 죽은 모친의 애칭이 은방울꽃〔鈴蘭. 일본어 발음은 '스즈란'〕마마였지?

"그래… 그렇다면 제――."

그 울림에 청원은 흠칫했다. 제(齊).

"정란〔靜蘭. 일본어 발음은 '세이란'〕은 어떤가? 흠, 정란. 조용한

난 꽃. 내가 지었지만 참으로 적당하구나."

만족스러워하는 부인과는 달리 소가는 황급히 아내를 끌어당겨 작은 목소리로 잔소리를 퍼부었다.

'무슨 소릴 하는 거야! 원래 이름과 달라진 게 없잖아. 청원(세이엔)하고 정란(세이란)은 발음 하나 차이라고. 좀 더 생각을 해야지!! 적당하긴 뭐가 적당해!'

장군(薔君)은 울컥했다.

"아, 시끄럿! 됐으니까 당신은 성이나 생각해라!"

"응? 내가? 성? 생각해? 성이라… 자, 자…정란. 이건 어때?"

이번에는 장군이 남편의 멱살을 잡았다.

'바보는 너다! 이 멍청이! 원래 성을 그대로 쓰면 어쩌자는 거냐! 자청원하고 자정란이 뭐가 달라?! 나중에 관직에라도 나가면 바로 들통나게 생겼지 않은가! 이 실눈!'

'다, 당신이 갑자기 하라니까.'

'뭐라고? 이 얼간이가!'

작은 소리로 티격태격하던 두 사람은 결국 어쩔 수 없다고 판단하고, 그냥 밀고 나가기로 했다.

이미 엎질러진 물이다.

장군은 헛기침을 하고는 환한 얼굴로 정란에게 웃으며 손을 내밀었다. 미소로 얼버무리며.

"결정했다. 네 이름은 자정란이다."

…다주 한구석의 작은 한촌에, 어느 날 한 명의 젊은이가 신임 관리로 부임했다. 그 관리가 온 뒤로 마을은 점차 풍요로워졌다. 횡행하던 착취는 없어지고 도적떼도 자취를 감췄다. 항상 그의 곁을 지키는 커다란 은색 늑대가 간단하게 도적들을 쫓아버렸기 때문이다.

그는 순찰을 돌 때 언제나 은색 늑대를 타고 왔다. 그에게는 다리가 없었다.

처음에는 무서워하던 마을사람들도 아이들이 폭신폭신한 털을 가지고 장난을 쳐도 그냥 두는 것을 보고 가까이 다가오게 되었다.

젊고 유능한 관리의 다리 노릇을 하는 그 늑대를, 마을사람들은 그 관리가 부르듯이 '은차랑'이라고 불렀다.

어느 날 문득 그는 은차랑에게 미소를 지었다.

"괜찮습니까? 연청 부탁으로 나를 이렇게 계속 지켜줘도?"

은차랑은 안 들리는 척 자는 시늉을 했다. 한 번도 입을 열지 않았는데도, 왜 그런지 그는 은차랑이 사람 말을 알아듣는다고 확신하는 모양이다.

…은차랑은 연청과 약속을 했다.

행복했던 기억을 기억해달라고.

그래서 은차랑은 그를 지킬 것이다. 연청이 그 큰 태양의 별로 운명을 바꾸어 지켜낸 그를.

연청의 모든 행복이었던 그를.

길고 긴 시간을 살아온 은차랑에게 있어 수십 년 동안 작은 마을에서 인간의 다리 노릇을 하는 것은 사소한 일이었다.

"은차랑, 내 얘기 좀 들어봐요. 너무한 거 아니에요. 잠들어도 된다고 해서 잘 자라고 했더니 날 때려서 기절시키고는 그대로 내뺐어요. 이 불쌍한 형을 때리다니!"

『잘 자라고 하기에 재워준 것뿐이야. 푹 잤으니까 됐지?』

이런 소릴 했다. 그런 바보 같은… 다정한 거짓말을 했다.

살아있어 달라고.

『'지다성' 은 이제 참수되었어. 아무도 얼굴을 모르니까 그걸로 된 거야. 중요한 건 '지다성' 이 누구냐가 아니라 '지다성' 이 죽었다는 사실이지. '지다성' 은 죽었어… 랑숙제도. 아주 오래전에 조개의 칼부림에 죽었어. 그러니까… 당신은 내 형이 아니야.』

마지막 한 마디를 말하던 연청의 표정이 조금 일그러졌다.

『그러니까 당신은 살아도 괜찮아. 어느 누구도 아니니까, 죄도 없어.』

그런 일은 용서받을 수 없다. 아무도 모른다고 해도.

『내가, 내 죄를 알고 있어요.』

『그럼 내가 벌을 주지. 이럼 어때? 유죄. 판결문. 벌로서 앞으로 문관 자격으로 이곳저곳의 부흥에 묵묵히 노력할 것. 장애수당으로 다리 대신에 은차랑 한 마리 지급.』

은차랑? 그게 뭐야? 매태랑 말고 또 심은 게 있나? 그는 고개를 갸우뚱했다.

『안 됩니다. 그런 건 제가 지은 죄에 비해 너무 가볍습니다. 속죄가 되지 않습니다.』

『그럼── 평생 동안 나와 두 번 다시 만나지 않는다.』

흠칫, 그는 연청을 바라보았다. 연청의 눈 주위가 조금 빨갛다.

『나와 두 번 다시 만나지 않는다면 살 거야? 살아도 괜찮겠다는 생각이 들어?』

…연청이 살아있다는 것을 알아도 두 번 다시 만나지 못한다. 평생.

──대가로 충분하다.

『알겠습니다. 받아들이지요.』

『바로 대답하지 말고, 좀 흥정을 해야 할 거 아니야! 예를 들면, 그래 10년 지나면 만나도 된다거나, 아플 때는 만나도 된다거나, 뭐 그런 거! 5할 특별할인 협상 접수기간이라고!』

그는 미소를 지으며 연청의 뺨에 손을 뻗었다.

연청은 체념한 듯이 눈을 감았다… 무슨 말을 할지 알고 있었다. 처음부터.

『연청, 내가 살아도 된다고 생각하려면 그만큼의 벌이 필요해.

그렇기 때문에 만나지 않겠습니다. 평생 동안. 내일 당신이 이곳에서 밖으로 한 발 내딛는 순간부터 다시는.』

『…너무 미련이 없잖아.』

『하지만 알고 있었죠?』

알고 있었다. 연청이 알고 있는 형은 그런 사람이었다. 아무리 머리를 짜내도 달리 뾰족한 수는 떠오르지 않았다.

…그리고 그날 밤을 함께 보낸 후 연청은 걸어나갔다.

딱 한 번 걸음을 멈췄지만 결코 뒤돌아보지 않았다.

그렇게 두 사람은 헤어졌다.

"하지만 은차랑, 그 녀석 성격이 그러니까."

언젠가. 먼 훗날, 어디선가.

'평생 동안 나와 두 번 다시 만나지 않는… 일도 있을 수 있다는 거였다고' 라면서 만나러 올지도 모른다.

…그는 때때로 그런 꿈을 꾸며 행복한 생각에 잠기는 것이었다.

끝없이 펼쳐진 파란 하늘을 올려다보며.

천일야

——옛날옛날, 장미공주라는 아름다운 장미 아가씨가 살고 있었습니다. 그녀는 어떤 상처나 병도 고칠 수 있는 신비한 힘을 가지고 있어서 모든 남자들에게 청혼을 받았습니다.

어느 날 장미공주는 그 신비한 힘에 눈독을 들인 탐욕스러운 주인에게 잡혀 땅으로 떨어졌습니다. 오랜 세월 동안 공주의 신기한 힘을 이용하여 그 가문은 번창했습니다.

하지만 사람의 입에 빗장은 걸 수 없는 법.

언제부터인지 장미공주의 형언할 수 없을 정도로 아름다운 용모와 신비한 힘에 대한 소문은 널리 퍼지게 되었습니다.

신비한 힘과, 쏟아지는 달빛도 흐려 보이게 할 만큼 아름다운 공주의 이야기를 들은 구혼자의 행렬은 끝없이 이어졌습니다.

하지만 공주를 잃을까봐 겁이 난 주인은 아무도 모르는 곳에 그녀를 숨기고 가둬버렸습니다.

이리하여 사라진 장미공주를 찾아 많은 사람들이 온 나라로 흩어졌습니다.

한편, 갇힌 장미공주는 홀로 시간의 사슬에 묶여 있었습니다.

필요한 것은 어떤 것이라도 주인이 보내주었습니다. —자유라는 이름의 선물만 빼고.

바라는 것은 모두 이루어졌습니다. —그 신비한 힘의 대가로.

언제부터인가 장미공주는 도망치는 것조차 잊어버린 채, 밀려왔다 밀려가는 시간의 파도에 그저 몸을 맡기고 있었습니다.

시간은 흘러… 어느 날, 장미공주 앞에 한 남자가 나타났습니다.

겹겹이 둘러쳐진 장벽을 뛰어넘어 장미공주를 찾아온 그 남자는 한눈에 장미공주를 사랑하게 되었습니다. 그리고 사슬을 풀고 그녀를 구해냈습니다.

이렇게 하여 두 사람은 언제까지나 영원히 행복하게 살았답니다.

〈『장미공주』—작자 미상〉

풍백(風伯)이 부른 구름을 타고 하늘을 날면서 그녀는 차가운 눈으로 하계를 내려다보고 있었다. 황폐한 논과 밭, 자욱한 검은 연기, 검게 그을려 뒹굴고 있는 사람들의 시체에 몰려든 새와 짐승들. 그리고 요괴.

'인간은 참으로 질리지도 않고 싸워대는구나.'

아득히 먼 옛날부터 봐온 풍경이다. 그러나 이번 전쟁은 좀 길었다.

가뭄이 나건 홍수가 나건, 메뚜기떼가 온 대지를 쑥대밭으로 만들건, 무서운 역병이 돌건, 전쟁은 그칠 줄 몰랐다. 그녀는 코끝에 주름을 잡았다. 인간이 싸우는 것은 어제 오늘 일도 아니고, 너무 한심해서 아무런 느낌도 없었다. 하지만 이번에는 슬슬 지겨워지려고 했다. 이번 전쟁은 먼 옛날의 그 전쟁을 연상시켰다.

그녀는 구름 위에서 찾던 사람의 모습을 발견하자, 천둥소리와 함께 지상에 내려앉았다.

"——황신(黃仙), 실례 좀 하겠나."

환자의 진찰을 막 끝낸 황엽(黃葉)은 대야에다 손을 씻으며 지겹다는 얼굴로 뒤를 돌아보았다. 인간의 나이로 치면 서른 살 정도로 보였다. 이번에 황선은 젊은 몸을 빌렸나보다.

"홍선(紅仙), 너 말이지. 조금 더 얌전하게 내려오라고. 환자 몸에 안 좋잖아."

"흥, 그건 내가 알 바 아니지. 운이 좋으면 죽은 심장이 다시 뛸 수도 있지 않나. 그건 됐고, 술, 술을 달라. 술 없이는 못해먹겠구나."

"…내가 무슨 하인인 줄 아나."

투덜거리면서도 황엽은 술병과 잔 두 개를 꺼냈다. 넘실넘실 술잔이 채워지고 향기로운 향기가 주변을 감돌자 비로소 그녀의 아름다운 옆얼굴에서 날카로운 표정이 사라졌다.

하지만 옆에서 정신없이 잠들어 있는 '환자'를 보고는 그녀는 재미없다는 듯이 콧방귀를 뀠다.

"그놈의 기괴한 취미생활은 여전한 모양이로고?"

무슨 변덕인지, 황엽은 어느 날 갑자기 인간의 의사인지 뭔지를 하겠다며 온 나라를 돌기 시작했다. 나머지 칠선들은 곧 싫증을 내리라고 생각했다. 싫증 잘 내기로는 채팔선 중에서도 1, 2위를 다투는 황엽이었다. 그러나 선계의 시간으로 보더라도 결코 짧지 않은 세월이 흘렀지만 황엽은 여전히 질리지도 않고 '인간의 의사' 를 계속하고 있다. 이유는 확실치 않았지만 아무래도 인간과 관련된 사정이 있는 듯하다.

"인간 따위를 도와줘서 어쩌겠다는 건가. 한도 끝도 없는 것을."

"진짜 장난 아니라고. 특히 요즘 같은 난리통에는. 한 명 살리는 동안 주위에서 백 명은 픽픽 죽어나간다고. 아무리 나라고 해도 뚜껑 열리기 직전이라니까."

"뚜껑… 뭐라고?"

"인내심의 한계에 도달했다는 뜻이지. 요즘 말로."

흥, 하고 그녀는 무관심한 척했지만 한번 써보고 싶다는 생각도 들었다. 뚜껑 열리기 직전이라.

실제로 이 천막 밖에서는 겹겹이 쌓인 시체들의 썩는 냄새가 진동하고 있었다. 생존자는 황엽의 치료를 받은 이 '환자' 한 명뿐이다. 한가해서 좋군, 하고 그녀는 생각했지만 시체를 먹은 짐승들이 병을 옮길 수도 있기 때문에 전부 태워야 한다고 황엽은 중얼중얼 투덜거렸다.

"구해주고 싶으면 힘을 쓰면 되지 않나? 백 명 정도라면 '서약'에도 반하지는 않을 것을."

백 번도 넘게 했던 얘기를 또 한 번 했지만 여전히 황엽은 어깨를 으쓱할 뿐이었다.

황엽의 가장 기특한 점은 '능력'을 쓰지 않는 점이었다. '인간의 의사이니 쓰지 않는다'는 둥 잘 알 수 없는 이유를 대고 있다. 실제로 잡다한 작은 칼이나 약을 개발하는 등, 연구에 힘쓰고 있다. '견실하게'. 견실? 그게 다 뭐라는 거냐. 이왕 할 거 한 번에 팍――하고 해결해야 쓰지.

"성질 참 급한 공주라니까. 자선(紫仙)의 독설과 공주의 성급함은 전혀 변하질 않네."

껄껄거리며 황엽은 큰 소리로 웃더니 갑자기 진지한 얼굴이 되었다.

"…하지만 처음에는 단순한 오기로 힘을 쓰지 않았던 거지만, 그게 정답이었는지도 모르겠어."

"정답? 뭐가? 자네가 인간을 돕고 싶다면 할 수 있는 데까지 구해주면 될 것을. 견실하게 한다더니 봐라, 지금도 한 명밖에 못 구하지 않았나? 밖의 들판에 굴러다니는 사람들은 무시한 거나 마찬가지지. 불쌍하도다."

별로 기분이 상하거나 하진 않았다. 실제로 황엽은 밖의 수십 명 중에서 이 한 명을 선택했다. '견실'한 방법으로는 한 명밖에 구하지 못한다는 판단에서, 결국 나머지 사람들은 깨끗이 외면한 것이다. 불쌍하다는 생각도 없었다. 황엽이 '인간의 의사' 가 되려 한 것은 한 여인이 던진 물음의 답을 찾기 위해서였지, 인간을 위해서가 아니었다. 그래, '취미' 활동인 것이다.

그러나 이 일을 계속하다 보니 기묘한 생각을 하게 되었다.

"우리 채팔선은 멍청한 놈들…하면서 바라보기는 해도, 마음이 내킬 때만 인간사에 관여를 하잖아. 그렇기 때문에 지금까지는 몰랐었는데 말이지. 예를 들어 네가 말한 대로 '신비한 힘' 을 써서 모든 사람을 다 구해줬다면… 어쩌면 인간은 지금쯤 멸망했을지도 모른다는 생각을 요즘 하곤 해."

그녀는 어안이 벙벙했다. 인간을 많이 구할수록 인간이 멸망한다고?

"하아? 그건 또 뭔 소리? 무슨 의미인고?"

황엽 자신도 적당한 말이 생각나지 않는지 미간에 주름을 잡은 채 뺨을 긁었다.

"어떻게 얘기해야 될지 잘 모르겠지만 우리들의 '기적' 이라는 건 인간에게는 너무 잘 듣는 약이랄까, 하늘에서 떨어진 일확천금이랄까, 그런 것과 비슷하지. 아마도. 결국 좋을 게 하나도 없다고 해야 하나. 받은 행운을 무슨 이유에선지 인간은 행운으로 끝내려 하지 않는 것 같아…"

그 행운에 집착한다. 달라붙어 그 행운을 탐닉하다가 결국 행운을 불행으로 바꾸고 만다. 그렇기에 '행운' 이 크면 클수록 뒤

따르는 불행 또한 크다.

"내가 의사 노릇을 할 때에도 견실하게 한 명을 구하고 99명은 죽게 *내버려두지 않으면 안 된다*는 생각이 들어. 결국 나중에 몇 배로 되돌아오거든. *뿌린 씨는 거두게 되는 법이지.* 어떤 형태로든 말이야. 창주(蒼周)는 그 이치를 알고 있었어. 죽어가면서도 회복을 바라지 않았던 것도… 이젠 이해할 수 있을 것 같아."

"…반드시 뿌린 씨는 거두는 법이라고 한다면."

갑자기 그녀의 목소리가 차갑게 가라앉았다.

"*우리들이 뿌린 씨*는 어떻게 되는 거지?"

"조금씩 돌아오고 있다는 느낌 안 들어? 우리들이 아무것도 하지 않아도 인간은 알아서 자멸하고 있잖아. 특히 이번의 이 기나긴 전쟁을 봐. 바닥없는 늪이야. 저지른 일의 대가는 반드시 돌아오게 되어있어. 그것이 수백 년, 수천 년이 걸리더라도 반드시. 그것이 인과율인 거야."

착한 일이건 악한 일이건 언젠가 대가를 받는다. 설령 살아있는 동안에는 눈에 보이지 않더라도.

"우리들은 일찍이 창현(蒼玄)이 뿌린 씨가 어떤 결과를 낳는지를 지켜보고 있는 거야. 아주 오랜 시간에 걸쳐서 말이야."

탁, 하고 빈 술병을 집어던진 그녀는 무표정한 얼굴로 술잔을 내려놓았다.

"…술맛이 떨어졌다. 돌아가겠어. 지겨운 설법 따윈 개한테나

줘버리지?"

"공주, 화나게 해서 미안하지만 이 얘기만 들어줘. ──남선이 오랜만에 *깨어났어.*"

돌아본 그녀가 내뿜는 분노의 여파에 밀려 황엽은 조금 뒤로 물러났다. 팔이 얼얼할 정도다.

화가 나긴 했지만 그렇다고 넘겨들을 이야기는 아니었다. 남선은 팔선 중에서도 특수한 능력을 가지고 있다.

"…남선에게 빙의된 무녀가 당대에 나타난 것인가? 이번 '예언'은 무엇인고?"

"아직 나오진 않았어. 하지만 지금 하계에 내려와 있는 건 나와 너, 그리고 자선. 이 셋이지. 우리 중 한 명에 대한 예언이 될 가능성이 높아. 적어도 그 예언이 나오기 전까지는 얌전히 있었으면 좋겠어. 경솔한 짓은 하지 말고."

"무어라? 꼭 내가 무슨 짓을 저지를 것 같다는 말투로고. 내게 명령하지 말라."

"저지를 것 같으니 하는 말이지. 알았어? 부탁이니까 이것만은── 으악!!"

갑자기 불어닥친 한 줄기 돌풍이 천막을 날려버렸다. 그나마 의리는 지킨답시고 '환자'가 있는 곳은 무풍지대였지만 천막 사이로 드러난 하늘은 먹물을 쏟은 듯이 순식간에 불길한 암운에 휩싸였다. 멀리서 천둥소리가 들렸다. 후두둑, 하고 빗방울이 떨어졌다고 생각한 순간, 하늘에 구멍이라도 난 듯이 엄청난 소나기가 쏟아졌다.

『황이여, 술값 대신이로고. 구워줄 터이니 받아주시게.』

그녀의 목소리가 울려 퍼진 순간, 문자 그대로 하늘이 찢어지는 천둥이 울려 퍼졌다. 고막이 터질 것 같은 굉음과 함께 연이어 벼락이 빛의 화살처럼 황야에 내리 꽂혔다. 하늘의 노여움을 보여주는 것 같은 그 빛의 화살들은 겹겹이 쌓인 시체의 산을 하나도 남김없이 한순간에 재로 만들어버렸다.

이윽고 천둥소리가 멀어지고 비와 바람이 멎자, 방금 전의 소나기가 거짓말이었던 것처럼 구름 사이로 태양이 비친 후에는 아무것도 없었다. 변함없이 제멋대로인 공주님이다.

시원하게 개인 여름 하늘을 올려다보았다. 뇌운과 함께 가버린 그녀의 모습은 이제 보이지 않는다.

"쓸데없는 소리를 했나보군. 이렇게 신경이 예민해지는 것도 드문 일인데 괜히 들쑤셨나."

흥건히 젖은 앞머리를 난폭하게 쓸어 올렸다. 원래 성질은 급했지만, 오늘은 신경질까지 대단하다. 그녀가 직접 찾아오는 것도 드문 일이기는 하지. …짚이는 구석이 있기는 하다.

"…너무 오래가고 있어… 이번 전쟁은…."

아니, 전쟁이라 부를 만큼 중심이 되는 인물도 없었다. 항간에서는 누가 붙인 이름인지 암흑의 대업연간(大業年間)이라 불리고 있다. 그러나 상황은 더욱 나빠질 것이다. 앞이 보이질 않는다. 방향을 제시할 사람도 없이 바닥없는 늪처럼 헤어나지 못하게 될 것이다. 이런 세상은 좋지 않다. 혼돈의 시대가 시작될 것 같은 예감이 들었다.

익숙한 공기이기도 했다. 아득히 먼 옛날, 비슷한 냄새를 풍기는 시대가 있었다. 그 기억을 떠올리기만 해도 솜털까지 다 곤두설 것 같은 시대가.

…그때를 떠올리게 하는 상황이라 홍선도 그냥 있을 수만은 없었던 것이다.

무심코 입에 올린 창현과 창주 이야기가 신경에 거슬린 모양이다. 실수다.

폐허로 변해버린 눈앞의 광대한 들판에는 바람에 실려온 전쟁과 죽음의 냄새가 감돌고 있었다. 나무도 풀도 벌레도 거의 남아있지 않는 희뿌연 대지는 뼈 색깔을 연상시켰다. 비옥했던 녹색의 평야는 이제 인간의 전쟁으로 인해 비석 같은 죽음의 대지로 변하고 말았다.

"예감이 좋지 않아, 홍선…."

홍선은 항상 인간과 냉담하게 거리를 두고 있었다. 긍지 높은 그녀는 절제 없이 제멋대로 살아가며 자신의 나약함에 굴복하고도 창피한 줄 모르는 인간이 참을 수 없었다. 그렇기에 하계에 내려오는 일도 거의 없었다.

강대한 힘을 완벽하게 제어하며 절대적인 우주의 질서를 깨서는 안 된다고 생각하는 그녀의 눈에, 인간은 날벌레처럼 약하고 어리석은 하찮은 존재로 비칠 뿐이었다. 날벌레 따윈 아무리 주위를 날아다닌들 신경도 안 쓰인다. 오만한 생각이 아니라 사실이라는 것을 황엽도 알고 있었다.

인간은 확실히 약하고 어리석은 하찮은 존재일지도 모른다. 하지만 결코 그게 전부는 아니었다.

"홍선… 인간은 *강해.*"

때때로 황엽은 그 강인함에 등골이 서늘해지곤 한다. 인간의 생명의 근원인 대지조차도 태연하게 불살라버린다. 바닥없는 늪 같은 탐욕. 홍선이 경멸하는 그 나약함이 녹색의 평야마저 뼈 색깔의 황무지로 바꿔버린다.

모든 일에는 대가가 있다. 이 세상의 살아있는 모든 것은 이 절대적인 인과응보의 법칙을 알고 절도를 지킨다. 인간만이 우주의 법칙보다도 자신의 욕심을 앞세우는 것이다.

역사를 기록할 방법을 가지고 있으면서도 똑같은 과오를 반복하는 그들의 나약함을 황엽은 그녀처럼 그저 멸시할 수만은 없었다. 자칫 잘못 엮여 발목이라도 잡혔다가는 끝장이다. 채팔선이라도 그 늪에 끌려들고 만다. 그래서 황엽은 홍선과는 다른 의미에서 조심스럽게 인간과 거리를 두고 있었다.

'자소 녀석, 잘도 조정 같은 데 눌러앉을 생각이 했다니까… 나라면 귀양(貴陽)은 가까이 가기도 싫었을 것을.'

끝없는 욕망. 특히 이런 냄새가 나는 시대에 제대로 된 인간이 나타날 리 없다.

등 뒤에서 환자가 일어나는 기척이 났다. 상태를 보려고 뒤를 돌아본 순간 살려놓았던 환자가 푹 꺼진 멍한 눈으로 치료용 칼을 손에 든 채 알 수 없는 소리를 내지르며 덤벼들었다.

…잠시 후, 영원 같은 정적이 감돌았다. 뺨에 튄 피를 난폭하게 닦으면서 황엽은 한숨을 내쉬었다. 이번이 처음도 아니었고, 새삼스레 낙담할 것도 없었다. 이것이 인간이다. 전부는 아니지만 인간의 한 측면이라는 것은 엄연한 사실이었다. *소름끼칠 정도의 나약함*. 약육강식이 지배하는 이 세계에서 인간은 강함뿐 아니라 그 약함을 이용하여 살아남은 유일한 존재였다.

'홍선… 네가 그걸 알고 있을 것 같지가 않아.'

물론 인간 따위가 그녀를 어떻게 할 수는 없을 것이다. 하지만 이유 없는 불안감이 가슴을 스쳤다.

홍선은 결코 생각이 짧지는 않지만 상대를 깔보다가 허점을 드러내는 일이 종종 있었다. 게다가 아주 가끔은 앞뒤 생각 없이 행동하기도 한다. 이는 모두 그녀의 뛰어난 능력과 자신감에서 오는 여유이기도 했지만 어처구니없는 일을 저지른 적도 있다. 초조해 할 때가 가장 위험하다.

'홍선, 부탁이니 이것만은――.'

이것만은 지켜줘. 지금처럼 인간사에는 관여하지 말아줘.

인간에게 너의 긍지 높은 황금률은 통용되지 않으니까.

…하지만 황엽의 이 바람은 이루어지지 못했다.

무슨 일이 일어난 것인지, 그 자리에 없었던 황엽은 정확하게 알 수 없었다.

확실한 것은 원인이 어떻든 간에, 고귀한 천계의 공주가 인간의 손에 잡혀버렸고 그때부터 세계의 혼돈은 더욱 깊어졌다는 사실이었다. 그 후 백 년도 넘게 지속된 암흑 대업연간의 막이 오르는 순간이었다.

오랜 시간이 지난 후, 인간 남자가 그녀 앞에 나타난 그 순간까지.

|서장|

꿈을 꾸고 있는 것 같았다. 그녀는 살짝 눈을 떴다. 미간에 손가락을 대어보니 주름이 잡혀있다. 마뜩치 않다는 듯 문지르면서 여운이 남는 말을 되뇌었다.

'모든 일에는 대가가 있다라… 흥.'

고양이처럼 작게 기지개를 폈다. 이렇게 한가하면 할 일이라곤 자는 것밖에 없지만 요즘 잠자는 시간이 늘어났다. …이 몸도 *사용기한*이 끝나가고 있는지도 모르겠다.

흑단 같은 머리카락을 쓸어올리자 사슬이 찰그랑 소리를 냈다. 두 손과 두 발에 채워진 족쇄는 거의 무게가 없었다. 족쇄와 연결된 사슬도 간단히 끊어버릴 수 있을 것처럼 얇고 장식품으로 보일 정도로 맵시 있는 모양이었다. 하지만 아무리 가볍고 가늘어도 끊어내는 것을 불가능했다.

도망치려고 하지 않으면 조금 거추장스러울 뿐인 족쇄다. 사슬은 어이없을 정도로 길어서 생활하는 데 아무 방해도 되지 않았다. 이 아름다운 모형 정원의 세계를 영원히 걸을 수 있을 정도로 길었다.

그녀는 방에서 정원으로 걸어나갔다. 세계는 밤이었다. 밤장미 향기가 어디에선가 짙게 풍겨온다. 활 같은 가느다란 초승달이 지금이라도 떨어질 듯이 허공에 매달려 있다.

"자네가 맞았도다, 황선. 대가는 반드시 치르게 되는 법. 내게도 인과율은 적용되느니. 자업자득을 인정하지."

그녀는 차가운 미소를 띠었다.

"…제대로 보복을 당했다. 하지만 이도 기꺼이 받아들여야겠지."

이것이 *그녀가 저지른 일의 대가*라면.

그녀는 정원의 나무에 이호가 기대어져 있는 것을 보았다. 주취가 꺼내놓았다가 깜빡한 모양이다. 이런 일은 잘 없는데. 그녀는 이호를 집어들고 찬찬히 바라보았다. 유폐생활 속에서 그나마 변변한 일은 심심풀이로나마 이호를 연주할 수 있게 된 정도다.

'…그렇지. 또 하나 있다면, 리앵(璃櫻)의 음색도 나쁘진 않다.'

막상 리앵은 머리의 나사가 몇 개는 풀려버린 듯한 인간이었지만, 그가 연주하는 이호의 음색만은 탁월하게 아름다워서 그녀는 마음에 들어했다.

같은 음색을 내보려고 이호를 배운 것이지만 지금껏 성공하지 못했다.

『그야 그렇겠죠. 당신이 마음에 들어하시는 것은 사실, 제가 이 세상에서 오직 당신만을 위해 연주하기 때문일 겁니다. 농사가 잘되기를 빌거나, 비를 내려달라고 바라는 것도 아니고, 사랑해 달라고도 바라지 않죠. 정말 욕심이 없죠?』

…욕심이 없어?

『당신 곁에 있게 해주세요. 최소한 제 목숨이 다할 때까지만이라도. 제 소망은 그뿐입니다.』

검은 눈동자와 얼음 같은 미소로 리앵은 계절인사처럼 이 말을 되풀이한다.

이 시간이 멈춘 모형 정원과 마찬가지로 변함없이. 소년에서 어른이 된 지금까지도.

그러나 이 *욕심 없는 소망* 때문에 그녀에게서 세계를 빼앗고 힘을 빼앗고 긍지를 빼앗았다고 한다면, 그 차이를 찾겠다는 생각조차 들지 않을 정도로 그 역시, 그의 부친과 다를 바 없었다.

이를 사랑이라고 한다면 그녀에게 사랑이든 욕심 없는 마음이든 아무 의미도 가지지 못했다.

그녀는 손에 든 이호를 조율하고 나서 곡조를 연주하기 시작했다.

리앵의 어떤 말도 그녀의 가슴을 울리지 못했다. 지금까지도, 앞으로도.

다만 그가 연주하는 곡조가 얼어붙은 그녀의 마음에 와닿을 때에는, 뭔가가 조금만 더 있었더라면 흙탕물 속에 가라앉은 또 다른 가능성을 건져 올릴 수 있을 것만 같은 기분이 들었다. 하지만 동시에 그 '아주 작은 무언가'는 일직선으로 뻗은 평행선처럼 아무리 가까워 보이더라도 리앵에게는── 아니, 인간에게는 영원히 넘을 수 없는 선이라는 생각도 들었다.

이 사슬 같은 것이다. 풀 방법이 있다고 해도 리앵은 이 사슬을 풀어주지 않았고 앞으로도 그럴 것이다. 그런 의미에서 '아주 작은 무언가'는 무한한 단절이나 마찬가지였다.

그리고 지금 와서 생각하면 다른 어떤 인간도 이 사슬을 풀 수는 없을 것이다.

'…그 자는 참으로 잘도 만든 새장을 마련해두었어.'

설령 그녀를 죽이러 이곳까지 온 인간이 있다고 하더라도. 그리고 사슬을 풀 수단을 가지고 있다 하더라도 그녀를 앞에 두고 돌아갈 수밖에 없을 것이다. 예전에 딱 한 번, 그런 상황이 있었지만 역시 그 자객도 그녀 앞에서 결국 결단을 내리지 못했다.

'…만약 이 사슬을 간단히 풀 수 있는 인간이 있다면―.'

조금 생각하더니 아름다운 입술에 비웃음을 떠올렸다. 어리석은 생각이로고. 그런 일은 있을 수 없다.

되풀이되는 수천만 번의 낮과 밤 속에서 단 한 번도 그런 일이 없었듯이.

인간이 그녀의 마음을 흔드는 일은 결코 없을 것이다. 억겁의 세월이 지난다고 하더라도.

그저 기다릴 뿐. 아무리 오랫동안 모욕을 견뎌야 한다 해도. 기다릴 수 있는 시간은 무한에 가깝다.

그래, 대가는 치러야 한다. 그들이 그녀에게 한 짓의 대가 역시 그들에게 돌아갈 것이다. 반드시.

그렇게 되면 이곳을 나가자. 그리고 두 번 다시 인간 따윈 쳐다보지도 않을 것이다.

밤바람에 실려 농밀한 장미향기가 풍겨온다. 그녀는 심심풀이로 손가락 끝으로 현을 튕겼다.

물결이 퍼져가듯 여기저기로 흩어지는 현 소리가 무엇엔가 부딪치는 느낌이 왔다.

…갑자기 바람이 멎었다. 그녀는 눈을 가늘게 떴다. 놀랄 일이군.

"…누구냐. 나오너라."

한 박자 늦게 망설임 없이 나뭇잎을 밟는 발소리가 들려왔다. 슥, 하고 누군가 덤불을 헤치고 나오고 있다.

…어둠으로 빚은 듯한 청년이었다. 표정도 눈빛도, 그 기척까지도 그가 손에 든 칼날처럼 담담하고 차갑게 날이 서있었다. 별똥별이 떨어지더라도 미동도 하지 않은 채 완전한 냉정함으로 그녀를 바라볼 수 있을 것 같은 청년이었다. 그러나 그녀와 눈이 마주친 그 순간, 그의 하나로 묶은 머리카락이 조금 흔들렸다. 표정은 그대로였지만 그의 마음속에서 완전했던 무언가가 급속도로 허물어지기 시작한 것처럼도 보였다.

짙은 밤장미 향기가 꽃잎처럼 바람도 없는 정원에 천천히 내려앉고 있었다.
청년이 입을 열 때까지 끝없이 계속될 것 같은 침묵이 맴돌았다.
『…네가 장미공주인가?』

———숨 막히는 장미향기 속에서 그들은 그렇게 만났다.

1

살든 죽든 아무래도 좋았다.

두 동생을 놔두고 집을 나왔을 때 소가는 뒤돌아보지 않았다. 미련은 아무것도 없었다. 딱히 모든 걸 버리고 나오려고 한 것은 아니었지만 모든 것을 두고 온 것은 사실이었다.
두 동생도 백합도, 비파의 음색도, 자신의 미래까지. 그 저택에 있던 모든 것을.
『글쎄다… 비가 그치고 해님이 매일 얼굴을 내밀 때쯤.』
돌아온다고 한 그 약속까지도 그곳에 놓아두고 왔다. 어쩌면 지키지 못할지 모른다는 생각이 들었다. 그래도 어쩔 수 없는 것이다. 실제로 돌아온 날은 날씨가 좋기는커녕 폭풍이 치고 있었고, 그 뒤로도 소가는 태연하게 약속을 깨곤 했다.

두 동생을 소중하게 생각하고 있고 지켜주고 싶다. 이는 소가의 몇 안 되는 '진심' 이며 '살아가는 목적' 이었지만, '살아갈 이유' 는 되지 못했다. 그 두 사람이 살아남을 수 있다면 자신은 살든 죽든 별 상관없다고 마음 한구석에서 생각하고 있었다.

그렇게 생각한 이유는 알 수 없다. 아마 대숙모인 옥환의 말이 맞을 것이다.

누구보다도 홍가다운 아이.

모친의 태내에 인간다운 모든 감정은 다 놓고 태어난다고 하는 홍가의 장남.

분명 선천적으로 인간으로서 중요한 무언가가 결핍되어 있는 것이다. 두 동생들이 그를 사랑하고 의지한다는 것을 알면서도 자신은 언제 죽어도 상관없다고, 남의 일처럼 생각하고 있다.

여심과 구랑은 사랑하는 사람을 위해서라면 살아도 좋다고 생각할 것이다. 겉모습 때문에 속이 잘 드러나지 않지만 정이 깊고, 비록 그 정을 표현하는 방식은 황당할지라도 바른 방향을 향하고 있었다. 그러나 소가는 두 동생을 위해 죽을 수 있다고는 생각해봤지만 살아야겠다고 생각해본 적은 없었다.

…0에도 미치지 못하는 허수(虛數)의 애정을 과연 존재한다고 할 수 있을 것인가?

소가의 껍질은 매우 단단했고, 그 속은 텅 비어있었다. 알맹이가 있는 것처럼 가장하고 있을 뿐 사실 아무것도 없었다. 그를 따르는 두 동생에게 해줄 수 있는 일이라고는 그 껍질을 완벽하게 유지하는 것 정도였다. 그렇게 하다보면 거짓이 언젠가 진실이 될지도 모른다— 그렇게 생각하며.

비 내리던 그날 밤, 집을 나와 패왕과 '흑랑(黑狼)' 을 만났을 때 '흑랑' 이 물었다.

『소년, 여기에는 무슨 용건인가?』

『…아무쪼록 홍가의 존속을. 지금 홍가에는 옥환 대숙모님 이외에는 전하에게 활을 겨눌 자도 없거니와 그런 재주도 없습니다. 제가 전하를 모시겠습니다. 그 대신 두 동생과 백합의 목숨을 보장해주십시오.』

냉혹한 얼음의 자객으로 이름을 날리던 '흑랑' 은 왕과 나란히 서도 빛을 잃지 않을 정도로 아름다운 여성이었다. 그녀는 진지한 눈으로 소가를 바라보았다.

『너 자신은 어떻지? 살기 위해 온 것이냐? 아니면 죽기 위해 온 것이냐?』

그때 소가는 *자신이 살기 위해 왔는지 죽기 위해 왔는지* 제대로 생각해본 적도 없다는 것을 깨달았다. 집을 나온 것은 두 동생과 백합, 홍가를 지키려고 거래를 하기 위해서였지 자신이 살기 위해서인지 어떤지 생각해본 적도 없었다.

『아… 그러니까… 아마도 어느 쪽이나 상관없을 겁니다…?』

깊이 생각하지 않은 채 고지식하게 대답한 소가를, 패왕은 어이가 없다는 눈으로 바라보았다. '흑랑' 은 아무 말 없이 잠시 동안 짧은 머리를 마구 헝클어뜨렸다.

『…그래… 어느 쪽이나 상관없다고.』
손가락 사이로 살짝 보인 표정은 오늘 하늘처럼 흐렸다.
『응, 전화(縉華), 결정했다. 이 아이로 할래. 그러니까 죽이기 없기야. *내가* 데리고 돌아갈 테니까.』

…살든 죽든 아무래도 좋았다.
계속 마음 한 구석에 품고 있던 이 생각은 앞으로도 쭉 변함없으리라 생각했었다.
이런 불량품과 정혼을 한 백합이 불쌍해서 언젠가 반드시 홍가의 속박에서 풀어주고 다른 누군가와 행복해질 수 있도록 해주고 싶었다. 자신과는 달리 제대로 된 남자와.
자신을 소중히 여길 수가 없었다. 사랑하는 두 동생들에게조차 제대로 사랑을 되돌려주지 못하는 자신이 '누군가'를 행복하게 해줄 수 있을 리가 없었다. 설령 언젠가 누군가를 사랑하게 되더라도 함께 살아가고, 가족이 되는 길을 선택하는 날은 오지 않을 것이라고 막연하게 생각했었다.
자신의 인생과 생사에 대해 무관심했기 때문에 소가는 '흑랑'의 후계자 제안을 받아들였고, 그 일을 고민하지도 않았다. 집을 나왔을 때처럼.
『어느 쪽이든 상관없다면, 나하고 같이 가자. …죽는 것보다 더 괴로운 운명이 기다리고 있을지도 모르지만 말이야.』
…생각지도 못했다.

'흑랑' 이 맑게 갠 칠석날 밤하늘처럼 미소를 지었을 때. 내민 손을 잡았던 그 순간이.

변하지 않을 거라고 믿었던 모든 것들이 천천히 변해가는 갈림길이었다는 것을.

● ● ◈ ◈ ● ●

"아~… 또 제대로 전화에게 당했구나, 괴."

괴두(魁斗). '흑랑' 이 붙여준 암호명으로, 그녀는 줄여서 괴라고 부르곤 했다.

찰과상에 타박상, 혹은 푸르딩딩한 멍까지. 온몸이 상처투성이가 되어 집으로 돌아온 소가를 보고 '흑랑' 은 쓴웃음을 지었다. 소가는 털썩, '흑랑' 의 품안에 쓰러져서는 자포자기한 듯한 웃음을 지었다.

"후, 훗훗. 이번에야말로 그 위험한 사회부적합자인 바보 왕의 자는 목을 날려버릴 거예요."

"잘해보렴. 전화는 널 괴롭히는 게 어지간히 좋은 모양이다. 위험한걸. 그 녀석 아직까지 후궁이건 정비건 아무도 들이지 않고 있는데 혹시 그런 이유 때문인가? 침대로 끌려갈 거 같으면 날 불러야 한다."

"…그건 절대 아닌 거 같은데요."

그 성격 나쁜 바보 왕은 소가가 계속 '흑랑' 곁에 있다는 것이 마음에 들지 않아서 괴롭히는 것이 틀림없다. 틈만 나면 용서없이 소가를 괴롭히곤 한다.

'그 자식, 무슨 왕이 그렇게 한가하냐!'

괴롭힌다고는 해도 상대는 귀신처럼 센 전화왕이다. 자칫하면 죽을 수도 있다. 처음에는 그야말로 미친 듯이 도망쳐 다녔지만 요즘에는 간신히 반격 비슷한 걸 할 수 있게 되었다. 동시에 한 번에 받는 상처도 3배는 늘었지만, 그래도 맥없이 도망만 다니는 것보다는 훨씬 나았다.

——아, 제기랄. 언젠가 제대로 날려버리겠어. 현재로서는 소가의 천적이었다.

"전 지금까지 제가 온화하고 인내심이 강하고, 어지간한 일은 용서해주는 비교적 관대한 사람이라고 생각했었는데, 아무래도 아닌 모양이에요. 사람이란 알 수 없는 거네요."

"열 살도 안 된 애가 그런 성인군자 같은 인간이라면 그게 더 이상한 거지. 전화의 나쁜 성격도 때로는 도움이 된다니까. 지칠 대로 지쳐버린 어른 같은 얼굴을 더 이상 하지 않게 되어서 얼마나 기쁜지."

"제가 그랬나요?"

"살든 죽든 어느 쪽이건 상관없어요, 라고 할 정도였잖니."

소가는 한숨을 쉬었다. 이곳에 온 뒤부터 동생들에게 얼마나 거짓된 자신을 보여 왔는지 알게 되었다. 그런 생각을 하고 있자 '흑랑' 이 마음속을 들여다본 듯 미소 지었다.

"괴, 나에게도 네게 보여주지 않는 얼굴이 있단다. 나는 네게 신경질을 부리거나 불평이나 변명이나 한심한 얼굴은 절대로 보이지 않을 거야. 나는 네 친구가 아니고, 친구가 될 생각도 없어. 나는 네 위에 서서 널 지켜주는 입장이니까. 네가 동생들에게 그렇듯이."

소가는 얼굴을 번쩍 들었다. 거기에는 맑은 칠석날의 밤하늘 같은 웃는 얼굴이 있었다. 따스한 장난기를 담은 매혹적인 미소를 짓는 사람. 지금껏 그녀가 신경질을 부리는 걸 본 적이 없었다.

"모든 것을 다 내보이는 게 '마음을 주는' 방법은 아니란다. 이제 앞으로 너는 좀 더 많은 자신을 찾아내게 될 거야. 그 많은 자신의 모습을 보여줄 수 있는 상대를 찾으렴. 언젠가 누군가를 사랑하고, 함께 있고 싶다고 생각하는 날이 분명 올 테니까."

"…함께 있고 싶다고 생각하지 않을지도 몰라요. 불행하게 만들 것 같아서…."

"그렇다면 내가 예언을 하지. 언젠가 네가 살기 위해 살고 싶다고 생각하는 날이 온다면, 그때 옆에 있는 사람이 네 운명의 사람이야. 그날이 오길 진심으로 기원할게."

살기 위해 산다. 그때 소가는 그 말이 무슨 의미인지는 이해했지만 그 이상의 것은 느끼지 못했다. 그러나 그녀 곁에 있을 때만은 어렴풋이 알 것 같은 생각도 들었다.

"그렇다고는 해도 매번 전화에게 덤비니 내 예상보다 훨씬 빨리 실력이 늘었어. 너무 강해졌어….”

상처를 치료해주던 ‘흑랑’의 단정한 얼굴에 조금 그늘이 졌다. 단기간에 기초체력을 철저하게 키우고 전반적인 무기 사용법과 전투 방법을 가르치기는 했지만, 전화가 ‘놀아’ 줌으로써 경악할 정도로 전투능력이 급성장했다. 전화의 공격을 피할 수 있게 된 것만 하더라도 이미 비정상적일 정도로 신체능력이 뛰어나다는 것을 입증한다. 여기에 허점을 발견해 반격까지 할 수 있게 되다니.

그녀의 속마음을 알아차린 듯, 소가가 조용히 중얼거렸다.

“제가 *생각보다* 강해지는 게 별로 기쁘지 않으신가 봐요.”

‘흑랑’은 의식적으로 미소를 지었다.

“그렇지 않아.”

“함께 이곳저곳을 다니긴 하지만 ‘흑랑’ 님은 제게 한 번도 ‘일’을 명하지 않으시죠.”

“…….”

“딱히 살인을 하고 싶은 건 아니에요. 가능하다면 자객 일을 시키지 않으려고 하는 ‘흑랑’ 님의 마음을 저도 받아들이고 싶습니다. 하지만 일이 벌어졌을 때 ‘흑랑’ 님을 돕지 못한다면 그건 싫으니까 전화왕을 상대로 훈련을 하고 있는 것뿐입니다.”

소가는 머리도 탁월하게 좋았다. 게다가 냉정하고 책임감이 강하며 앞을 내다볼 줄 알았다. 너무나도 적합하다. 모든 면이. 이렇게 될 거라고 생각해서 데려온 게 아닌데. ‘흑랑’은 그저 소가의 머리를 한 대 때렸다.

'흑랑' 이 뒤뜰에 나간 후 소가는 문득 구석의 탁자를 보았다. 종이가 아무렇게나 펼쳐져 있었다. 잠깐 생각하다가 소가는 슬쩍 훔쳐보았다. '흑랑' 은 소가에게 말하지 않는 것이 너무나 많았다.

조사 중인 일이 있나 하고 들여다보니, 기묘하게도 옛날이야기였다. 소가는 그 이름을 입 속으로 중얼거렸다.

"…장미공주?"

『장미공주라 했느뇨?』

리앵이 그 이상한 이야기를 들려준 것은 단 한 번. 그가 소년이었던 오래 전의 일이다.

『네, 사람들이 당신을 그렇게 부르고 있습니다, 공주님. 어디서 새어나갔는지 언제부터인가 당신의 이야기가 옛날이야기로 둔갑하여 항간에 퍼졌습니다.』

옛날이야기로 항간에 퍼졌다고? 의아해하는 표정을 본 리앵은 종잇조각을 내밀었다. 장미공주가 이야기를 읽고 있는 사이에도 그녀의 머리카락이며 손가락을 계속 만지작거린다. 리앵은 장미공주의 몸에 닿아있고 싶어했다. 애정의 표현이라기보다는 마치 그렇게 하지 않으면 연기처럼 사라져버릴지 몰라 무섭다는 듯이.

어린 시절부터 리앵은 쭉 그래왔기 때문에 장미공주도 그냥 내버려두고 있었다. 살며시 쓰다듬는 손가락은 항상 어딘지 불안했다.

『우스울 정도로 있는 그대로죠? 당신과 아버지 일도, 표가의 일도.』

리앵의 아버지이자 '능력'을 가지지 못했던 선대 당주가 '기적의 아이'라 불릴 정도로 엄청난 능력을 손에 넣은 것도. 그 덕에 남자이면서도 표가의 당주가 될 수 있었던 것도. 그 전까지는 손꼽을 정도밖에 태어나지 않았던 무녀와 주술사가 최근 백 년 동안 폭발적으로 늘어나 민간, 조정 할 것 없이 '표가 신앙'이 순식간에 확산된 것까지. '장미공주'를 이용하여 아버지와 표가가 암흑의 대업연간을 멋대로 지배했다는 것도.

그녀를 붙잡아 누구에게도 빼앗기지 않도록 영원히 유폐했다는 것도.

마치 누군가가 보기라도 한 것처럼 사실 그대로의 이야기였다. 장미공주는 눈을 가늘게 떴다. 순간적으로 남선의 예언인가 하고 생각했지만 아닌 듯했다. 아무리 봐도 남선이 이런 얼빠진 꿈을 꿀 리가 없다.

인간과 '행복하게 살았다'는 부분도 도무지 말이 안 되는 애기지만, 그 이전에 이 사슬을 풀 수 있는 인간이 있을 리가 없다는 점을 생각하면, 적어도 마지막 몇 줄은 사람들이 만들어낸 이야기에 불과하다.

하지만 리앵은 기묘하게도 생각에 잠긴 얼굴이었다. 그 얼굴을 그녀는 잠시 바라보았다.

'흠, '어느 날, 장미공주 앞에 한 사람의 남자가 나타났습니다' 라….'

어느 날, 지금보다도 훨씬 어렸던 리앵이 그녀의 앞에 나타났다.

매일처럼 장미를 가져다주고 이호도 들려주었다. 지금과 마찬가지로 보물이라도 만지는 듯이 살며시 그녀를 만졌다. 그녀는 전에도 지금도 인간은 질색이었지만 그의 이호만은 그녀의 마음을 울렸다.

『옆에 있게 해주세요. 그걸로 충분합니다. 다른 건 아무것도 바라지 않아요.』

소년이었던 리앵은 그녀를 바라보며 그렇게 몇 번이나 말했다. 현기증이 날 정도로 진지한 눈으로 몇 번이나.

——아무런 망설임 없이 자신의 아버지를 죽였던 그때도.

그리고 미소를 지었다.

『그러니까 족쇄는 풀지 않겠습니다.』

아버지의 시체 옆에 서서 피로 물든 손가락으로 그녀의 사슬을 사랑스럽다는 듯이 쓰다듬으며.

『제 목숨이 다할 때까지 부디 제 곁에 있어주세요. 소중한 공주님.』

까치발로 장미공주의 입술에 처음으로 짧은 입맞춤을 했다.

이 이야기대로라면 그 순간 장미공주에게 있어 리앵은 그 아버지와 마찬가지로 그녀의 '주인' 이 된 것이다.

'…이 사슬을 풀 수 있는 또 인간이 있다고?'

그럴 리가 없었다.

2

"…또 오자미를 만들고 계시는군요."

홍옥처럼 불타는 듯한 저녁노을에 물든 언덕에서 '흑랑' 은 바늘을 들고 오자미를 만들고 있었다. 어딘가 멀리서 들려오는 쓰르라미의 울음소리가 여름의 끝을 고하고 있었다.

'흑랑' 은 가끔 이렇게 오자미를 만들곤 했다.

"이번 '암살인형' … 어린애였나요?"

"그래, 너보다 조금 나이가 많은 아이들이었어. 어른 '암살인형' 은 '바람의 늑대' 가 대부분 처단했으니 이젠 아이들밖에 없을 거야. …나도 널 자객으로 키우고 있으니 결국 피장파장이지만."

소가는 부정하지 않았다. 아마도 그럴 것이다. 하지만 다른 사실도 있었다.

'암살인형' 을 묻은 무덤 앞에 백일홍과 함께 직접 만든 오자미를 놓는 것이, 아이를 죽였을 때의 '흑랑' 의 습관이었다.

'흑랑' 이 소가 앞에서 눈물을 보인 적은 없다. 그러나 가끔 그녀는 훌쩍 혼자 모습을 감춘다.

잔학무도하다고 사람들이 두려워하는 '흑랑' 이 이런 사람이었다고는 생각지도 못했었다.

멀리서 쓰르라미 울음소리가 들린다.

"… '장미공주' 를 읽었습니다."

'흑랑' 은 흠칫하며 얼굴을 들었다. 하지만 어딘지 체념한 듯 보이기도 했다. 그녀 자신이 말을 해야 하나 하지 말아야 하나 고민하느라 멍하니 그 종이를 펼쳐놓고 나왔던 것일 테고, 말하지 않는다고 하더라도 소가라면 조만간 알게 되었을 것이라고 각오를 했던 것 같기도 했다.

"그래… 감상은?"

"감금변태와 약탈남 이야기던데요. 이야기가 산만한데다가 끝은 또 '두 사람은 영원히 행복하게 살았습니다' 라니. 말도 안 돼요. 자신을 유괴한 남자와 행복하게 산다니. 그 공주도 감금 중에 이상한 방향으로 세뇌당한 것 같고. 아무튼 불쌍한 이야기였어요."

용서없이 단칼에 잘라 말하는 소가 앞에서 '흑랑' 은 그대로 굳어버렸다. 열 살짜리 꼬마에게서 이런 삐딱한 대답이 돌아오다니——!

"실질적으로는 대업연간의 표가의 이야기겠죠. 아마도 거의 실화가 아닐까 싶어요."

암흑의 대업연간이라 불리던 지난 백 년 남짓한 시간. 통치체제가 제대로 기능을 하지 못하면서 수많은 왕이 교체되었고 세상의 혼돈은 깊어만 갔다. 그 혼돈은 현재의 전화왕이 전국을 평정할 때까지 계속되었다. 그리고 그 대업연간을 배후에서 지배했던 것이 표가, 즉 선대 당주였다.

"'탐욕스러운 주인' 은 선대 표가 당주였던 '기적의 아이' 겠죠?"

'흑랑' 은 아무 말도 하지 않았다. 해가 완전히 져서 주위는 어둑어둑했다.

소가는 쭉 궁금해하던 질문을 던졌다.

"저는 한 번도 다른 '바람의 늑대' 를 만나본 적이 없습니다."

"……."

"'암살인형' 이 '바람의 늑대' 와의 싸움으로 이제 남아있지 않는 것처럼, '바람의 늑대' 도 표가에게 몰살당해 이제 '흑랑' 님 혼자 남은 게 아닌가요?"

그렇기 때문에 전화왕이 왕위에 올라 전쟁을 끝내려 하고 있는 지금에 와서야 '흑랑' 이 후계자를 찾고 있는 것이다. 표가의 가세는 기울어졌지만 여전히 무시할 수 없는 영향력을 발휘하고 있었다. 지금도 여기저기서 일어나는 작은 분쟁에 반드시라고 해도 될 정도로 표가의 '암살인형' 이 암약한다. 전화왕과 '흑랑' 이 싸워온 진짜 상대는 귀족들이 아니라 그 배후에 있는 표가였던 것이다.

표가를 공격하는 것이 '흑랑' 의 숨겨진 마지막 임무였으며, 그것으로 모든 것이 끝나는 것은 아닐지라도 그 임무를 완수하지 않는 한 끝은 없다는 것을 소가는 이해하고 있었다.

"'흑랑' 님을 도와줄 '바람의 늑대' 는 이제 없지요. 표가와의 싸움으로 양쪽 모두 전투원을 잃고 말았으니까요. …'장미공주' 에 이런 구절이 있더군요. '이리하여 사라진 장미공주를 찾아 많은 사람들이 온 나라로 흩어졌습니다'."

'흑랑' 은 천천히 소가를 바라보았다. 미소를 띠고 있었지만 울 것 같은 표정처럼 보이기도 했다.

마치 소가가 되돌아올 수 없는 길에 접어든 순간을 목격이라도 한 듯이.

그러나 소가는 '흑랑' 의 그런 망설임을 알면서도 일부러 스스로 그 선을 넘었다.

살아도 죽어도 별 상관없다고 생각했었다. 하지만 지금은 아니다.

"'흑랑' 님의 싸움이 끝나는 건 언제인가요?"

맑게 갠 칠석날의 밤하늘처럼 웃는 사람. 하지만 칠석의 전설처럼 그 깊은 곳에 쓸쓸한 그림자가 어른거리는 이유도 소가는 알 것 같았다.

'흑랑' 과 전화왕 곁에 있으면 숨을 깊이 쉴 수 있는 것 같았다. 소가는 태어나서 처음으로 어른의 보호를 받고 있는 것이다.

소가가 지켜온 여심과 구랑처럼, 아무 생각 없는 얼굴로 아이일 수 있는 장소가 여기에 있다.

이 사람의 소망이 이루어지는 날이 온다면 그날까지.

"누구 목을 자르면 끝이 오나요?"

그 마지막 날을 보고 싶다고 생각했다.

그 쓸쓸한 그림자가 언젠가 맑게 개일 그날까지. 그래——.

"'장미공주' 를 죽이지 않고는 대업연간이 끝나지 않는다면 그 때까지 함께 있겠습니다. 제 의지로."

어스름 속에서 '흑랑' 이 어떤 표정을 짓고 있는지 알 수 없었다.

…그러나 '흑랑' 은 끝까지 소가에게 단 한 번의 임무도 맡기지 않은 채, 누구에게도 어떤 말도 남기지 않고 홀로 표가에 잠입했고, 죽었다.

살아도 죽어도 별 상관없습니다.

소가는 쭉 그렇게 생각했었다. 하지만 그날부터 변했다.

'장미공주' 를 이 손으로 죽일 때까지는 죽을 수 없다.

그것이 소가의 '살아가는 이유' 가 되었다.

3

붉은 빗방울이 실내에 떨어지는 소리가 들린다.

그가 단도를 무심하게 휘두르자 새빨간 피와 기름이 소나기처럼 칼날에서 쏟아져내렸다.

이번에는 본보기이니 최대한 요란하게 죽이라는 명령을 충실히 실행한 결과, 너무나도 비현실적인 이 광경은 오히려 조잡한 무대장치처럼 보였다.

아무 말 없이 그 저택에서 나와 초승달의 어둠 속으로 스며든 두 개의 그림자는 그대로 어슬렁어슬렁 길을 걷기 시작했다. 키가 큰 쪽의 청년이 곁눈질로 옆에서 걸어가는 마른 소년을 보았다. 적의 호위병까지 포함하여 혼자서 열 몇 명의 목숨을 무표정한 얼굴로 간단히 끊어버린 이 동료를.

북두는 지금껏 이 소년 같은 자객을 알지 못한다. 방금 전까지 얼음 같은 눈으로 표가의 '암살인형' 을 한 명도 남기지 않고 죽였듯이 냉혹할 정도로 화려한 솜씨로 적의 숨통을 끊어놓지만, 관계없는 사람이나 여자와 아이가 희생되는 것은 극도로 싫어했다. 이 소년의 머릿속에서 어떻게 정리가 되어있는지 북두는 항상 고개를 갸웃거리곤 했다. 오늘도 고개를 갸웃거리자 쥐꼬리 같은 땋은 머리가 흔들렸다.

"…뭐지, 북두(北斗)? 왜 그렇게 빤히 쳐다보고 있어? 뭐 이상한 거라도 있나?"

"그 반대지. 너 말이야, 좀 맛이 가는 게 낫지 않겠냐?"

북두가 뺨을 잡아당기자 소년은 미간에 주름을 잡았다. 죽기는 싫었기 때문에 북두는 손을 놓았다.

"뭐랄까, 그 실없이 웃는 얼굴이 *완성도가 더 높아졌잖아*. 너, 지치지 않아? 부하들 보고 웃고, 피곤해도 웃고, 일이 힘들다고 불평도 없고, 희로애락을 전부 그 웃음으로 처리하잖아. 너 자신을 너무 억누르는 거 아니야? 여자도 안지 않지, 죽일 때 흥분도 안 하지. 차라리 그런 걸로 감정을 발산하기라도 한다면 이해도 되고 또 그게 정상이지. 너, 어디 속마음 털어놓고 후련해질 데는 있는 거야? 고향에 다녀와도 지쳐서 돌아오잖아. 어차피 두 동생에게도 그 웃는 얼굴로 적당히 거짓말로 얼버무릴 게 뻔하지."

소년은 어이가 없다는 얼굴이었다. 그러더니 순식간에 불쾌한 표정이 되었다. 뭔가 신경을 건드리는 말을 한 듯했지만 북두는 별로 신경 쓰지 않고 머릿속에 있는 생각들을 거침없이 내뱉었다.

"선대 '흑랑' 이 네게는 아무 말도 없이 '장미공주' 소굴에 혼자 잠입했다가 죽었지? '간장(干將)' 하고 '막야(莫耶)' 까지 꺼내가지고 말이야."

"…그게 뭐?"

뭐랄까, 너도 똑같은 짓을 할 것 같은 표정이라고 생각했을 뿐이야. 그 다음 말은 속으로만 중얼거렸다.

"선대 '흑랑' 은 어째서 '장미공주' 를 죽이지 않았을까? 만나긴 했을 거 아냐?"

북두는 '장미공주' 에 대해서는 별다른 흥미는 없었다. 단지

기묘하다고 생각하는 점은 있다.

패왕과 '흑랑' 의 무용담은 어둠의 세계에서는 거의 전설이다. 지금의 괴를 키운 것도 그 선대 '흑랑' 이라고 하지만, 북두를 비롯해 지금의 '바람의 늑대' 는 어느 누구도 만나본 적이 없다. 전투원들은 괴와는 적으로 만나 그의 칼에 쓰러졌다가 '업혀 온' (납치당한) 사람들이기 때문에 선대를 알고 있는 것은 괴 한 사람이었다. 하지만 괴의 실력을 볼 때 사냥감을 만났는데도 도망쳐 돌아올 정도로 약했을 리가 없다.

소가는 침묵했다. 오랫동안 아무 말도 하지 않았다.

언제나 싱글싱글 웃고만 있는 괴였지만 선대 '흑랑' 이야기가 나오면 조금 달라진다. 이럴 때 북두는 항상 생각하곤 했다. 두 동생을 지키기 위해 자객이 되었다는 이야기가 거짓은 아니겠지만, 이 일을 계속하고 있는 이유는 그것만이 아닐 것 같다고.

"…잘 모르겠어. 아직도 모르겠어. 만났지만 할 수 없었다고 했어. 그 말의 의미조차 지금도 모르겠어."

'장미공주' 를 베는 것은 암흑의 대업연간에 종지부를 찍는 상징이었다. 그녀가 바라던 세상이 바로 눈앞까지 다가와 있었는데 왜——. 소가는 여전히 자문하고 있다.

…그녀는 쓰러졌고, 와야 할 종말은 오지 않은 채 시대는 10년이나 후퇴했다.

"하지만 이게 마지막이야. 이제 곧 끝나."

북두의 미간이 찌푸려졌다. …아무래도 요즘 괴는 이상해. 아니, 서서히 이상해졌다고 해야 할지도 몰라. 조금씩 마음의 균형이 무너지고 있는 것처럼 보였다.

아마도 선대 '흑랑' 인지 뭔지가 죽은 뒤부터. 쭉, 모든 것이 어긋나 있는 것이겠지.

괴는 한 번도 '장미공주' 를 죽인 후의 일을 생각해보지 않았다. 마치 자신의 인생은 그 후에는 존재하지 않기라도 하듯이.

북두의 시선을 피하려는 듯 소가는 여름 밤하늘을 올려보았다.

그 후로 몇 번이나 여름이 오고 갔을까.

"——이번에야말로 '장미공주' 를 없애겠어."

● ● ◈ ◈ ● ●

지금껏 영원 같은 이 모형 정원의 정적이 단 한 번 깨진 적이 있다.

『무슨 일인가. 나를 죽이러 온 것이 아니었던가, 인간의 여자여.』

찾아온 것은 아름다운 눈을 가진 인간의 여자였다. 정말 오랜만에 아름답다고 느끼는 감정을 떠올렸을 정도로 마음을 끄는 눈이었다. 그 눈빛이 더할 수 없이 살아있었기에.

그러나 그 여인도 결국 '종지부' 를 찍어주지 못했다.

『…더 이상 그 아이를 지켜줄 수도, 전화를 위해 살아줄 수도 없어… 당신을 죽일 수도, 그 사슬을 풀어줄 수도 없어. 이런 데까지 와서 바보처럼 아무것도 할 수가 없다니.』

그 여인뿐 아니라 모든 인간에게 불가능한 일이었다. 그래, 모든 인간.

하지만 그 여인은 마치 할 수 있는 사람이 있다는 듯한 눈을 하고 있었다.

『만약 그 아이가 할 수 있다면, 당신은 그 아이의——….』

장미공주는 결국 그 뒤를 끝까지 들을 수 없었다.

가끔 그녀는 그 아름다운 눈을 가졌던 자객을 떠올린다.

4

쓰륵쓰륵, 저녁노을 속에서 쓰르라미 울음소리가 들려온다.

수묵화 같은 아련한 봉우리들. 봄에는 새하얀 꽃잎으로 뒤덮이는 정원. 한가로이 거닐다보면 어디에선가 쓸쓸한 비파 소리가 들려올 것만 같다.

"형님, 이번에는 언제 돌아오세요?"

"글쎄다…."

십대 중반에 접어든 여심을 찬찬히 바라본다. 돌아올 때마다 겉모습은 성장해있기는 했지만 어릴 때와 그리 인상이 달라지지 않는 것은 마음이 성장하지 않기 때문일지도 모른다.

"어차피 또 약속을 안 지킬 생각인 거죠. 소가 형님의 약속 따원 이제 믿지 않아요. 얼렁뚱땅 선물만 안겨주면 그저 좋다고 할 정도로 어리지 않아요. 바보취급 마세요."

열 살이 넘은 구랑이 미간에 주름을 잡고선 휙, 얼굴을 돌렸다. 여심과는 반대로, 구랑은 형의 약속을 믿지 않는 상당히 어른스러운 소년으로 성장해있었다.

"홍가는 내가 지킬 테니 소가 형님은 돌아오지 않아도 별 지장 없어요."

"그렇게 생각하면 따라오지 마. 당장 나와 형님 앞에서 사라져!"

"…여, 여기는 홍가의 정원이잖아요. 어디에 있든 내 마음이에요!"

말다툼을 하는 두 동생을 보며 소가는 쿡쿡 웃었다. 홍가를 떠난 지 벌써 10년이 지났다. 변하지 않는 것은 나 혼자일지도 모른다.

하지만 이제 곧 이런 날들도 끝이 난다.

"그래… 이번에는 돌아오지 못할지 모르겠구나. 둘 다 많이 컸고, 이젠 걱정할 필요 없겠지."

"형님?!"

여심이 흠칫 놀라며 돌아보았다. 창백한 그 얼굴을 보면 형이 왜 돌아왔는지 짐작하고 있었던 것 같기도 하다. 구랑도 동요한 듯 입술을 굳게 닫았다.

"뭐, 딱히… 돌아오지 말라고 한 건 아니에요. 그런 심술궂은 말을 하다니 정말 장남이라는 자각이 없다고밖에 생각이 안 되네요. 난 단지――."

"구랑, 시끄러! 내 앞에서 사라져!"

소가는 정말로 격노한 여심의 머리를 툭 한 대 쳤다.

"여심, 구랑에게 그런 식으로 말하면 안 되지. 괜찮아, 구랑. 알고 있어. 형으로서 신용이 떨어지고 있으니까 선물로 대충 얼버무리려 하지 말고 '이번에야말로 제대로 약속을 지켜주세요' 라고 하고 싶은 거지?"

구랑이『비가 그치고 해님이 매일 얼굴을 내빌 때쯤』이라는 맨 처음 한 약속을 잊지 않고 지금도 해님인형을 만들고 있다는 것을 소가는 알고 있었다. 몇 번이나 몇 번이나 약속을 깼는데도 구랑은 끝까지 믿으며 기다려주었다.

구랑은 입술을 깨문 채 얼굴을 돌렸다. 남들은 큰형을 바보라고 하지만, 큰형은 언제나 구랑이 말로 다 표현 못하는 마음들을 알아줬다. 아무리 마음에도 없는 행동을 하더라도 큰형은 화를 내지도, 매정하게 내치지도 않고 항상 다정하게 웃으며 모든 것을 받아준다. 옛날부터 항상 그랬다.

쓰륵쓰륵쓰륵… 쓰르라미 소리가 저녁노을 속에서 구슬프게 사라져간다.

소가는 주황색 하늘은 올려다보며 심호흡을 했다. 고추잠자리가 주황색 구름 밑을 한가롭게 날고 있었다.

이곳은 확실히 소가가 돌아올 장소였다. 몇 년이나 집을 비웠어도 아무리 멀리 떨어져 있어도 소가가 돌아올 장소는 언제나 이곳이었다. 이곳 이외에 돌아가고 싶은 곳은 어디에도 없었다.

사실은 사랑하고 있는 것이다. 두 동생도 백합도, 홍가도, 일족도. 기억 저편에서 들려오는 비파 소리도. 아득한 봉우리들도, 새하얀 배꽃도. 봄도, 여름도, 가을도, 겨울도.

이 아름다운 홍주의 모든 것을 그 모습 그대로 지키기 위해 집을 나왔다.

그러나 이제 소가가 지킬 필요는 없었다. 지금의 여심은 소가가 지키고 싶었던 것들을 지킬 수 있다. 구랑도 백합도, 홍가도.

…소가가 이곳에 돌아온다고 믿는 한, 분명히 앞으로도 계속.

"그래… 이번에는 약속은 하지 않고 갈게. 분명 또 약속을 지키지 못할 테니까."

여심의 표정이 얼어붙듯이 굳어졌다. 뭔가 말을 하려 했지만 머릿속이 새하얘져서 아무 말도 할 수 없었다. 무슨 말을 한다고 마음을 바꿀 형은 아니다. 하지만.

구랑은 주먹을 꼭 쥐었다. 어차피 약속을 지키지 않으니까 형이 약속을 하든 안 하든 마찬가지였지만 갑자기 불안해졌다. 그러다가 깨달았다. 형은 약속을 제대로 지키지 않았다. 하지만 한 가지는 반드시 지켜왔다. 아무리 늦더라도 '돌아온다' 고 한 그 약속은.

그런데 이번에는 어떤 약속도 하지 않고 떠난다고 한다. 돌아온다는 약속조차도, 더 이상 하지 않은 채.

지키지 못할 테니까. 그 순간 구랑은 외쳤다. 아무 생각도 할 수 없었다.

"느… 늦어도 괜찮으니까 약속은 해주세요!"

"구랑…."

"제대로 돌아오기만 하면 이번에는 화내지 않을게요!"

…사랑하고 있구나, 하고 소가는 마음속으로 생각했다. 한결같은 애정을 보내주는 이 두 사람을 소가도 진심으로 사랑스럽다고 생각한다. 그렇기 때문에 거짓말도 괴롭지는 않았다.

'흑랑' 이 소가에게 아무 말 없이 혼자 갔던 것도 필경 이런 마음에서였으리라.

부드러운 풀밭을 밟는 소리에 뒤를 돌아보니, 백합이 조용히 서있었다. '양엽(讓葉)' 으로 남장을 하고 있는 때가 많은 그녀였지만, 소가가 돌아와 있을 때는 항상 '백합' 의 모습이었다.

"…아무리 부탁해도 가실 건가요? 그렇게 지쳐버린 얼굴로? 이제 아무데도 가지 말고 이대로 홍가에서 느긋하게 지내시면 안 되는 건가요?"

소가는 조금 놀랐다. 가끔 백합은 동생들보다도 눈이 날카롭다. 여자이기 때문일까?

"…그렇군. 네 말대로 조금… 지쳐있는지도 모르겠어. 하지만 아직은 쉴 수 없어. 해야 할 일이 남아있어. 그래서 가야 해."

백합의 눈빛이 날카롭게 흔들렸다. 홍가에서 제일 제멋대로고 누구의 말도 듣지 않는 사람.

"돌아오시기를… 기다리고 있을게요. 돌아와주세요."

소가는 대답하지 않았다.

소가는 돌아온 것이 아니었다. 돌아올 곳에, 사랑하는 사람들에게, 지키고 싶었던 그의 '진정한' 모든 것에게 이별을 고하러 온 것이다. 소가에게 있어 그들은 어디까지나 '지켜야 할 것' 들이었다. 선대 '흑랑' 이 망설임 없이 소가를 두고 떠났던 것처럼 이번에는 소가가 떠날 차례였다.

…돌아온다는 약속도, 다녀오겠다는 인사도 남기지 않고 소가는 다음날 홍가에서 모습을 감추었다.

딱 한 번 뒤돌아보았다. 그가 돌아올 곳, 모든 소중한 것들이 있는 그 집을.

하지만 소가에게는 더 이상 그 집에 돌아오려는 의지가 없었다.

그랬다. 소가는 지쳐있었다. 아마도 오래 전부터 지쳐있었을 것이다.

'흑랑' 이 죽은 뒤, 자신의 내부에서 조금씩 무언가가 모래처럼 바스러져 내리는 것 같았다. 사라져가는 그 무엇은 살려는 의지라고 부를 수 있는 것일지도 모른다.

언제부터였을까. 소가는 '흑랑' 을 그만둔 뒤의 자신의 모습을 상상할 수가 없었다.

홍가에서 쉬는 것도, 관직에 오르는 것도, 다른 인생을 살아가는 것도, 무엇 하나 자신의 일로는 생각되지 않았다. 그저 어딘가 먼 곳에서 영원히 쉬고 싶었다.

지금 소가에게 있어 '장미공주'를 죽이는 일 이외에 살아갈 이유는 없었다. 그 후의 인생은 바닥없는 암흑처럼 아무것도 없었다. 자신의 무언가가 거기서 끝날 것 같았다. 끝이 있다는 그 생각 덕분에 기진맥진하게 지쳐있으면서도 앞으로 나아갈 수 있었다.

언젠가는 끝난다. 그러니 그때까지는 아무리 손을 더럽히더라도 소가는 살아있을 수 있다.

『'흑랑' 님의 싸움이 끝나는 건 언제인가요?』

언젠가 소가는 '흑랑'에게 그렇게 물어보았지만, 그건 그의 바람이기도 했다.

아무도 죽이지 않아도 되는 날을 염원했던 그녀의 소망은 소가의 소망이기도 했다.

이제 곧 그런 세상이 온다.

그러면 소가는 더 이상 살지 않아도 된다. 이젠 괜찮아.

'자, 가자.'

모든 것을 끝내기 위한 마지막 싸움을 향해.

반짝, 장미공주는 눈을 떴다.

'……? 지금 뭔가——.'

남선 같은 예지능력은 없지만 인간도 예지몽을 꿀 때가 있듯이, 가끔 꿈속에서 미래의 조각을 보는 경우가 있었다.

낯선 청년의 모습을 본 것 같았다. 검은 머리를 하나로 묶은 뒷모습이었다.

——두 자루의 검을 든 채.

'…그 검은—— 간장과 막야인가?'

음양의 검. 예전에 단 한 명 이곳에 왔던 자객이 가지고 있던 한 쌍의 검.

문득 장미공주는 얄궂다는 듯이 미소를 지었다. …이 사슬을 풀려면 그 쌍검이 필요하다. 하지만 그 검을 들고 왔다 하더라도 어차피 내 앞에서 돌아갈 게 뻔하다.

하지만 그 아름다운 눈을 가진 여 자객 때에는 보지 않았던 꿈을 왜 이번에는 본 것일까?

'…너무 심심하다보니 이상한 꿈을 꾼 걸까….'

"기, 기침하셨…습니까, 공주님."

어눌한 말에 뒤를 돌아보니, 이제 곧 일곱 살이 되는 어린 소녀가 무릎을 꿇고 앉아있었다. 리앵이 '암살인형'이니 호위에 도움이 될 거라며 붙여준 시녀다. 인간을 혐오하는 그녀였지만 주취와 이야기를 나누는 것은 싫지 않았다.

"말하는 게 많이 늘었다, 주취."

주취는 아주 희미하긴 했지만 쑥스러운 미소를 어색하게나마 지었다.

"네… 공주님 덕분, 입니다. 말을… 말을 하게 해주셔서, 저도 말을 할 수 있게 되었습니다."

태어나면서부터 '암살인형'로 세뇌된 주취는 인격과 감정이 봉인되어 있었다. 살인 기술은 뛰어나지만 말도 못 했고, 의지나 표정도 아예 없었다. 하지만 이를 풀어준 뒤부터 주취는 이야기를 나눌 수 있게 되었고 점점 사랑스러워졌다.

갑자기 주취의 표정이 어두워졌다.

"…공주님께서는 제게 많은 것을 가르쳐주셨습니다. 또 하나 알려주세요."

"뭔가? 별일이로고."

"요…즘, 이상한 기분이 듭니다… 공주님의 사슬을 보고 있으면 가슴이 죄어옵니다. 무슨 일일까요?"

장미공주는 주취를 쳐다보았다. 주취는 두 손발의 족쇄를 보고 있었다.

"…제 임무는 여기서 공주님을 지키고, 모시고, 침입자를 쫓아내고, 일곱 살이 되면 공주님께 제 몸을 드리고 죽는 것입니다. 이제 곧 일곱 살이 됩니다."

"……."

"공주님과 만날 수 없는 건 슬프지만 공주님을 위한 일이라면 괜찮습니다. 하지만… 정말로 공주님을 위한 일인가, 하고 요즘은 생각을 합니다."

장미공주는 속으로 흠칫 놀랐다. 세뇌가 풀리고 있다. 이유는 모르겠지만 이 일이 류화(瑠花)나 리앵에게 탄로나면 그 자리에서 '불량품' 인 주취는 처단되고 말 것이다.

"주취, 이 사슬을 어떻게 해보겠다는 생각은 해서는 안 된다. 알겠느냐? 이건 장식이다, 장식. 리앵이 감금을 좋아하는 머리가 이상한 변태여서 그런 거다. 잘은 모르겠지만 이런 걸 좋아하는 것 같지 않더냐."

"리앵 님께서는 그럴지도 모르지만, 공주님도 그러신가요?"

"아니다!!! 아니, 그러니까. 흠흠. 나는 마음이 넓고 한가하니까 리앵에게 맞춰주고 있을 뿐이다."

주취는 진지한 눈빛으로 빤히 장미공주를 쳐다보았다. 그녀가 모시는 아름다운 공주님이 언제나 하늘을 올려보고 있는 것을 알고 있다. 마치 돌아갈 장소가 그곳이라도 되는 듯이.

"공주님께서는… 이 사슬에 묶여있지 않으면 훨씬 더 아름다우실 겁니다."

장미공주는 눈을 감았다.

"…주취, 솔직하게 말하겠다. 물론 지금은 이 사슬에 매여있지만 반쯤은 내 의지이기도 하니라. 그럴 이유가 있어서다. 그리고 무엇보다도 풀려고 해도 이 사슬을 풀 수 있는 사람은 없느니라. 설령 그럴 수 있는 힘을 가진 사람이 있다고 하더라도."

장미공주는 문득 방금 꿈에서 본 청년을 떠올렸다. 그래, 그

꿈이 언젠가 현실로 이루어져 '간장' 과 '막야' 를 들고 온다 하더라도, 그 청년 역시 할 수 없겠지.

"…어째서요?"

"이 사슬을 풀려면, ——와 맞바꿀 각오가 필요하기 때문이니라."

주취는 그 단어의 의미를 알지 못했다. 모르는 말이라는 것은 주취가 가지고 있지 않은 것이다. 목숨 같은 거라면 주취도 드릴 수 있는데.

조금 안타까웠지만 그 발음은 기억해놓자고 생각했다.

그 '——' 와 '공주님' 을 맞바꿀 수 있는 사람이라면 공주님의 사슬을 풀 수가 있는 것이다.

"걱정하지 마라, 주취. 언젠가 반드시 나는 이곳에서 나갈 테니. '나가고 싶은 것' 이 아니다. 나는 나갈 것이다. 누구의 손도 빌리지 않고, 인간의 도움도 필요없다. 설령 수천 년이란 시간이 흘러도 말이다."

누구의 허락도 도움도 청하지 않을 것이다. 그녀의 의지로 언젠가 여기서 나가는 그날까지.

주취가 순찰을 돌러 나가자, 리앵이 훌쩍 나타났다.

"…누가 감금을 좋아하는 머리 이상한 변태라고요?"

"뭐냐, 뭐 잘못된 형용사라도 쓰였는가? 말해보라."

리앵은 생각에 잠겼다. 누나인 류화와 달리, 리앵은 평상시에는 거의 머리를 쓰지 않고 빈둥거리며 지낸다(라고밖에 생각할 수 없다). 옛날부터, 항상 뭔가를 생각하고 있는 듯하지만 사실은 아무 생각도 없는 것이다.

"…듣고 보니 없군요. 사슬에 묶인 당신을 보면 기쁜 게 사실이고."

이런 얘길 할 정도로 머리의 나사가 빠져 있다.

"사슬을 풀어도 당신이 제 곁에 있어줄 거라고 생각할 정도로 주제 파악을 못 하진 않으니까요."

"그럴 줄 알았다."

장미공주는 비아냥거리듯 미소를 지었다. 찬찬히 눈앞의 청년을 보았다. 푸른빛이 돌 정도로 하얀 얼굴. 은백색에 금색을 한 방울 뿌린 듯한 달빛색 머리카락과 어둠이 녹아든 듯한 칠흑 같은 두 눈동자. 아버지와 많이 닮은 얼굴이었다.

"…그래서? 듣고 있었다면 어떻게 할 건가? 주취를 '처단' 할 생각인가?"

"뭐, 이번에는 봐주도록 하죠. 어차피 일곱 살까지 얼마 남지도 않았고, 당신의 '그릇' 이 될 수 있을 정도로 용량이 큰 일족은 지금으로서는 달리 없으니까요. 주취라면 다른 무녀들보다 더 오래 버틸 겁니다."

리앵은 무료하다는 듯이 장미공주를 찬찬히 바라보았다.

"…참 이상하죠. 당신은 많은 무녀들의 몸을 써왔지만 어떻게 생겼건 간에 당신이 빙의한 순간, '당신' 이 되니까요. 손톱 끝까지 이 세상 어느 누구보다도 화려하고 아름답고, 범접할 수 없이 빛나죠. 영원히 사랑하는 데 아무런 문제도 없어요."

'한 번 쓰고 버려온' 몇 십 명의 무녀들. 그녀들이 가지고 있었을 의지와 인생까지 모조리.

이제 곧 주취가 그 중 한 명이 된다고 생각하면 인간을 싫어하는 그녀라도 우울해진다.

"…리앵, 왜 시체를 쓰지 않는 거냐? 네 아버지처럼 내게 아이를 낳게 할 생각이 없다면 시체로도 충분한 것을. 시체라면 더 죽을 일도 없고, '교환' 할 필요도 없지 않느냐."

어색한 침묵이 흐른 후, 리앵이 중얼거렸다.

"언젠가 당신이 제 아이를 낳아줄 마음이 생길지도 모른다고 기대하고 있는지도 모르죠."

"…바보 같은 녀석."

차갑게 단칼에 자르는 장미공주에게 리앵은 한 박자 늦게 조용하게 미소 지었다.

"…알고 있습니다. 괜찮아요. 이렇게 곁에 있을 수 있는 것만으로도 저는 행복하니까요."

리앵은 장미공주의 머리카락에 손가락을 감았다. 손가락은 가는 명주실 같은 머리카락을 타고 머리끝까지 미끄러져 내려간다. 허리를 끌어안았을 때 리앵의 어두운 눈빛이 그때만은 감미롭게 녹았다. 마치 그때서야 간신히 꿈도 환상도 아니라고 안도하는 듯이.

그럴 때마다 그녀는 오로지 이 한순간을 확인하기 위해 리앵이 살고 있는 게 아닌가 하는 생각을 한다.

머리와 똑같은 달빛색 속눈썹이 다가온다. 완벽한 모양의 입술이 겹쳐진 순간, 리앵의 눈빛이 감미롭고도 애절하게 빛났다.

리앵의 수없는 사랑의 속삭임이나 입맞춤에 '무언가' 가 있다고 하더라도 장미공주의 흥미를 끄는 것은 이 찰나의 눈빛이었다. 아니, 그 순간 속수무책으로 드러나는 '무언가' 를 감추기 위해 리앵은 바보 같은 말들을 수없이 늘어놓고 있는 게 아닐까란 생각도 들었다. 하지만 그것이 무언지 찾고 싶은 생각은 전혀 없었고, 리앵도 알려지는 것을 두려워하는 듯했다. 그녀에게도, 자기 자신에 대해서도. 마치 드러내려면 천 년은 걸린다고 생각하기라도 하듯이.

포개진 입술은 장미공주의 눈을 감기지 못했고, 나비의 날갯짓만큼도 그녀의 마음을 흔들지 못했다. 지금까지 해왔던 수없이 많은 입맞춤과 마찬가지로. 오늘도.

리앵은 그녀가 묶인 사슬을 만지작거렸다. 그녀가 그 족쇄를 풀라고 리앵에게 말한 적은 없다. 쓰다듬어도, 입맞춤을 해도, 그저 얼음 같은 눈빛으로 바라볼 뿐, 단 한 번도 하지 말라 말한 적 없듯이. 그녀는 차가운 눈으로 내려다보고 있을 뿐이다. 제멋대로인 인간이 *어디까지 하는지*를.

『언젠가 반드시 나는 이곳에서 나갈 테니.』

누구의 정복도 허용치 않는 긍지 높은 고귀한 영혼.

리앵은 사슬에 입을 맞췄다. 그녀에게 세상을 돌려주지 않는 한, 다른 모든 것을 바친다 하더라도 그녀의 마음이 움직이는 일은 결코 없을 것이다. 사랑도 성의도 다정함도 의미가 없었다. 그렇기 때문에 리앵은 곁에 있는 것 외에 아무것도 바라지 않았다. 사랑해주지 않아도 좋다. 사랑하고 있는 것만으로도.

그렇기 때문에 그 사슬을 풀어줄 날은 오지 않을 것이라고 생각한다. 아마도 딱 한 번을 제외하면.

…딱 한 번을 제외하면.

"리앵, 한가하면 이호라도 켜지."

리앵이 연주하는 곡조에 장미공주는 눈을 감았다. 어디에선가 그 아이의 목소리가 들려오는 것 같았다.

――힘이 필요해요, 라고 하던.

그녀를 불렀던, 그 비통한 목소리가.

그녀가 처음 그 아이 앞에 모습을 드러낸 것은 순전히 우연이었다.

처음으로 그 아이를 본 것은 황엽에게 가기 전이었다. 전란 속에서 사람들을 표가의 사당에 대피시키고 자지도 않고 쉬지도 않고 간병을 하면서, 때로는 사당에서 나와 마을을 돌며 사람들의 심신을 치료하느라 이리저리 뛰어다니던 아이.
신비한 능력을 가진 무녀나 주술사는 손에 꼽을 수 있을 정도밖에 없었던 때였던 만큼 이것이 전란의 시대에 요구되는 표가의 역할이었고, 특별한 일도 아니었다. 능력이 없었던 그 아이도 그런 관례에 따라 의술과 심리치료법을 익혀 다른 일족과 함께 각지를 뛰어다니고 있었다.
아이는 매일 혼자서 아무도 보지 않는 곳에서 울곤 했다.
힘이 있었으면 좋겠다며.
누군가를 구할 수 있는 힘, 이 세상을 바꿀 수 있는 힘을.
이윽고 이 아이조차 전장의 폭풍에 날려 첩첩이 쌓인 시체더미 속에 쓰러지고 말았다.
자신을 위해서가 아니라 남을 위해서 살고 싶다고 소망하던 아이였다.
황엽에게 들렀다가 돌아오는 도중, 장미공주는 숨이 거의 끊어지려 하던 이 아이를 발견했다. 보통 때였다면 분명 신경조차 쓰지 않았을 것이다. 살고 싶다는 소망도, 무력함에 대한 탄식도, 이 아이만이 호소하고 있는 것은 아니었고, 그녀가 이 아이를 구해줄 이유는 어디에도 없었다.
그런데 얼굴이 닮아있었다. 그 왕과.
『창주가 회복을 바라지 않았던 것도… 이젠 이해할 수 있을 것 같아.』
'나는 이해할 수 없다.'

창주라면 하늘의 뜻을 비틀어서라도 살아야 할 의미가 있었다고 생각했기에, 그 아이로 입증해보이고 싶었던 건지 모른다. 그녀에게 들릴 정도로 순수하고 긍지 높은 소망이라면.

처참하게 죽어가던 아이의 앞에 나타나 살려주기로 마음먹었다.

상처를 치료해준 후 그녀는 그 자리를 떠났고, 그 아이의 일은 바로 잊어버렸다.

그로부터 20년 정도 지났을까, 다시 그 아이의 목소리가 들려왔을 때, 한번 만나보고 싶다는 생각이 든 것은 어떤 인간이 되었는지 보고 싶었기 때문이었다.

20년이란 세월이 지나 더 이상 아이가 아니게 된 남자는 그녀를 보고 기쁘다는 듯이 웃었다.

『당신 덕분에 소망이 이루어졌습니다.』

아이의 말을 그녀는 이해할 수 없었다. 아직도 세상은 안정되지 않았고 전에 보았을 때보다도 더욱 악화되고 있는 듯했다. 뭘 보고 소망이 이루어졌다고 하는 것인가.

『생명과 치유의 힘을 받았습니다. 하지만 힘이 점차 사라지고 있는 것 같은 느낌이 듭니다.』

그녀는 조절을 잘못했다는 것을 알았다. 거의 숨이 끊어지기 직전이었기 때문에 회복시키려고 그만 힘을 너무 쏟아부은 모양이다. 표가의 혈통이라는 점도 작용했는지 과도하게 투여된 힘이 치유의 능력으로 발현된 듯했다. 물론 이는 단순한 우연이며, 그녀에게 받은 힘을 다 써버리면 바닥이 나는 것은 당연하다.

그럴 순 없다고 남자는 말했다.

『간신히 손에 넣은 힘을 잃다니. 말도 안 됩니다. 이 힘 덕분에 지금은 나라도 왕도 제 마음대로 할 수 있습니다. 왕족도 대귀족도 산처럼 공물을 바치고, 아무도 저를 거역할 수 없는 권력을 손에 넣었는데.』

소망이 이루어졌는데.

그녀는 황엽의 말을 떠올렸다.

『우리들의 '기적'이라는 건 인간에게는 너무 잘 듣는 약이라고 할까, 하늘에서 떨어진 일확천금이랄까, 그런 것과 비슷하지. 받은 행운을 무슨 이유에선지 인간은 행운으로 끝내려 하지 않는 것 같아.』

소름끼치는 탐욕.

『제 곁에 있어주세요. 당신이 있으면 결코 힘이 바닥나는 일은 없겠죠?』

그녀가 뿌린 씨는 이런 형태로 돌아왔다.

남자의 목적은 장미공주를 포획하는 것이었고, 이를 위해 이미 주도면밀한 준비를 해놓은 상태였다.

그렇게 그녀를 지상으로 끌어내린 것이다. '기적의 힘'을 다시 한 번 손에 넣기 위해서.

남자가 언제부터 미쳤는지는 모른다. 하지만 미쳐서도 '행운'에 집착했다.

——마침내 아들인 리앵에게 살해되던 그 순간까지.

5

표가에 잠입하려고 마음을 정한 그날, 소가는 바로 선동성으로 향했다. 그곳에는 소 재상과 우우가 기다리고 있었다. 홀로 나타난 소가를 소 재상은 바보라는 눈빛으로 쳐다보았다.

"너도 혼자서 가려는가? 선대의 교훈을 살리지 못하는 바보로군. 북두라도 데리고 가라."

"그 녀석은 절대로 안 됩니다. 바보인데다가 이상한 부분에서만 예리하고, 안 좋은 상황일수록 불타오르죠. '난 평생 죽고 죽이면서 살 수밖에 없는 인종'이라나 뭐라나 헛소리만 해대고. …데리고 갔다가는 신난다고 방방 뜨다가 죽을 것 같아서 못 데리고 갑니다."

"가시려면 부디 이걸 가져가십시오."

우우가 가져온 두 자루의 검을 보고 소가는 깜짝 놀랐다.

——이 검은 혹시.

"'간장'과 '막야'…?!"

"선대가 이도류(二刀流)는 제대로 가르쳐 놓았겠지?"

"예, 꼭 필요한 경우가 아니면 절대로 보이지 말라고 하셔서…

하지만."

"이때를 위해서다. 가장 강하게 반응하는 장소에 '장미공주'가 있다. 가져가라."

우우가 눈을 내리깔았다.

"전하의 허가는 받아놓았으니 가져가십시오. 원래 파마(破魔)의 검이기 때문에 인간을 베기 위한 검이 아닙니다. 표가의 인간이 길들인 칼이라 이 칼에 주술은 통하지 않습니다. 결계도 쉽사리 깨버릴 수 있습니다. 맨손으로 표가에 잠입하는 것은 무모합니다."

"그보다도, 이 검을 가져가지 않으면 여러 가지로 무의미하기 때문이다. 그렇다고는 해도."

소 재상은 빤히 소가를 쳐다보았다.

"…정말로 할 수 있겠나?"

"…하실 말씀이 있으며 제대로 말씀하시죠."

"…너 '장미공주' 이야기는 알고 있나?"

"새삼스레 무슨 말씀을. 벌써 망령 나신 겁니까? 불쌍해라. 독신은 역시 여러 가지로 힘들다니까."

"시끄럿! 여전히 밉살스러운 꼬마다. 됐으니까 마지막 한 구절을 말해봐라."

"…'그리하여 두 사람은 언제까지나 영원히 행복하게 살았답니다'."

"하아…아, 그렇구나. 아—— 그래."

"뭡니까. 그, 사람을 엄청 바보 취급하는 말투는?"

"아무것도 아니다. ──선대 '흑랑' 이 맡겨둔 것이 있다. 이것도 가져가라. 작별 선물이다."

소 재상이 던진 것은 오자미 한 개였다. 선대가 자주 만들곤 하던 오자미.

흔들면 서걱거리는 팥 소리가 들렸다. 액막이인 팥. 하지만 껍질이 잘 뭉개져서 '(싸움에서)뭉개진다' 하여 꺼리는 사람도 많은 팥. 선대는 어떤 의미로 내게 남겨준 것일까?

소가는 피식 웃었다. …어느 쪽이든 상관없었다.

모든 것을 끝내기 위한 이 싸움에는 잘 어울린다는 생각이 들었다.

"──그럼 가보겠습니다. 우우 님, 잘 부탁드립니다."

"갔나?"

소가가 사라진 후, 홀연히 등 뒤의 어둠 속에서 왕과 북두가 나타났다.

북두는 왕의 옆에 서있는 것조차 견디기 힘들다는 듯이 후다닥 왕에게서 떨어졌다. 가까이에 서있기만 해도 머리가 날아갈 것 같았다. 그 괴가 '귀신처럼 센 바보 왕' 이라 부를 만하다. 이길 수 있을 거란 생각은 아예 들지도 않는다. 호랑이 옆에 있는 것처럼 등줄기가 서늘했다.

"아니, 그것보다!! 뭐야, 이거, 괴가 어떻게 사라진 거야? 무슨 주술이야? 엄청 대단한 거 아냐?"

"표가가 멀쩡히 걸어서 갈 수 있는 곳에 있을 거라고 생각했나? 이건 원래 긴급 시에 왕족이 표가로 대피하기 위한 '피난로' 다. 모든 사당에도 있어서 능력이 있는 무녀나 주술사라면 이동할 수 있도록 되어있다. 이 귀양에서 길을 이을 수 있는 것은 우우 님밖에 없다."

전화왕은 고개를 숙인 우우를 보았다. 힘을 쓰면 쓸수록 우우는 작아지는 것 같다.

"…괜찮겠나, 우우. 류화가 용서하지 않을 텐데."

우우만이 열 수 있는 특별한 길을 열어 표의 본가에 전화왕의 심복 자객인 '흑랑' 을 잠입시켰다.

"…각오는 하고 있습니다. 하지만 이걸로 원래의 류화 아가씨로 돌아오신다면 이 목숨도 아깝지 않습니다. 그 집에… '장미공주' 따윈 필요하지 않습니다."

전화왕은 한숨을 쉬었다. …우우는 전혀 모르고 있다.

전화왕과 류화는 죽을 때까지 적대관계겠지만 아마도 둘은 비슷한 인간일 것이다. 서로 인정하려 들지는 않겠지만.

미쳐버린 선대 '기적의 아이' 와 달리 표가를 본래의 궤도로 되돌리려고 하던 류화가 이상해지기 시작한 것은 우우가 떠난 후부터이다.

잠시 쉬고 난 우우가 이번에는 북두를 보내는 것을 보면서 전화왕은 살짝 소 재상에게 물었다.

"…이봐라, 소. 정말로 소가인가? 그 녀석, 살건 죽건 상관없다고 했던 바보라고. 괜찮겠느냐? …아니, 그래서 *할 수 있는 것인가?*"

"설마요. 그런 바보라면 무립니다. …선대 '흑랑' 이 *하지 못한 건* 어쩔 수 없었겠죠. 맞바꿔야 할 것이 너무나 컸으니. 어떤 바보 왕이라던가."

"……."

"그저 그것과 맞바꾼다고 해서 다 되는 것도 아닙니다. 그 정도 일이라면 지금 당신도 할 수 있습니다. 살든 죽든 별 상관없다는 자포자기한 녀석이라면 숨겨진 또 하나의 길은 열지 못할 것입니다. 긍지가 높지 않으면 그 마음을 움직이는 것은 불가능합니다… 그러니 만에 하나 길이 열렸다 하더라도 낙관적으로만 볼 수는 없죠. …당신도 참 잘도 자신과 같은 길을 걷게 만드셨군요."

"흥, 선택하는 건 그 녀석이지 내가 아니다. 그 녀석은 옥환에게 '일족 중 가장 홍가다운 남자' 라는 평가를 받은 사내라고. 그런데도 여전히 자신은 텅 빈 껍데기라며 돌멩이처럼 차갑고 감정이 없다고 고집스럽게 믿고 있는 바보 같은 놈이다. 조금 충격요법을 쓰는 것도 괜찮아."

──정이 깊어 한번 마음을 주면 헤어나지 못하는 것이 홍가의 남자다. 그렇기 때문에 홍가의 남자는 타인에게 차갑게 대함으로써 자신을 보호한다. 한번 빠져들면 두 번 다시 헤어나지

못한다고 마음 한 구석에서 두려워하고 있기 때문에.

그런 일족 중에서 누구보다도 홍가의 남자답다고 평가받은 소가. 지금껏 누구 하나 그의 껍질을 부수지 못했다. 누구보다도 단단히 자신을 보호하는 것은 누구보다도 깨어났을 때를 두려워하기 때문이다.

본인은 껍질이 깨지면 안은 텅 비어있다고 믿고 있지만——.

"…그 녀석의 껍질을 깬다면, 없는 선녀의 마음조차 움직일 수 있을지도 모르지."

선대 '흑랑' 은 절대로 맞바꿀 수 없었던 것조차 가뿐히 맞바꿔 버리고서.

소 재상은 슬쩍 패왕을 보았다. 피도 눈물도 없는 남자인 주제에 소가를 잘 파악하고 있다.

"우우 님은 모르고 계시지만, *예언이 도중에서 빗나가면* 어떻게 되는지 알려주신 것 같군요."

"나는 그리 되어도 별 상관없다. 일생에 한 번쯤, 소가 마음대로 하게 해주겠어. 그 녀석은 내 아들 같은 놈이니."

"우왓… 어디서 그런 자신감이. 소가가 죽이려 들 겁니다. 그렇게 죽도록 괴롭혀 놓고는. 그쪽은 남 괴롭히는 고약한 취미의 성질 나쁜 인간이라고밖에 생각하지 않을 텐데."

"그 말 그대로 돌려주지. 너도 예언이 도중에서 빗나가건 말건 별 상관없지 않느냐? 인간 혐오증인 소 재상."

소 재상은 종이 3번 울릴 정도의 시간 동안 침묵했다. 그리고는 어깨를 으쓱하더니 비아냥거리듯 '바라는 바입니다' 라고 중얼거렸다.

6

…소가가 눈을 뜬 순간, 살기가 덮쳐왔다. 눈앞에는 4명의 '암살인형'.

소가는 엄지손가락을 핥았다. 묶은 머리가 가볍게 흔들렸다.

양손에 든 '간장' 과 '막야' 를 고쳐 쥐었다. 마치 살아있기라도 하듯 손에 딱 달라붙는다.

"——표가의 자객은 남김없이 끝장내주도록 하지. 저 세상에서 기다려라. 곧 사죄하러 갈 테니."

망설임 없이 4명을 베었다.

'…? 이상하군. 경계망이 허술한걸…?'

저택 안을 한번 둘러본 소가는 의아하게 생각했다. 배치는 정확하지만 인원이 묘하게 적다. 지난 10년 동안 '암살인형' 을 처단해오긴 했지만, 그렇다 해도 여긴 본가다. 이런 일은 있을 수 없다.

'…류화가 움직이지 않은 건가?'

이유는 모르지만 기회임은 틀림없었다. 평상시의 경계망 정도라 하더라도 이쪽은 혼자다. 어차피 '암살인형' 을 수없이 베어야 한다.

남은 문제는 '장미공주' 가 어디 있는지였다. 소가는 '간장' 과 '막야' 를 보았다.

『가장 강하게 반응하는 장소에 '장미공주' 가 있다.』

소가는 미심쩍은 눈으로 보검을 이리저리 살펴보았다. 소 재상은 가끔 거짓말을 한다.

'…정말이겠지…? 어떻게 그런 것까지 알고 있는 거지?'

파마의 검이 '장미공주' 에 반응한다는 것은 '장미공주' 가 마물이라는 뜻인가?

'백 년도 넘게 살아있다고 하니… 하지만 우우 님은 표가의 주술을 무력화시킬 수 있다고 했었지…? 표가의 주술이 제일 엄중하게 걸려있는 곳이 유폐장소일 테니 그 주술에 반응한다는 건가?'

뭐, 표가에 유폐되어 있는 만큼 단순한 감옥일 리는 없다. 그랬다면 선대 '흑랑' 이 구해낼 수 있었을 것이다.

시험삼아 여러 방향으로 내밀어봤더니 징하고 팔이 저릴 정도의 반응이 왔다. 밖이다.

그때 바로 그 방향에서 살기가 밀려오는 게 느껴졌다. 무슨 일인지 전투가 벌어지고 있는 모양이다. 대체 누가 누구와 싸우고 있는 거지?! 소가는 기척을 죽인 채 살짝 살펴보러 갔다가——새하얗게 질리고 말았다.

'암살인형' 을 닥치는 대로 베고 있는 쥐꼬리 같은 저 땋은 머리는?

'북두——?! 자, 잠깐, 이게 무슨 일이야?'

"우와~~~~! 열—라라라라라———신나는데!!"

나름 기합소리도 운율을 맞춘답시고 저 모양인가 보다. 말하는 본인은 매우 만족스러우시다. 바보다, 바보.

열댓 명의 암살인형에게 포위당한 북두를 향해 소가는 말 그대로 피보라를 날리며 뛰어들었다.

"이 바보! 혼자서 뭐하는 거야!"

"어, 괴구나."

본가의 '암살인형'은 최고의 소수정예다. 지금까지 상대했던 자객들과는 차원이 달랐다. 전화왕과 함께 전쟁터를 누볐던 '바람의 늑대' 조차도 작전수행 중 수많은 대원을 잃었고, 결국에는 '흑랑'만 남게 되었을 정도다. 그래서 아무도 데리고 오지 않았던 것인데.

"자기 발로 여기까지 왔으면 각오를 하라고! 안 그러면 진짜 죽어버리니까!"

끝없이 몰려드는 '암살인형'을 모조리 해치웠을 때에는 제아무리 소가라도 숨을 헐떡이고 있었다. 온몸이 피범벅이다. 이 정도로 베어도 칼날 하나 나가지 않은 '간장'과 '막야' 덕분에 간신히 북두와 함께 무사히 위기에서 벗어날 수 있었다.

아무 말 없이 두 사람은 적당한 나무에 올라가 기척을 죽이고 한숨을 돌렸다.

그리고 소가는 콱, 하고 소리 없이 입술의 움직임만으로 고함쳤다.

'이 바보 녀석아! 원숭이! 자객 주제에 정문으로 쳐들어오면 어쩌자는 거야! 한 사람씩 그림자처럼 쫓아가 싸싹 하고 죽이는 게 자객이잖아?! 그것보다, 왜 네가 여기에 있는 거야?!'

북두도 뒷머리를 긁었다. 괴가 오지 않았다면 진짜 죽었을 거다. 아니, 괴까지 위험한 상황에 빠뜨릴 뻔했다. 북두도 입만 뻐끔거리며 사과했다.

'미안… 근데 그건 아니다. 갑자기 불쑥 하고 나타났다고!'

'불쑥? 네가 알아차리지 못한 게 아니고?'

'그렇다니까. 저쪽이 좀 수상한걸? 하는 생각이 들어서 가까이 갔더니 갑자기.'

북두가 가리킨 쪽은 별거 없어 보이는 널찍한 정원이었다. 정원수와 연못밖에 없다.

하지만 소가는 등줄기가 오싹했다. '간장' 과 '막야' 가 그 방향을 향해 울고 있었다.

'…북두… 뭔가 이상한데?'

'아, 그러니까 찌그러져 보이지 않아?'

전혀 아니다. 어쩌면 북두는 선천적으로 표가도 탐낼 주술사로서의 잠재능력이 있는지도 모른다. 지금이야 야성의 감으로 사용하고 있을 뿐이겠지만.

'…그 찌그러져 보인다는 게 정확하게 어딘지 알려줘. 정확하

게.'

환영이나 눈속임의 주술이라면 보검으로 깨뜨릴 수 있을 터였다.

또다시 줄줄이 모여든 '암살인형' 들을 이번에는 그림자처럼 소리도 없이 해치우고 나서, 북두가 가리키는 장소에 서서 '간장' 과 '막야' 를 휘둘렀다. 그러자 예상했던 대로 마치 덮고 있던 천이 찢어지듯 완전히 다른 풍경이 나타났다.

"뭐야?!! 이게 뭐야?!! 마술이야?"

"주술사가 들으면 울겠다. 다음에 만나면 한번 말해주라고. 넋 빠진 얼굴 하지 말고 암살인형 맞을 준비나 하시지."

그러나 '암살인형' 은 나타나지 않았다. 아까의 대결로 제1진은 막아낸 모양이다.

그곳에는 크고 검은 탑이 그림자처럼 서있었다. 마치 초승달에까지 닿을 것 같은 높은 탑이었지만 소가는 어디선가 비슷한 것을 본 적이 있는 것 같았다.

'그렇구나… 어딘지 선동궁과 비슷한 느낌인걸.'

잠겨진 선동궁. 채팔선에게 인정받은 '시대의 왕' 이 출현했을 때에만 열린다는 궁전. 잠겨진 정적의 탑. 소가는 깊이 생각하지 않고 감상을 말했다.

"탑에 갇힌 공주님인가."

"아, 나 읽은 적 있어! 그 정도는 읽을 수 있게 되었다고. 구하러 가는 건 강하고 멋진 왕자님이지?! 그래서 아름다운 공주님과 맺어지는 거잖아. 그렇게 되면 어떻게 할 거야?"

어떻게 하긴 뭘 어떻게 해?! 어떻게 될 리가 없잖아. 북두의 머릿속이 딱해서 소가는 마음이 짠했다.

"북두… 현실을 보자고. 우린 자객이잖아? 죽이러 온 거야. 공주님과 자객이 맺어진다니 말도 안 되잖아. 악당처럼 납치할 수야 있겠지만."

소가는 말을 하면서 묘한 기시감을 느꼈다… 있을 수 없는 일이라 말은 했지만 어디선가 비슷한 옛날이야기를 본 것 같았다.

『감금 변태와 약탈남 이야기던데요. 있을 수 없는 일이죠. 자신을 납치한 남자와 행복하게 잘 살다니요.』

…………어라? 장미공주?

'아니아니, 무슨 생각을 하는 거야. 이 냉혹한 내가 약탈남이 될 리가——.'

소가는 헉 하고 옆의 사내를 보았다. 콧노래를 불러가며 '좋잖아, 공주님과 냉혹한 암살자의 금단의 사랑! 감금 변태의 손에서 공주님을 약탈하는 거야! 진짜 멋지잖아!' 라며 혼자 들떠있다.

소가는 전율을 느꼈다. 북두라면 약탈남에 완전 딱이다.

그 순간, 북두와 소가는 살기를 느끼고 몸을 피했다. 방금 서 있던 장소에 무기가 날아왔다. 살짝 목을 베였을 정도로 대단한 솜씨였다.

소가는 조금 놀랐다. 흔히 볼 수 없는 독특한 무기였다. 무용

도구에서 발달했다고 하는 바깥쪽에 날이 달린 원형무기로 여자객이 사용하곤 하는 건곤권(乾坤圈).

"히야~ 희한한 무기를 쓰네. 악녀계 초미녀 자객과의 만남, 기대하시라! 자, 어때?"

두 개의 원형 무기는 마치 실이라도 달린 듯 빙글빙글 돌며 되돌아간다.

물론 흉기의 주인에게.

상대를 본 소가는 어안이 벙벙했다. 북두도 입을 떡 벌리고 있다.

"…물론 20년 후에는 틀림없는 초절정 미녀…지만 지금은 애잖아?"

양손에 든 무기가 몸의 반 이상을 가린다. 나이는 6, 7살 정도?

소가도 많은 아이 '암살인형'을 상대해왔지만 이렇게 어린 아이는 처음이었다.

"…당신들은 공주님을 데려가려고 왔습니까?"

소가는 두 번 놀랐다.

어눌하지만 아이의 입에서 나온 말이었다. 말을 할 수 있는 '암살인형'은 거의 없었다. 더군다나 아이는 세뇌하여 신체능력을 증강하지 않으면 쓸 수 없는데.

잘 보니 공격자세를 잡고는 있지만 손에 든 건곤권이 떨리고 있다. 멋대로 움직이려는 몸을 필사적인 의지로 제어하고 있는 듯이 보였다. 의지가 있는 것인가. 세뇌가 풀리고 있는 것인가.
소가보다도 먼저 북두가 거만한 태도로 쥐꼬리 같은 땋은 머리를 흔들었다.
"그래. 우린 공주님을 구하러 왔거든. 보내줄 거지? 아가씨."
"북두!"
"바보, 저런 아이를 상대하느니 '공주님을 구하러 왔어요~' 라고 속여서 밀고 들어간 다음에 '공주님' 을 뎅강 해버리는 게 훨씬 낫지. 당연한 거 아니야? 우린 자객이잖아?"
"…아… 그래… 뭐랄까… 오늘 처음 자객다운 말을 하는구나…."
말은 그렇게 했지만, 북두 말이 맞을지도 모른다. 그렇게 생각한 순간──.
아이가 사납게 북두를 노려보았다.
"당신, 속여서 '공주님' 을 뎅강 해버린다고 하셨죠? 거짓말쟁이."
신체 능력이 증강되어 있는 '암살인형' 답다─ 귀가 보통 밝은 게 아니다.
북두는 순순히 '…죄송합니다' 라고 진심으로 사과했다. 태어나서 처음 있는 일일 거다.
아이는 소가를 올려다보았다.
"…당신은 공주님과 '──' 를 맞바꿀 수 있나요?"
"…응?"

"그럴 수 있다면 소임을 어기더라도 문을 열어드리겠어요. 할 수 있나요?"

할 수 있나요?

"공주님과 '——' 를 맞바꿀 수 있나요?"

북두는 어리둥절한 표정이었다. 무슨 소리야? 고개를 갸웃거린다.

"…할 수 있지."

소가는 아무렇지 않게 거짓말을 했다. 바로 '속여서 밀고 들어가기' 작전에 돌입한 모양이다.

"…정말로 그렇게 해주실 건가요? 공주님의 사슬을 풀어준다고 약속할 수 있어요? 공주님이 사슬을 풀면 안 된다고 해도 풀어주실 건가요?"

소가는 조금 놀랐다. 사슬을 풀어서는 안 된다고?

"'공주님' 이 그렇게 말했어? 여기서 나가고 싶지 않다는 말인가?"

이용당하고 있는 게 아니라 원해서 협력하고 있다는 건가?

"아닙니다… 몇 천 년이 걸리더라도 언젠가 반드시 나갈 거지만 지금은 안 된다고 하셨어요. 전 이제 얼마 안 있으면 공주님께 몸을 드리고 죽어야 하기 때문에 뭔가 해드리고 싶어서."

——빙의. 이 아이가 '장미공주' 의 다음번 육체로 사용될 무녀인 것이다.

"…만약 네가 소임을 어긴 게 드러나면 어떻게 되지?"
"명령에 따르지 않는 '암살인형'은 망가집니다. 바로 '폐기처분' 되리라 생각됩니다."
북두는 얼굴을 찌푸렸다. 그야 자기도 자객이지만 이렇게 어린아이가 말하니 섬뜩하다.
"…야, 야, 괴, '폐기처분'이라니 설마?"
"…처단한다는 거겠지. 이름은 뭐지?"
"주취라고 합니다."
누가 이름을 물어봐준 게 기쁘다는 듯이 주취는 머리를 깊이 숙여 인사를 했다. 자객인데도.
소가는 아주 자연스러운 동작으로 주취의 가느다란 목덜미를 손으로 쳤다. 소가는 풀썩 하고 쓰러진 주취를 안아올리더니 망연자실하게 보고 있던 북두에게 내밀었다.
"자, 북두, 이 아이를 부탁할게. 데려가서 지켜주는 걸 최우선 목표로 삼고 죽을힘을 다해 선동성으로 달아나. 이대로 두면 죽을 수밖에 없어. 명령이다. 여기서부터는 나 혼자 가야 해."
"헉! 이렇게 두부처럼 말랑말랑하고 쪼끄만 건 만져본 적이 없는데? 으, 으으으, 잘못해서 계란처럼 팍 깨지면 어떻게 하지?"
"좋은 기회니까 한번 도전해봐. 울리지 말고, 깨뜨리지 말고, 죽이지 말고."
억지로 북두의 팔에 주취를 안겨준 뒤 소가는 닫힌 탑의 문을 보았다. 어떤 주술이 걸려있다 해도 '간장'과 '막야'라면 깰 수 있다고 우우 님이 말했다. 그렇다면.

'완력으로 열어주도록 하지.'

소가는 전광석화처럼 앞으로 내딛으며 쌍검을 휘둘렀다. 검이 엄청난 불꽃을 튕기며 반응했다. 이런 일은 처음이다. 징징거리는 소리가 들릴 것 같은 엄청난 반응이다.

옷 끝자락이 그을린 것 같은 냄새가 나면서 부서진 문 저쪽에 버티고 선 '암살인형'이 보였다.

생각하기도 전에 소가는 섬광처럼 검을 내리쳤다.

북두는 축 늘어진 아이를 팔에 안은 채 어쩔 줄 모르고 있었다. 작은 몸과 높은 체온, 두부처럼 부드러운 느낌에 감격해 있었다. 굉장해! 이 무슨 신비한 생명체냐!

그러나 감격해 있을 틈도 없이 마치 탑 안에 괴가 침입한 것을 감지라도 한 듯이 자객들이 나타났다. 괴와 함께 간신히 물리친 상대들이다. 여기서 죽을 순 없다.

"할 수 없지. 내 싸움 철학에는 어긋나지만 도망치고 도망치고 또 도망쳐서 살아남는 게 이기는 거지!"

지금까지는 생과 사의 갈림길에 서있다는 것에 쾌감을 느꼈지만 지금은 조금 달랐다.

'흠, 연약한 생명을 지킨다는 건 왠지 멋진걸!'

이것이 훗날 의적 '다주의 독수리'가 되어 상림과 요춘에게 '줄행랑 전술'을 전수하는 시발점이 되는 경험이었다.

주춰를 안고 맹렬하게 달아나면서 문득 북두는 아까 주춰가 했던 말을 떠올렸다.

『당신은 공주님과 '——' 를 바꿀 수 있습니까?』

북두는 또 한 번 고개를 갸웃했다. …뭔가 다른 의미라도 있는 건가?

바꿀 수 있냐니.

'무리지. 아무리 생각해봐도. 내가 알고 있는 단어가 맞는다면 절대로 불가능하지… 누구나 다 그런 거 아닌가? 평생 매여 있으세요, 하고 무릎을 꿇고라도 부탁하지 않을까?'

탑의 공주님을 구하는 왕자라면 할 수 있는 건가?

하지만 그렇게 되면 행복하게 잘 살았다로 끝나기 어려울 것 같았다. 그렇잖아.

"'세계' 라니. '세계' 를 주고 공주를 구하면, 세상은 어떻게 되는 거야?"

이해가 안 되는 건 생각하지 말자는 주의이기 때문에 북두는 더 이상 생각하지 않았다.

7

수십 명에 달하는 '암살인형' 을 차례차례 쓰러뜨리며 소가는 나선계단을 뛰어올라갔다. 올라갈수록 쌍검이 발하는 소리가 공명하듯이 점점 커진다.

마치 영원으로 이어질 것 같았던 계단이 갑자기 뚝 끊겼다.

아무도 없는 방 한가운데에 말쑥한 탁자가 하나 놓여 있었다. 소가는 천천히 그 널찍한 옥상과는 어울리지 않는 소박한 탁자를 향해 다가갔다.

작고 둥근 수정이 달빛에 반짝이며 비단 위에 보물처럼 놓여 있었다.

'…? 안에 뭔가가… 깨알 같은 뭔가가 있다.'

깨알은 알록달록했다. 얼굴을 들이대고 보니 집과 장미덩굴처럼 보인다.

그 안에서 뭔가가 움직인 것 같았다. 소가는 별 생각 없이 수정을 들어올렸다.

쌍검이 한층 더 큰 소리를 냈다.

엄청난 힘으로 빨려 들어간다고 느낀 순간.

…소가는 수정 속에 있었던 장미덩굴 속에 홀연히 서있었다.

"…………?! ???"

경악에 찬 비명을 꿀꺽 삼킨 것은 그나마 남아있던 '흑랑'으로서의 습성이었다. 적이라도 있었다면 어쩔 뻔했나.

'그 수정 속에 들어온 건가?'

상황적으로 볼 때 답은 그것밖에 없었지만 수정 속이라니 믿을 수 없었다. '끝'이 없었다. 만두 정도 크기의 작은 수정이었는데 영원히 걸을 수 있을 것 같은 생각이 들었다. 위를 보아도 천장은 찾아볼 수 없었다. 한밤중이라 보이지 않는 건지도 모르겠지만 천장이 있다면 하늘 가득한 별도 초승달의 빛도 조금은 반사되련만, 눈에 비치는 건 진짜 밤하늘이다.

적막이 감돌고 있었다. 자객은커녕 누구의 기척도 느껴지지 않았다. 그랬다. 장미는 갖가지 색깔을 뽐내며 흐드러지게 피어 있지만, 다른 생명의 기척은 전혀 느껴지지 않았다. 짐승이나 새, 벌레의 울음소리조차도 들려오지 않는다. 기분 나쁠 정도의 정적에 휩싸여 있었다. …아니다.

'…이호 소리?'

불현듯이 어디선가 깊은 울림을 갖는 이호 소리가 맑고 높게 들려오기 시작했다.

소가는 '간장'과 '막야'를 내려다보았다. 이 세계와 마찬가지로 아무 소리도 내지 않고 있었지만 신기하게도 그 '침묵'이야말로 마지막 목적지에 도달했다는 표시라는 생각이 들었다.

——장미공주.

쫓고, 쫓고, 쫓아온 그의 단 하나의 '살아갈 이유'인 상대.

『공주님의 사슬을 풀어준다고 약속할 수 있어요?』

…사슬을 풀기 위해서가 아니다. 이 손으로 죽이기 위해 소가는 살아있었다.

——그러나 나무 밑동에 기대어 이호를 켜는 한 여인의 모습을 훔쳐보았을 때.

그 순간, 모든 것을 잊어버렸다.

고개를 숙인 옆얼굴은 뺨에 늘어진 검은 머리카락에 가려 제대로 보이지 않았다. 투명한 흰 눈 같은 피부에 물기를 머금은 붉은 입술, 우아한 손가락 하나하나에 시선이 빨려든다.

…짙은 장미향기 때문일까, 머리가 어지러웠다.

장난처럼 현을 튕긴 그녀가 뭔가를 알아차린 듯 희미하게 반응했다.

그 순간, 바람이 멎었다. 찌르듯 날카롭고 의연한 아름다운 목소리가 밤을 갈랐다.

"…누구냐. 나오너라."

———정면으로 얼굴을 보고 싶었다.

소가는 그 일념으로 주저 없이 잎사귀를 밟으며 넝쿨을 헤치고 앞으로 나갔다.

그 섬광 같은 눈빛과 눈이 마주친 순간, 소가가 할 수 있는 것이라곤 얼굴 표정을 유지하는 것이 전부였다.

조금 눈을 깜빡였는지는 모르겠다. 기묘하게 기분 좋은 전율이 등줄기를 타고 올라왔다.

하늘의 선녀 같은 사람이었다. 슬쩍 보았던 모든 부드러운 아름다움은 긴 속눈썹에 감싸인 강한 눈빛 하나로 범접할 수 없는 고귀함으로 변모했다. 몸이 떨렸다.

범접할 수 없는? 아니다. 지금 당장이라도 손목을 잡고 꿈이나 환영이 아닌지 확인해보고 싶을 정도다.

농밀한 밤장미 향기에 현기증이 났다.

잔금 하나 가지 않았던 자신의 껍질이 소리를 내며 부서지고 있었다. 무언가가 쏟아지는 느낌이 들었다.

소가는 언제 자신이 입을 열었는지, 무슨 말을 했는지 알 수가 없었다.

"…네가, '장미공주' 인가?"

이토록 힘없고, 갈라진 자신의 목소리를 듣는 것은 태어나서 처음이었다.

8

"…호오, 그대는 자객인가. 잘도 여기까지 왔군. 칭찬해주겠다."

장미공주는 다음 순간, 청년이 두 자루의 검을 들고 있다는 것을 알아차렸다. …음양의 검.

꿈에서 본 청년은 뒷모습이었지만, 검은 복장에 머리를 뒤로 묶은 모습은 똑같았다.

'…예지몽이었나.'

장미공주는 거만하게 머리를 쓸어올렸다. 자, 어떻게 대한다.

"흥, 나를 죽이러 왔느냐?"

침묵. ……?

"…나를 죽이러 왔느냐고 물었다."

침묵. 상대는 황실 대대로 내려오는 보검을 손에 든 채 우두커니 서서 꼼짝도 않고 있다.

"대체 뭐하러 온 놈이냐! 그렇게 무게 잡고 있으면 내가 바보 같지 않느냐. 무슨 말이든 하라!"

이 고함에 소가도 제정신이 돌아왔다. ——제정신이 돌아와?! 제정신이 돌아오다니 뭔 소리냐, 내가!

"이, 이—— 무슨 요망한 요술을 건 거냐? 소문대로 무서운 여자군!"

"아무것도 하지 않았다, 멍청이!! 너 같은 얼뜨기가 잘도 여기까지 왔구나."

"그야, 각오가 다르니 당연하지."

소가는 천천히 눈을 깜박였다. 어디선가 철컥, 하고 뭔가가 바뀌는 듯한 소리가 나더니 소가의 눈빛이 차가워졌다. 이는 소가의 일종의 의식(儀式)이었다. 상대가 아이건 어른이건 필요하다면 해치운다. 더구나 오늘 눈앞에 있는 상대에게 망설임 따윈 있을 리가 없었다.

"널 죽이기 위해 살아왔다."

다음 순간 소가는 단숨에 간격을 좁히더니 전광석화처럼 장미공주의 가느다란 목에 '간장'을 들이댔다.

죽이는 상대의 눈을 보는 것은 '흑랑'으로서의 습관이었던가. 아니면 보지 않고는 배길 수 없었던 것일까. 칠흑의 밤을 찢는 섬광처럼 준연한 눈동자를.

————보지 않았어야 했다.

한순간도 공포의 빛을 띠지 않고 그저 속눈썹을 움직이듯 자신의 목을 누르는 검을 흘낏 보고는—신의 속도로 움직이는 소가를 직시할 수 있을 리가 없는데도—소가를 똑바로 바라보았다.

차갑게 얼어붙은 냉엄함. 어리석은 행동에 이젠 절망하는 것조차 포기한 눈.

그녀는 그저 바라보고 있을 뿐이었다. 기묘한 생각이 소가의 머릿속을 스쳐갔다. 이성이 아닌 직감에 의한 것이었다.

인간이 어디까지 하는지. 자신의 욕심을 위해, 어디까지 하는지.

차갑게 내치는 그 경멸의 눈으로 그녀는 소가를 보고 있었다. 지금 그녀가 소가에 대해 느끼고 있는 감정은(감정을 느낀다고 한다면), 그게 전부였다. 내리친다면 그 이하가 된다.

그래서 어떻다는 거냐. 어떻게 생각하든 내 알 바 아니다.

그렇게 생각해야 하는데.

장미공주는 머리카락 한 올만큼 목에서 떨어져 있는 칼날을 표정 없이 바라보았다. '간장'의 칼날 아래 그녀의 아름다운 검은 머리가 소리도 없이 잘려 떨어졌다. 마치 그녀 안에서 소가의 평가가 어느 정도 떨어졌는지 보여주기라도 하듯이.

소가는 어금니를 악물었다. 마치 모든 감정이 다 뒤엉킨 느낌이었다. 언제라도 냉정하고 완벽하게 감정을 제어해왔던 소가다. 이 감정은 대체 무엇이란 말인가.

그녀는 소가를 싫어하는 것조차 아니다. 그저 경멸할 뿐. 그 눈이 견딜 수 없었다. 왜냐! 그녀에게 내가 아무런 가치가 없다고 해서 그게 어떻다는 것인가.

——선대 '흑랑'이 죽게 된 원인이다.

희미하게 사슬 소리가 났다. 양손 양발에 채워진 족쇄. 백 년 동안 살아있는 것이라곤 아무것도 없는— 쓰르라미도 울지 않는 이곳에 갇힌 채, 그 신비한 힘을 표가의 인간들에게 이용당하기 위해 살아왔다. 그리고 이제는 치세(治世)에 방해가 된다 하여 소가라는 인간에게 목이 베여 처단될 운명을 맞고 있다.

잘못된 건 어느 쪽이냐.

어디까지 할 것인가. 그 담담한 단죄의 눈이 견딜 수 없는 것은.

그녀의 눈길이 칼날에서 소가로 옮아왔다.

"…묻도록 하지. 너는 이곳에 살기 위해 왔는가, 죽기 위해 왔는가."

소가는 흠칫 놀라 눈을 크게 떴다.

『너 자신은 어떻지? 살기 위해 온 것이냐? 아니면 죽기 위해 온 것이냐?』

홍가를 떠난 그날 선대 '흑랑'이 물었던 말.

살기 위해 살기 바란다고 선대 '흑랑'은 소가를 위해 소망해주었다. 그 무렵 소가는 살기 위해 산다는 의미가 이해되지 않았지만, 선대나 왕과 함께 있을 때에는 뭔가 알 것 같기도 했다.

하지만 선대가 세상을 뜬 후부터 소가는 죽기 위해 사는 길을 택했다. 처음보다 더 나쁘다.

'어째서.'

이 여인이 그 사람과 같은 물음을 던지는가. 지금, 이 순간에.

"죽기 위해 왔다면 원하는 대로 이 목을 베어라. 그로써 네 안의 무엇인가가 걷힌다면 그렇게 하도록 하라. 하지만 살기 위해 왔다면 돌아가라."

"…? 무슨 의미냐?"

"말 그대로다. 여기까지 온 것을 생각하면, 그 기량이 남보다 떨어지지 않는 것은 확실하겠지. 쓸데없는 고민에 머리 썩히지 말고 얼른 해야 할 일을 해치우도록 하라. 수없이 많은 목을 베었듯이 내 목도 베면 된다. 그 얼음 같은 마음이라면 눈썹 하나 움직이지 않고 해치울 수 있을 것이다. 그걸로 끝일뿐."

네 마음이 풀린다면 남을 죽여도 된다는 말 같았다.

소가는 마음속에서 짜증이 밀려왔다. 이런 사태는 예상치 못했다.

소가는 '간장' 을 거둬들였다. 두 검을 검집에 넣었다. 장미공주는 그쪽을 선택한 것이 의아하다는 것처럼 신기한 동물이라도 보는 듯한 눈을 했다. 마치 당연히 소가는 목을 베는 쪽을 선택할 사람이라고 말하듯이. 제기랄.

그러나 짧은 순간, 검을 집어넣는 소가를 본 그녀가 살짝 누그러진 듯한 느낌을 받았다.

"자객치고는 이상한 녀석이로고. 살려고 온 것인가. 그렇다면 썩 돌아가거라."

"누가 돌아간다는 거냐."

"…뭐라?"

"결론이 날 때까지 여기서 생각하겠다. 너를 죽일지 돌아갈지, 납득이 갈 때까지 생각하면 되겠지?"

"……인간치고도 이상한 녀석이로고."

그녀의 '물음'의 신의를 직감적으로, 하지만 아주 정확하게 파악하고는 이렇게까지 정면으로 받아들여 결론이 나올 때까지 생각하겠다고 한 인간은 처음일지도 모른다.

인간의 반 정도는 그녀의 물음보다도 자신의 대답을 우선시한다. 나머지 반은 리앵처럼 물음의 의미를 알고 있으면서도 모른 척하거나 대답을 미룬다. 그러나 이 인간 남자는 지금부터 대답을 찾을 때까지 생각하겠다고 했다. …조금 흥미가 생겼다.

검을 집어넣은 소가는 지면에 살짝 쌓인 칠흑 같은 머리카락을 보았다. 여성이라면 누구라도 자랑할 만한 아름다운 머리카락을 소가는 헤아려주지도 않고 잘라버렸다. …이런 것일지도 모른다. 표가와 소가가 그녀에게 한 짓은. 멋대로 여인의 머리카락을 잘라버릴 권리는 누구에게도 없는 것이다.

"…머리카락… 미안하다."

"머리카락? 아, 괜찮다. 또 자랄 테니. 조금 썰렁하긴 하겠지만…."

머리카락이 잘려나간 그녀의 오른쪽 목덜미에서 어깨까지 새하얀 피부가 드러나 있었다.

쓰다듬고 싶었지만 자신의 손가락에 피가 엉겨붙어 있는 걸 보고 뻗으려던 손을 거두었다.

장미공주는 다시 말했다. 이 남자는 머리카락을 자른 것만 가지고 사과하고 있는 것은 아닌 듯했다.

"사죄는 받아들이겠다. 용서해주겠노라. 여기에서 나를 죽일지 돌아갈지를 생각하고 싶다면 마음대로 해라. 우물을 쓰고 싶으면 그렇게 하고. 뒤쪽이다. 또 뭐가 있느냐, 2호?"

"……잠깐, 2호라니 무슨 소리야?"

뭐냐, 그 미묘한 느낌을 주는 호칭은? 젊은 제비냐? 잠깐 가슴이 설레었던 자신이 믿어지지 않는다.

"여기에 온 두 번째 자객이니 2호가 아니겠느냐. 이름을 모르니 지금 그렇게 정했다."

"맘대로 정하기 전에 물어보라고!! 난 소가, 홍소가다."

말을 해놓고 나서 소가는 스스로도 기겁할 정도로 놀랐다. 자객으로서 사용하는 암호명이 아니라 본명을 말하다니, 바보 아닌가. 여기에 온 뒤로 뭐든 게 정상이 아니다.

"흥, 내게 이름을 밝히다니 배짱이 좋군. 뭐, 좋다. 그 희한한 성격이 맘에 들어 봐주기로 하겠다, 소가."

소가.

이름을 불렸을 뿐인데도 소가의 마음에 쾌감 같은 떨림이 흘렀다.

…소가는 지금껏 누가 자신의 이름을 불러준다는 것의 의미를 모르고 있었다는 사실을 깨달았다. 지금 이 순간부터 그녀의 눈앞에 있는 자신은 그녀에게 있어 자객도 아닌, 괴두도 아닌, 인간의 남자도 아닌 홍소가가 된 것이다.

어디로도 도망갈 수 없다. 그런 기묘한 생각이 들었다. 도망을 가다니 어디로, 뭘 피해서?

뭘 피해서.

불가항력으로 그를 잡아끄는 그녀의 눈과 목소리에서 벗어나고자 그는 얼굴을 돌렸다.

사실은 자신의 마음에게서.

도망갈 수 있을 턱이 없다.

소가는 그 뒤 바로 우물로 향했다. 마음을 가라앉히고 마음을 비우자. 마음을 비운다. 참으로 좋은 말이다. 우선 아무것도 생각하지 않도록 하자. 마음을 비우는 것은 중요하다. 이런 때 쓰는 말은 아니지만, 아무래도 좋았다. 우물에서 물을 길어 둥글고 납작한 대야에 부었다. 웃옷을 벗고 보니 온몸이 피를 뒤집어쓴 것 같은 처참한 몰골이다. 그녀는 얼굴색 하나 바꾸지 않았지만 피비린내도 상당히 심했을 것이다. 머리카락도 피가 엉겨붙어 뻣뻣하다.

이 피투성이 몰골을 그녀는 하나도 남김없이 그 눈으로 보고 있었던 것이다. 그래서? 그래서 어떻다는 거냐. 그 하얀 목덜미를 만질 수도 없었던 피 묻은 손가락. 자신의 의지로 선택한 삶이었다.

후회는 없었다. 하지만 머리가 빙빙 돌았다. 자신이 살아온 삶에 대한 것은 아니었다.

'――유리상자 같은 데라도 들어가 있으라고!!'

그렇다면 어차피 만지지 못하니까 체념할 수 있다. 이렇게 침울한 기분이 되지도 않을 것이다.

소가는 세탁에 집중하기로 했다. 깨끗해질 때까지 열심히 빨아 잘 털어 말렸다.

일할 때처럼 열심히 세탁을 해서인지 엄청난 속도로 자기가 생각해도 완벽하게 끝났다.

그리고는 물에 적신 수건으로 몸에 엉겨붙은 피를 깨끗이 닦아냈다. 거의 끝나갈 무렵.

찰랑하고 사슬이 울리는 소리가 들렸다. 아마 다섯 걸음 정도 떨어진 위치다.

"……………."

소가는 굳이 돌아보지 않았다. 우물에 다리가 생기라고 태어나서 처음으로, 진심으로 기도했다. 우물이 달려서 도망친다면 자신도 쫓아 달아날 수 있다. 지금 솟아라, 다리여!

그러나 다리는 생기지 않았고, 소가는 어떤 기척도 못 느꼈다는 듯이 행동하는 차선책을 택할 수밖에 없었다. '흑랑' 으로서의 체통은 버렸다. 엉겨붙은 피를 씻어내려고 뻣뻣한 머리카락을 감다가 동작을 멈췄다. 이젠 더 이상 참을 수가 없었다. 어째서. 세상 어떤 고문도 참아낼 자신이 있는 나인데.

흘낏 눈을 돌려보니 엄청나게 우아한 자세로 앉아 소가를 바라보고 있다. 땅바닥에 앉아.

"……뭐야?"

"묻고 싶은 게 있다. 끝나고 해도 괜찮다."

"지금 말해주겠어? 부탁이니까."

묻고 나서 얼른 보이지 않는 곳으로 사라져 달라고.

"그럼 묻도록 하지. 주취를 어떻게 했나? 일곱 살 정도 되는 귀여운 여자아이인데 '암살인형' 으로 세뇌되었지. 어떻게 했나—— 죽였나?"

"…죽이지 않았어. 그 아이라면 내 동료와 함께 달아났다."

잠시 동안, 상당히 인간다운 안도의 표정이 아름다운 얼굴에 번졌다.

"그렇군. 그 말이 듣고 싶었다. …고맙다."

그러나 장미공주는 일어나지 않았다. 그 자세 그대로 흥미진진하게 소가가 몸을 닦는 모습을 지켜보고 있었다.

실제로 사람이 오는 일도 거의 없고, 리앵이 몸을 닦는 일도 없었기 때문에 장미공주에게 있어서는 상당히 신선한 광경이었다. 무료함을 달래는 데에는 안성맞춤이었다.

저 엄청난 피비린내를 볼 때 상처를 입었을지도 모른다고 짐작했는데 어이가 없을 정도로 긁힌 상처 하나 없다. 황실의 보검을 가지고 있다고는 하나, 전에 왔던 여 자객도 이곳에 왔을 때는 상처투성이였다. 스무 살도 안 되어 보이는데 대단한 실력을 가지고 있는 모양이다.

'흐음, 꽤 남자다운걸. 호리호리하지만 싱싱함 넘치는 좋은 몸매로고.'

소가는 무슨 판다라도 된 기분이었다. 창피한 걸 떠나서 호기심에 가득 찬 눈으로 관찰당하고 있다는 것에 묘하게 열이 받았다. 웃통을 벗은 남자를 본 묘령(?)의 처자의 반응은 보통 이렇지 않을 텐데. 그래, 아무리 그래도 판다는 아니지.

"…그렇게 빤히 쳐다보면 불편한데."

"불편하게 생각하지 말라."

"불편하니까 하지 말라고 하는 거지."

"기분 탓이다, 기분 탓."

시치미를 딱 떼고 있는 장미공주의 모습에 소가도 마음을 독하게 먹었다.

"…어, 그러셔."

소가는 머리의 물기를 짜고는 수건으로 대충 닦았다. 그리고는 성큼성큼 장미공주에게 다가갔다.

장미공주는 눈을 동그랗게 떴다. 어느 새 눈앞에 서서 빤히 내려다보고 있었다.

———나를 내려다봐? 감히?!

이제와 일어나는 것도 우스워 보이는데다가 어차피 일어나봤자 상대의 키가 더 크다. 장미공주는 울컥 치받는 화를 필사적으로 억누르며 간신히 위엄을 유지한 채 땅바닥에 앉아있었다. 굴욕이다.

소가는 머리카락이 잘려나간 쪽을 물끄러미 바라보고 있다. 아직도 신경이 쓰이나 보다.

원래 머리카락이 있어야 할 텅 빈 부분에 손을 뻗었지만 머리끝에서만 살짝 맴돌다가 머리카락에도 목덜미에도 스치지도 않은 채 손을 거둬들였다.

문득 아래를 보더니 천천히 그 가냘픈 손목을 잡아올렸다. 정확하게는 족쇄 부분을. 족쇄에는 얇고 긴 사슬이 이어져 있었다. 똑같은 족쇄가 날씬한 두 발목에도 채워져 있다. 소가는 그 너무나도 가벼운 족쇄와 사슬을 의심쩍다는 듯이 쳐다보며 돌려보았다. 장미공주의 살갗에 닿지 않도록 조심하면서.

"…이건? 진짜같이 보이고 묘하게 질감이 있어서 만져지기는 하지만, 아닌 거지?"

장미공주는 한쪽 눈썹을 치켜 올렸다. …한갓 인간인 주제에 꽤 눈이 날카로운걸.

"주술로 사슬과 족쇄처럼 보이게 해놓았지만 원래는 빛이나 바람, 소리 같은 것이다. 아무리 걷고, 구르고, 춤을 춰도 엉키지 않고 무겁지도 않은데다 영원히 걸을 수 있을 정도로 길다.

가끔 이게 채워져 있다는 걸 느끼면 거추장스럽기는 하지만 말이다… 흥, 이제 일을 할 생각이 들었나? 소가."

결론은 내렸느냐, 죽일 마음이 생겼냐고 소가에게 묻고 있다.

소가는 아직 생각하지 않고 있었다. 전혀. 생각하기 전에 확인해야 할 것이 있었다.

"…미안하지만 한 번만 만질게."

소가는 중얼거리듯 말하더니 거침없이 손을 뻗었다. 새하얗고 차가워 보이는 목덜미도 만져보니 따뜻했고, 부드럽고 매끄러운 흰 눈 같은 피부였다. 만져도 사라지지 않는다. 이 인형보다도 완벽한 미인은 꿈이나 환영이 아닌 현실에 존재하고 있는 게 확실했다.

그녀의 피부를 만지고 있자니 손끝부터 심장까지 온몸이 감미롭게 욱신거렸다. 윙 하고 뜨거운 전율이 흐른 듯한 느낌이 든다. 머리에 물을 끼얹었는데도 전혀 가라앉지 않는 건 도대체 어찌된 일인가.

소가는 가느다란 목덜미에서 간신히 손가락과 눈을 떼고는 무뚝뚝하게 발걸음을 돌렸다. 빨아서 짜놓았던 상의를 대충 걸쳤다. 이 이상 가까이 있으면 손보다도 더 처치 곤란한 부위를 뗄 수 없게 될 것 같아 두려웠다. 확인하고 싶었던 것은 확인했다.

소가는 의식적으로, 마치 작업상태로 머리를 전환시키려는 듯이 천천히 눈을 깜빡였다.

그래, 여기서 생각하기로 결정한 것은 더 중대한 일을 위해서였다.

『이제 일을 할 생각이 들었나?』

"…지금부터 죽도록 생각해서 다시 오겠다. 혼자 있게 해줘."

"그런가. 알았다."

그녀는 어떤 단어가 마음에 들었는지, 만족스러운 듯 얼굴을 빛냈다. 뭘까?

우아하게 밑단을 펄럭이며 돌아가는 장미공주와 반대방향으로 소가는 발걸음을 돌렸다.

'그러고 보니, 죽도록 뭔가를 생각해본 적은 한 번도 없었구나.'

어쩐지 그녀가 만족스러운 얼굴을 한 것은 그 때문일지도 모른다는 생각이 들었다.

9

소가는 저택에서 조금 떨어진 곳까지 걸어가 적당한 풀밭 위에 털썩 누워 하늘을 바라보았다. 세계는 여전히 위태롭게 매달린 초승달과 하늘 가득 별이 반짝이는 밤이 계속되고 있었다.

'…하지만 아무도 오지 않는 게 더 신경 쓰이는걸. 너무 이상하잖아.'

침입을 눈치채지 못했을 리가 없다. 아직까지 류화가 주술을 거는 기색도 없고, 리앵이나 다른 표가 일족이 쫓아오지도 않았다… 본가에 무슨 일이 생긴 건가?
아니면 폭풍 전야의 고요함인가?
평소처럼 이리저리 머리를 굴려 추측을 하려다가 그만두었다. 생각은 일이 벌어진 후에 하면 된다. 딴 생각을 하면서 결론을 내려서는 안 된다는 생각이 들었다.
죽일 것인가, 돌아갈 것인가.
'…선대 '흑랑' 은 후자를 택했다….'
문득 의문이 고개를 들었다. 뭔가가 이상하다는 생각이 들었다.
장미공주를 죽이고 대업연간을 끝내려 했던 선대 '흑랑' . 설령 장미공주가 이용당했을 뿐이라 하더라도 장미공주의 죽음은 일종의 상징이었다. 표가의 종말을 무엇보다도 표가 자신이 통감토록 하기 위한.
하지만 자신이 장미공주와 만나 느낀 것을, 물음을, 선대 '흑랑' 도 분명 느꼈을 것이다. 자신의 욕심을 이루기 위해 다른 것을 희생시키는 그 탐욕이 어디까지 계속되는지 냉정하게 바라보는 그 거울 같은 눈앞에서. 소가보다도 훨씬 확실하게, 선대 '흑랑' 은 느꼈음이 틀림없다.
'…그런데도 아무것도 하지 않고 되돌아갔다?'
그대로 그녀를 사슬에 매어둔 채로?
소가는 미간에 주름을 잡았다. 이상하다. 그럴 사람이 아니다. 그녀였다면 분명 사슬을 끊고 놓아주었을 것이다.

장미공주와 만났지만 할 수 없었다고 했었다. 죽이지 못한 게 아니라 놓아주지 못했다는 의미였을지도 모른다. 어째서? 아무리 불리한 상황이라도 혼자서 도망치는 사람이 아니었다. 어째서 '흑랑' 은 혼자서 돌아왔을까?

『죽기 위해 왔다면 원하는 대로 이 목을 베어라. 그로써 네 안의 무엇인가가 걷힌다면 그렇게 하도록 하라. 하지만 살기 위해 왔다면 돌아가라.』

소가는 초승달을 바라보며 벌레 소리조차 들리지 않는 적막의 세계에서 계속 생각했다.

장미공주는 기다리고 있었다. 기다린다. 이 얼마나 오랜만에 해보는 일인가. 그리고 사실 이상한 일이기도 했다. 기다리는 것은 소가에게 어떤 기대를 가지고 있기 때문인가? 아니면 너무 한가해서 사소한 일에서도 즐거움을 찾고 있을 뿐인가. 후자일 것이다.

인간에게 기대하는 것은 애초에 포기했다. 그리고 소가가 내릴 결론은 이미 알고 있었다.

기대 따윈 하는 게 아니지. 이 족쇄로 그녀에게서 모든 것을 빼앗고 있는 한, 인간이 그녀의 마음을 움직이는 일은 영원히 없을 것이다. 이 사슬 앞에서 리앵이 속삭이는 무수한 사랑의 말들이 아무 의미 없는 것과 마찬가지로.

그가 채운 사슬을 그의 손으로 풀지 않는 한 그녀가 인간에 대해 품고 있는 깊은 불신의 늪은 조금도 메워지지 않는다. 동시에 인간은 이 사슬을 풀 수 없다는 것도 알고 있었다. 그 여 자객조차도 되돌아갈 수밖에 없었듯이.

그렇기에 그녀는 앞으로도 계속 인간을 혐오하며 살아가게 될 것이다.

불쑥, 눈앞에 소가가 서있었다. 생각에 잠겨 있어서 그랬나, 전혀 기척도 못 느꼈는데.

"왔느냐. 결론은 나왔나?"

"…거의. 그 전에 묻고 싶은 게 있는데."

거의. 장미공주는 비아냥거리듯이 눈썹을 치켜 올렸다. 어떤 질문일지 짐작이 갔다. 여 자객이 결론을 바꾼 것도 대답을 들은 후였다. 이 남자도 그럴 것이다. 정말이지 인간은 참으로 신중하다. 나중에 마음이 바뀌어도 괜찮도록 이런저런 핑계거리를 만들어 놓는다. 솔직했던 그 여 자객이 훨씬 낫다.

갑자기 장미공주는 소가에 대한 흥미를 잃었다… 아무래도 조금은 기대를 했었나보다. 흥.

"그래? 묻고 싶은 것이 무엇이냐?"

"전에 여기에 여 자객이 왔었지?"

"아… 너, 그 아름다운 눈을 가진 여인의 어린 제비였나?"

"스승과 제자다!!"

소가는 바로 정정을 했다. 필요 이상으로 정색을 했나 싶기도 하다. 아니, 기분 탓이다. …장미공주가 갑자기 소가와 거리를 두고 있는 것처럼 느껴지는 것은 그저 기분 탓은 아닌 게 확실했지만.

"그녀가 네 사슬을 풀지 못한 이유는 뭐지?"

"그 여인에게는 아무 잘못도 없다. 이 사슬을 푸는 것은 평범한 인간에게는 거의 불가능하지만 그 여인에게는 가능한 일이었고, 또 너도 마찬가지다. '간장' 과 '막야' 가 있으면 이 사슬을 깰 수 있다. 하지만 깰 수는 있어도 실행할 수가 없는 것. 너도 이 사슬을 풀 수 없다."

깰 수는 있지만 실행할 수가 없어?

"…이유는?"

"잃게 될 대상이 너무 크기 때문이다."

"'세계' ?"

장미공주는 눈을 동그랗게 떴다. 주취에게 들은 모양이다. 잊으라 했거늘.

처음으로 무료함을 잊기 위해서가 아니라 순수하게 소가에게 흥미를 느꼈다.

"'세계' 라는 건 이 세상을 말하는 거라고 이해하면 되는 건가?"

"…그렇다."

장미공주는 한순간이라도 소가의 마음의 움직임을 놓치지 않기 위해 그 눈동자를 들여다보고 있었다.

"문자 그대로의 의미다. 그 사슬을 끊으면 이 세계가 망가진다."

소가는 냉랭할 정도로 간단하게, 단 한 마디 '알았어' 라고 대답했다.

처음 있는 일이라 장미공주는 너무 큰 충격에 멍해졌다.

'…뭐? '알았어' ? …아, '알았어' 라고 했는가?!'

눈앞의 청년— 소가는 장미공주가 예상했던 어떤 반응과도, 말과도, 표정과도 달랐다. 농담이냐고 웃어넘기지도 않았고, 무슨 비유가 아닐까 하고 생각에 잠기지도 않았다. 마치 '내일 저녁은 밤밥 먹자' , '알았어' 이런 대화를 한 게 아닐까 싶을 정도로 전혀 놀라지도 않거니와 질문도 없고 표정도 그대로였다.

그냥 '알았어' 가 뭐냐! 그녀는 도대체 그 의미가 이해가 되질 않았다.

방금 전까지 어지러워 죽을 것 같은 얼굴을 하고 있던 스무 살도 안 되어 보이는 청년이 마치 자소처럼 표표한 얼굴로 서있다. 무슨 생각을 하고 있는지 전혀 알 수가 없다. 단, 아무 생각도 하지 않는 건 아니라는 것만은 확실했다. 그런 얼굴이었다. 고작 몇 각(刻)밖에 지나지 않았는데.

'? ??'

장미공주는 눈앞에 선 소가가 자신이 알고 있는 인간과는— 적어도 그녀가 *알고 있다고 생각하는 인간*은 아니라는 생각이 들기 시작했다. 도무지 알 수 없었다.

*그녀가 모르는 인간의 부분을 가진 사내*가 눈앞에 있다. 그런 일이 있을 수 있는가?

이번에는 장미공주의 머릿속이 빙글빙글 돌 것 같았다. 그때 소가가 거침없이 다가왔다.

장미공주는 펄쩍 뒤로 물러났다. 그녀가 알지 못하는 부류의 인간이라는 것은 어쩌면 그녀가 예상치 못했던 일들을 간단히 해치워버릴 가능성이 있다는 것을 의미한다. 장미공주는 동요했다.

"무, 무, 뭐냐!"

"…뭐야, 신종 동물이라도 보는 듯한 표정은. 널 어떻게 할지 결론을 내렸다고 했잖아. 지금부터 그 결론을 실행하려고 하는 것뿐이다."

"아니다! 나는 알고 있다. 다 간파했다. 결론이 바뀌었지?!"

소가는 울컥, 열이 받았다. 마치 만질까봐 몸을 사리는 듯한 그녀의 행동에도 상처받았다.

"뭐? 안 바뀌었어. 저 말이지, 죽도록 생각한다고 했잖아. 마지막 질문에 바로 결론이 달라질 정도로 엉성하게 고민을 했다고 생각하는 거야? 뭐, 아무래도 상관없지만."

장미공주는 혼란스러웠다. 모든 걸 잘못했다는 생각이 들었다. 이 홍소가라는 청년에 대해 모든 것을 잘못 판단한 것 같았다. 갑자기 지금까지 갖고 있던 모든 자신감이 쪼그라드는 것 같았다.

처음으로 그녀는 인간에게 사과했다. 마음속 깊은 곳에서.

"그러니까… 미안하다."

"아니, 뭐 괜찮아. 그럼 지금부터 할 테니까, 조금 뒤로 물러서."

장미공주는 소가가 인간의 말을 제대로 하고 있는지에 대해서도 자신이 없어졌다.

"……하다니, 뭘 말이냐."

"그러니까, 사슬을 이 검으로 끊어서 풀어준다고. 위험하니까 뒤로 물러서라니까."

끊고, 푼다는 말에 다른 뜻이 있었던가? 없지. 뒤로 물러날 수는 없지.

나라가 무너져버린다니까.

"……물러날 리가 있느냐."

"그럼 저 뒤쪽 사슬을 끊을까. 내가 만지는 게 싫은 것 같으니…."

소가는 장미공주의 사슬이 쭉 이어져 있는 방향으로 걷기 시작했다. 쌍검을 손에 든 채.

장미공주는 소가의 팔에 펄쩍 매달렸다. 마치 고구마 캐기 장소라도 정하는 듯 경쾌한 발걸음이었지만 장미공주의 가슴에 뭉실뭉실 나쁜 예감이 밀려왔다. 뭐냐, 이 사내는. 알고 보니 그냥 바보였다는 전개에 한 표!

"잠깐 기다려라! 기다리라 했다! 정말로 내 말을 알아들은 게냐?"

팔을 잡힌 소가는 잠시 대답하지 않았다. 손길도 닿고 싶지 않은 존재가 되고 말았다는 생각에 침울해있던 사나이의 마음이 회복되는 데 걸리는 시간이었다. 더불어 그녀의 손의 감촉도 무척 마음에 들었다.

"알고 있어. 이 나라가 사라지는 거잖아?"

"어째서 이유를 묻지 않느냐?! 정말로 믿는 것이냐?"

"믿고 있어. 아니, 생각해보니 그렇게 될 것 같았어."

소가는 사슬처럼 보이는 이상한 족쇄를 손에 들었다. 찰랑, 하는 소리가 났다.

"이 바람과 빛 같은 것으로 만들어진 사슬은 아마도 네 힘을 빨아들이는 역할을 하고 있을 거야. 움직임을 제한하지 않는 족쇄라던가 사슬 따윈 의미가 없지. 그런데도 이것이 채워졌다는 것은 네 능력을 빨아들이는 작용을 하기 때문일 거야. 그렇기 때문에 넌 모든 힘을 빼앗겨서 혼자서는 여기서 달아날 수 없는 거지."

장미공주는 어이가 없었다. 그냥 바보는… 아니로군. 아니야.

"그렇다는 얘기는 이 세계에 백 년 동안 빨아들인 네 힘이 축적되어 있다는 거겠지?"

"그렇다…."

"널 손에 넣은 후 표가가 어떻게 달라졌는지를 보면, 그 힘이 얼마나 엄청난지 짐작할 수 있어. 그것도 아주 일부분에 불과하다면 여기에 쌓여있는 백 년 간의 힘이 한 번에 방출된다면 어떻게 될까?"
"……."
"게다가 '간장'과 '막야'가 없으면 끊을 수 없다고 해서 들고 오긴 했는데, 보통 단단한 걸 자르려면 칼은 그것보다 더 단단해야 하잖아? 그렇다는 것은 이 쌍검에는 백 년 동안 축적된 네 힘조차도 잘라버릴 수 있는, 더 강력한 힘이 숨어있다는 거잖아?"
"…그, 그렇다."
"국가 간의 전쟁을 봐도, 대국일수록 그 피해가 크지. 그럼 이 검과 백 년 간의 힘이 격돌한다면… 나라 전체가 날아가버려도 전혀 이상할 게 없다고 생각했어. 적어도 나라의 반은 날아갈 거야. 그래서 너도 이 사슬을 끊으려면 '세계'와 맞바꾼다는 각오가 필요하다고 한 거고."
아무리 생각해봐도 앞뒤가 맞는 답은 이것밖에 없었다. 그래서 선대 '흑랑'은 '장미공주'의 사슬을 끊지 못했다. 그 사람은 너무나 소중한 것들을 많이 안고 있었다. 아이들, 미래, 전화왕. 그리고 아마 소가도.
사슬을 끊는 순간 모든 것이 부서진다. 가족도, 친구도, 아무런 죄도 없는 이 나라의 선량한 사람들의 생활까지 모든 것이. 한 나라가 멸망한다. 문자 그대로. 이렇게 세계와 맞바꿔 그녀의 사슬을 끊어봤자 나라가 멸망할 뿐 아무것도 남지 않는다.

그렇기에 선대 '흑랑'은 아무것도 할 수 없었다.

『죽기 위해 왔다면 원하는 대로 이 목을 베어라. 그로써 네 안의 무엇인가가 걷힌다면 그렇게 하도록 하라. 하지만 살기 위해 왔다면 돌아가라.』

살기 위해 왔다면 돌아가라. 그 말 그대로다.

선대가 사랑하고 지키려 했던 모든 것과 장미공주의 자유를 바꿀 수는 없었다.

어느 누구도 풀 수 없는 것이다.

주도면밀하게 만들어진 장미공주의 새장. 도망칠 수 없도록, 아무도 놓아줄 수 없도록.

장미공주는 말을 잇지 못했다. 아무 말 하지 않아도 이 사내는 모든 것을 이해하고 있었다. 그러면서.

"…알았다고 했더냐."

장미공주의 목소리가 갈라졌다. 분노 때문에 눈앞이 어지러웠다. 소가는 표정을 바꾸지 않았다.

"그래, 그렇게 말했어. 지금 바로 그 사슬을 끊고 널 자유롭게 해주겠다고. 그게 내가 내린 결론이다. 리앵이라는 사내가 오십 년 걸려도 할 수 없다면 내가 지금 해주도록 하지."

"————웃기지 마라!"

장미공주의 두 눈이 분노로 떨렸다. 마치 번개처럼 번쩍였다.

"——이 자식, 다른 사람은 죽어도 상관없다고 생각하는 거냐? 그런 놈에게 사슬을 끊게 할 정도로 타락하진 않았다!!! 소중한 것이 아무것도 없다는 것이냐, 네놈은?!!"

"있어."

소가는 사슬째 그녀를 팍 끌어당겼다.

"——있다고. 엄청나게 많이. 동생들, 홍가, 백합, 북두, 부하들, 이 나라, 그리고 아마 그 바보 왕도. 쓰르라미의 울음소리도, 새하얀 배꽃도 홍주의 아름다운 경치도, 봄도 여름도 가을도 겨울도. 너무 지쳐서 이젠 잠들고 싶다고 생각될 정도로 죽도록 일한 건, 모두 이 많은 소중한 것들을 지키기 위해서였어. ——없을 리가 없잖아!"

장미공주는— 아마도 그 오랜 세월 속에서 처음으로 인간의 기백에 눌려 말을 잇지 못했다.

"그, 그렇다면——."

"소중한 것들은 아주 많아. 간단히 맞바꿀 수 없는 게 당연해. 그런데도 바꿔준다고 하는 거야. 머리가 이상한 한 아이가 널 가두고 이용했어. 그런데도 넌 앞으로 수천 년은 나갈 생각이 없다고 했지?"

그 말의 진짜 의미.

"—이렇게 꽃 말고는 아무것도 없는 세계에 갇혀서 표가에게 이용당하면서도 이 작은 세계가 무너지는 마지막 순간까지 넌 인간들을 가능한 살려주려고 했어. 자기만 참으면 되는 일이라며 말이지. 하지만 그건 잘못된 생각이야."

인간에게 붙잡힌 채, 이용당하며 모든 기대를 접었으면서도 그녀는 인간을 지키기 위해 스스로 이곳에 머무르는 길을 선택한 것이다. 인간을 싫어하면서도 결코 같은 방법으로 복수하려 하지 않았다. 멸시를 당하더라도 결코 자신에게 부끄러운 짓은 하지 않는다.

—지상에 끌려 내려와서도 잃지 않았던 천녀의 진정한 긍지.

그녀의 자유를 희생함으로써 성립되는 세계 따윈 있어서는 안 된다.

"누군가의 희생이 없으면 성립될 수 없다는 건 처음부터 잘못된 거야. 널 여기에 가둬둘 어떤 정당한 이유도 없어. 네가 자유로워짐으로써 뭔가가 부서진다면, 그건 널 잡아둔 우리 인간들이 치러야 할 대가야. 머리가 이상한 아이가 한 짓이라 해도, 결과가 돌고 돌아 우리에게 온다면 감수할 수밖에. —너와 세계를 맞바꾸는 게 아니야. 네게 부끄러울 게 없는 인간으로서의 긍지와 맞바꾸는 거야. 그러니 잠자코 보고 있어!"

부끄러울 것 없는 인간으로서의 긍지.

소가는 장미공주의 사슬을 빼앗더니 망설임 없이 '간장'과 '막야'를 빼들었다.

…그때, 목욕재계를 하고 무녀의 방에서 홀로 정신집중을 하고 있던 류화가 천천히 눈을 떴다.

"…잘하셨소, '흑랑'. 칭찬해드리지."

완력으로 리앵의 발을 묶어두고, 자객도 주술사들도 모두 물

렸다.

류화는 오랫동안 이 순간을 기다리고 있었다.

그 여자가 없어지는 순간을. 류화는 조소하듯이, 하지만 희미한 선망을 담아 중얼거렸다.

"잘 가시게. 또 하나의 예언의 길을 연 어리석은 인간의 남자여."

그리고는 아버지가 걸어놓은 그 주술을 발동시키기 위해 눈을 감았다.

10

홍선은 사슬이 부서지며 자유가 됨과 동시에 자신의 힘이 홍수처럼 돌아오는 것을 느꼈다. 동시에 작은 수정의 세계가 순식간에 차오르면서 깨지는 소리가 들려왔다.

"크윽… 어이없는 놈이구나. 정말로 한번에 해치웠군."

홍선은 제일 먼저 소가의 몸을 지켜주며 밀려드는 힘을 제어하려 했다. 자신의 힘만이라면 어떻게든 통제할 수 있다. 해보겠다. 하지만 '간장'과 '막야'가 날뛰고 있었다.

"으… 제어…가… 불가…."

수정의 세계가 깨지는 소리가 들린다. 여기서 막지 못하면 끝이다. 밖으로 쏟아져 내리면 모든 것이 파괴된다. 다른 칠선들이 깨어있다면, 어쩌면.

'지금 당장 두들겨 깨워, 자선!! 이 나사 풀린 이상한 신종 인간을 보냈을 때 모조리 깨워놓지 않았다면 두고 봐! 그렇지 않으면 이 세계 끝까지 날려주겠어!'

수정의 세계가 깨진다——— 홍선이 각오한 그때였다.

또 하나 수정의 세계에 걸려있던 주술이 발동했다.

홍선은 그 주술의 힘에 눈을 부릅떴다.

입술을 뭔가 부드러운 것이 살짝 누르고 있다.

소가가 멍하니 눈을 뜨자, 코앞에 장미공주의 얼굴이 있었다. 믿을 수 없을 만큼 가까이에서 소가를 내려다보고 있다. 입술이 떨어지는 느낌이 아까워서 소가는 그녀를 끌어당겨 다시 입을 맞췄다.

꿈인 게 틀림없다. 이런 있을 수 없는 일이 일어날 리가 없으니까.

살아있길 잘했다는 말은 아마 이런 경우에 쓰는 말이겠지.

'…죽어서야 알게 되다니….'

난폭한 것도 그럴 듯하게 현실적이다. 꿈속의 기분 좋은 행복에 젖어 그녀를 끌어안고서 하고 싶은 대로 하다가 머리를 얻어맞았다. 무자비한 일격에 소가는 저도 모르게 팔을 풀고 말았다.

"이 바보 녀석이!! 살아났으며 얼른 일어나지 못할까!"
"…응?"
"몸은 지켜줬지만 방금까지 심장이 움직이질 않았다! 그래서 심장에 천둥을 보내고 숨을 불어넣어 황천길 중간에서 데려왔더니만 뭐냐, 네놈은. 뚜껑 열리기 직전이다!"
"뚜껑이 열리다니."
도대체 어디서 그런 말을 배운 걸까. 그보다도, 그제야 소가의 머리가 맑아졌다.
몸을 일으키니 눈에 익은 상미넝쿨이 보였지만 낯선 것이 보였다.
"…왜 갑자기 저쪽에 웅대한 산봉우리들이 보이는 거야? 그보다 우리 살아있는 거야? 여긴 어디지? ──혹시 나, 실패한 거야?! 태어나서 처음 하는 실패?"
"짜증나는 자랑은 그만하라. 소가… 사슬은 제대로 풀렸다."
장미공주는 사슬도 족쇄도 사라진 양손을 보여주었다. 여전히 부러질 듯 가느다랗다. 발목을 봐도 두 발의 족쇄 역시 사라진 듯 했다. 그렇지만──── 이 세계는.
무슨 이유에선지 산 같은 게 생겼지만 역시 다른 짐승의 기척이 느껴지질 않는다.
"…다른 주술이 발동되어 그렇다. 그 남자가 아주 오래 전에 걸어둔 주술일 거다…."
그 남자라 함은 '기적의 아이' 일 것이다. 그러나 장미공주는 묘하게 복잡한 표정을 지었다.

"…다른 주술?"

"누군가가 정말로 사슬을 풀어서 그 수정의 세계가 부서진다면 힘이 밖으로 쏟아지기 전에 또 다른 세계에 갇히게 만드는 주술인 듯하다. 이중 동그라미 같다고 할까. 수정의 세계가 안쪽 세계였던 거지. 이게 부서져서 바깥 쪽 세계가 나타났고, 그곳이 이곳이니라. 넓어진 만큼 산 같은 게 생긴 게지. 찾으면 바다도 있을지 모른다."

넓어진 만큼 힘도 분산되어 균형을 이루고 있는 모양이다.

"…그럼 혹시 나라는?"

"아무 일도 없었다. 정말 다행이지 않느냐."

장미공주는 진심으로 안도했다는 얼굴이었다.

소가도 가슴을 쓸어내렸지만, 또 다른 의문이 생겼다. 수정보다도 큰 유폐된 세계.

"…? 여기에서 나갈 수 있는 방법이 있기는 한 거야? 아, '간장' 하고 '막야' 는?"

"너무 날뛰다가 탈진하고 말았다. 당분간은 쓸 만하질 못할 거다. 그냥 평범한 검이지."

장미공주는 왜 그런지 소가를 찬찬히 바라보다가 시선을 돌리더니 불쑥 중얼거렸다.

"나갈 방법은 없다. 완전히 막혀버린 세계인 듯하구나. 외부에서도 아무도 들어오지 못할 것 같다."

"응? 그럼 이 아무도 없는 세계에서 둘이 갇혀 살아야 한다는 얘기야? 앞으로 계속?"

"그렇다."

"그렇구나. 뭐, 좋아."

소가는 담담히 현실을 받아들였다. 너무 담담할 정도로.

"그럼 우선 집부터 마련해야겠네. 음식을 만들려면 밭을 일궈야 하겠고… 짐승은 없더라도 산이 있으니까 나무열매라든가 뭐, 그런 건 있겠지? 야채 씨 같은 게 있으면 좋을 텐데."

장미공주는 어이가 없었다.

"넌 그래도 되는가?!"

"응? 뭐, 괜찮아. 귀한 집에서 자라긴 했지만 먹을 거에 그리 집착하지 않는 성격이라고 할까, 직업이 직업이었으니까. 뭐, 평생 채식만 한다 해도 난 괜찮아. 아, 넌 육식?"

"바, 바보 녀석! 누가 음식 얘기를 했더냐!"

"그러니까 괜찮다니까. 이것도 나로서는 엄청난 진보야. 집이라든가 밭을 만드는 게 이렇게 아무렇지도 않게 생각되는 날이 오다니…."

"뭐?"

소가는 대지에 주저앉아서는 흙을 긁어모아 손에 쥐었다가 떨어뜨려보았다. 좋은 흙이다.

"…지금이니까 고백하겠는데 살기 위해서 왔는지 죽기 위해서 왔는지, 네가 물어보았을 때 내 대답은 하나밖에 없었어. 원래 죽기 위해 널 죽이러 왔었어. ――널 죽이고 내 인생도 같이 끝내려고 했거든."

장미공주의 눈썹이 치켜 올라갔다. 하지만 조금 더 조용히 이야기를 들어보기로 했다.

…『조금 더 조용히 인간의 이야기를 들어보자』고 생각한 것은 처음일지도 모른다.

"네게 죽도록 소중한 것이 있다고 한 것은 거짓말이 아니야. 쭉 그 소중한 것들을 지키기 위해 살아왔어. 지키기 위해 죽는 건 주저하지 않아. 하지만 내가 없어도 이젠 괜찮다고 생각되면 편안하게 잠들 수 있게 해줬으면 좋겠다고 생각했었지. 그들이 나를 소중하게 생각한다는 것도 알고 있어. 하지만 왜 그런지 난 내 자신을 소중하게 여길 수가 없어. 살고 싶다고 생각하면서 살아갈 수가 없었어."

허수의 애정밖에는 갖지 못한 인간이라고 생각했었다.

"네가 생각해보라고 해서 죽도록 생각했어. 사슬을 풀지 못하면 평생 후회하겠지. 하지만 사슬을 풀면 동생들도 죽을 거야. …하지만 있잖아, 문득 *그 뒤의 일*을 생각했어. 만약에, 하고."

"…만약?"

"만약 사슬을 풀어도 세계가 무사하다면, 돌아가서 모두 함께 밥을 먹어야지, 하고."

제대로 돌아가자. 돌아가서 밥도 먹고, 구랑과 해님인형도 만들고, 적당히 여심의 상대도 해주고 백합에게 사과하고, 왕하고 소 재상에게 싫은 소리도 좀 해주고, 북두에게는 글자를 가르쳐 주고.

그리고 이제 두 번 다시 약속을 깨지 말자고.

소중한 것들을 소중하게 여기면서 제대로 살아가야겠다고 생각했다. 이 나라를 멸망시킬 수도 있는 선택의 갈림길에서 죽도록 생각한 것은 좀 더 소중하여 대해줬으면 좋았을 것을, 하는 후회.

많은 약속을 지키지 못했다. 차갑게 대했다. 돌아간다는 약속을 하지 않았다.

만약 세계가 남아있다면, 그때에는.

소중한 사람들의 이야기를 제대로 들어줘야겠다고 생각했다.

"…만약이 정말이 되었어. 생각했던 것과는 조금 다른 모양이지만, 내일도 어제와 똑같이 오늘이 온다면 다를 건 없어. 그때 죽도록 생각했던 대로, 살기 위해 살기로 했어."

"여기에 아무도 없어도 말인가?"

"당연하지. 아마 동생들은 살아주길 바라고 있을 텐데, 보이지 않는 장소에 있다고 해서 죽어도 괜찮아, 뭐 이러면서 대충 살 수는 없잖아. 지금까지 엄청 대충 살아오긴 했지만 말이야."

장미공주는 빤히 소가를 쳐다보았다. 그런가, 하고 생각했다.

인간은 변하지 않은 채 살 수도 있지만 바뀔 수도 있다. 몇 각밖에 안 되는 그 짧은 시간에 소가가 장미공주도 흡족할 정도의 황금률을 깨달았을 정도라면. …아마 그 남자도.

죽어도 좋다고 생각하던 얼마 전의 소가였다면 장미공주는 자신의 긍지를 걸고서라도 사슬을 끊지 못하게 했을 것이다. 그런 인간 때문에 이 나라가 멸망하게 둘 수는 없는 노릇이다.

…하지만 그때 장미공주가 뒤로 물러선 것은 소가의 말이 진심이었기 때문이다.

"…사슬을 풀지 못하면 평생 후회할 거라 생각한 건 무슨 근거에서냐?"

"아니, 근거라고 할까… 싫다고 생각했어."

"뭐가?"

"네게 영원히 경멸을 받게 된다는 게."

이제까지의 장미공주였다면 분연히 화를 냈을지 모른다. 그러나 그녀는 다른 질문을 던졌다.

"누가?"

"——인간이."

장미공주는 만족스러운 미소를 지었다. 인간이라고 시원스레 말해버린다.

"아니, 물론 나도 포함이 되지만 말이지. 처음 날 보던 그 눈이 말이지…."

…이 신종 인간은 그녀의 예상을 모조리 뒤엎고서는 사사건건 그녀의 마음에 울리는 말을 늘어놓는다. 있을 수 없다고 생각했던 일들을. 진심으로.

인간이란 자기 욕심만 앞세우는 제멋대로인 존재라고 생각했는데.

소가는 정말로 대가를 치렀다. 백 년 동안 쌓였던 그 남자의 죗값을 치른 것이다.

인간으로서 창피하지 않은 진정한 긍지와 세계를 맞바꿔 그녀를 자유롭게 해주려 했다.

그런 인간이 정말로 눈앞에 있다는 것을, 정말로 망설임 없이 사슬을 푸는 그 순간을 확인하고 싶다는 생각이 아마도 마음속 한구석에 있었던 것이다. 그렇기에 소가를 막지 못했다.

"…그렇다면 나도 동등한 대가로 답해야 한다."

"뭐?"

"죽어도 좋다는 생각에서 한 일이라면 하지 않았을…지도 모른다. 하지만 넌 진실로 소중한 것들을 남김없이 내놓으면서까지 나의 사슬을 풀었다. 그렇다면 동등한 대가로 답해야겠지."

자유롭게 해주려 했던 그 마음의 대가를.

"소가, 너를 이곳에서 내보내어, 나의 자유를 위해 바친 소중한 것들의 세계로 돌려보내주겠다."

장미공주는 소가가 뭔가를 말하기 전에 다급히 변명이라도 하듯 겸연쩍은 얼굴로 사과했다.

"…미안하구나. 조금 거짓말을 했다. 아니, 닫힌 세계라는 건 사실이지만, 그때는 소첩도 혼란스러웠고, 또 네 진심을 찬찬히 확인하고 싶었기 때문에…."

그러나 소가는 정말이지 끝까지 그녀의 예상을 뒤엎었다.

"아아, 역시 그랬구나. 알고 있었어. 거짓말이라는 거."

"…뭐? 자, 잠깐, 무, 무슨 소리냐! 어디서?! 어떻게?"

"응, 사슬이 없는 걸 보고 얼레, 했지. 네가 그 수정의 세계에서 나오지 못한 건 힘을 쓰려고 해도 사슬이 다 빨아들였기 때문이잖아. 그런데 지금 사슬도 족쇄도 없다면 넌 쓰려고만 하면 힘을 쓸 수 있을 테고. 또 그 수정에 있던 힘은 결국 어디로도 방출되지 않고 전부 이 세계에 남아있는 거니까, 그걸 한 곳에 집중시키면 구멍 정도는 뚫리지 않을까 하고."

장미공주는 입을 딱 벌렸다. 뭐, 뭐, 뭐, 뭐야, 이놈은?!

다음 순간 얼굴이 새빨개졌다. 이렇게 창피를 당한 건 처음이다.

"뭐라는 거냐! 거짓말쟁이라고 따지지 그러느냐! 거짓말을 한 내가 자, 잘못하긴 했지만!"

"아니, 그런 거 아냐. 못 나가면 못 나가는 대로 네 기분이 풀릴 때까지 함께 있으려고 했지."

"기분이 풀릴 때까지는 또 뭐냐!"

"네가 조금이라도 좋으니까 인간에게 다가가도 괜찮지 않을까, 하고 생각할 때까지."

열 받는다. 어째서 이렇게 속속들이 알고 있는 거지?

"에잇, 이제 돌아가겠다!"

"같이 돌아갈 수 있는 거지?"

"당연하다. 나를 우습게보지 말도록."

푸른 하늘을 올려다본 장미공주는 눈을 가늘게 떴다. 한 마디 중얼거렸다.

"…그 아이에게도 변하지 않은 부분이 있었을지도 모르겠구나…."

수정의 세계가 깨지기 직전에 발동된 이 또 하나의 세계의 장치. 그때 알았다. 이 주술의 힘은 그 옛날, 그녀가 아이에게 주었던 힘. 그녀가 가지고 있었던 힘.

언젠가. 그 수정의 세계에 들어온 누군가가 망설임 없이 세계와 그녀의 자유를 바꿀 수 있는 인간이라면.

…이 나라가 멸망하지 않도록. 그리고 자유를 찾은 그녀가 원래의 세계로 돌아갈 수 있도록.

이 또 하나의 주술을 몰래 걸어놓았다.

언제? 늙은 후의 일이었을까, 아니면 수정의 세계를 만들었던 때였을까.

그것까지는 알 수 없었지만 처음 보았을 때 정말로 남을 위해 자신을 희생할 수 있는 아이였다. 그녀에게 그 목소리가 닿을 정도로 소년의 소망은 진실하고 강하고 순수했다.

창주왕처럼 되었으면 좋겠다고 생각했을 정도로.

비틀려버린 아이의 운명. 의도치 않게 주고 만 '행운'. 운명을 비튼 것은 아이인가, 그녀인가, 행운인가. 이 모두인가. 원인과 결과는 그저 돌고 돌다가 백 년의 세월을 거쳐 귀결된 것이다.

갇힌 몸이 되어 이용당하고 모욕을 당했지만, 이 역시도 그녀가 치러야 할 대가였다.

『네가 말한 대로 '신비한 힘' 을 써서 모든 사람을 다 구해줬다면… 어쩌면 인간은 지금쯤 멸망했을지도 모른다는 생각을 요즘 하곤 해.』

지금이라면 황엽의 말이 무슨 의미였는지 알 것 같았다.

그녀가 준 '신비한 힘' 은 그 소년만이 아니라 표가 전체를 바꾸어놓았다. 힘의 계승에 집착하며 근친혼을 거듭해온 표가다. 그대로 갔다면 몇 세대 후에는 몰락했을 것이다.

또 누구도 그녀의 사슬을 풀지 않았다면 언젠가 수정의 세계는 그녀의 힘으로 가득 차 결국은 깨졌을 것이고, 인간의 세계를 멸망시켰을 것이 틀림없다.

하지만 아무 일 없이 내일이 계속되는 것은 이 세계가 발동된 덕분이었다. 지난 날 그녀를 가두고 욕보인 소년이 몰래 만들어 두었던 또 하나의 세계. 이를 만든 시점에서 아마 그토록 집착했던 '행운의 힘' 은 남김없이 바닥이 났었을 것이다. 소년도 그렇게 될 것을 알고 있었을 것이다. 그럼에도 이 세계를 만든 것은 마지막 양심 때문이었을까, 미쳐버린 자신을 거스르려는 아이의 마음이 남아있었기 때문이었을까. 소년은 대가를 치르고 길을 남겨주었다.

그렇기에 세계는 지금도 남아있다. 아이와 소가가 응당한 대가를 치렀기 때문에.

아마도 황엽이 했던 말은 이런 의미일 것이다.

'장미공주'는 사라진다. 이를 인정하고 변화해간다면 표가에도 새로운 길이 열릴 것이다.

원인과 결과는 항상 이런 식으로 귀결된다. 신선조차도 피할 수 없었다. 모든 것에게 적용되는 것이다.

자, 돌아가자. 만들어진 세계가 아닌 진짜 세계로.

만물이 숨쉬는 그녀가 사랑하는 세계로.

자유.

장미공주는 진심으로 미소 지으며 소가를 봤다. 이 사내는 헤아릴 수 없이 많은 것들을 그녀에게 되돌려주었다. 인간에게 빼앗겼던 모든 것은 역시 인간에 의해 남김없이 되돌아왔다.

"…고작 백 년이었을 뿐인데 정말 긴 백 년이었구나. 사슬을 풀어줘서 고맙다, 소가."

11

바람이 살랑대는 소리와… 살아있는 모든 벌레와 새 소리가 들린다.

"…소가, 소가…?"

장미공주는 아무리 흔들어도 꿈쩍도 하지 않는 소가를 주먹으로 한 대 때렸다.

"이봐라, 소가! 죽은 척해봤자 소용없느니! 심장은 멀쩡히 움직이고 있지 않느냐!"

소가는 마지못해 눈을 떴다. 꽤 기대하고 있었는데. 연기력이 안 되는 줄 알면서도 한 번 해보고 싶었을 정도로.

"…역시 장마다 망둥이 나는 건 아니구나."

"뭐하는 놈이더냐, 너는! 긍지 높은 제대로 된 인간인 줄 알았거늘." "위태로운 순간이 되지 않으면 인간은 긍지를 발휘하지 않는 법이거든… 그게 쉬운 일이 아니라서…."

중얼중얼 투덜거렸더니 그녀가 노려보았다.

일어나 앉아보니 어딘가의 들판이었다. 이렇게 보니 소리 없다고 생각했던 작은 속삭임까지도 들을 수 있을 것 같았다. 그 정도로 그 세계는 살아있는 것이 아무것도 없이 텅 비어있었다.

"…아… 아… 정말로 돌아와버렸네…."

"뭐냐, 그 말투는!"

"아니, 조금만 더 있어도 괜찮지 않았을까 해서."

두 사람만의 세계라면 선택의 여지가 없으니. 소가는 반쯤 진심으로 실망했다.

'…하지만 그녀 앞에선 정말이지 본심이 줄줄 새어버린다니까….'

이 정도로 생각한 것을 모두 털어놓게 되는 상대는 태어나서 처음이다.

"소가, 이제 작별이구나. 나는 돌아가야 한다."

소가는 가슴을 한 대 맞은 듯이 얼굴을 들었다.

"…알았어. 너 가는 거 배웅하고 나서 갈게."

"그, 그리 하라."

어째 장미공주가 묘하게 안절부절못하고 있다. 그러더니 소가의 표정을 보고는 노발대발했다.

"너, 알면서 웃고 있지 않느냐?! 어, 어떻게 알았느냐!"

"나도 묻고 싶은걸. 재미있다고 생각은 했지만 절대로 얼굴에는 드러내지 않았을 텐데, 어떻게 알았지?"

"*드러내지 않아*도 알 수 있느니라! 어떻게 알았느냐!! 나, 나의——."

"사실은 서있는 것도 힘들 정도로 힘이 완전히 바닥이 나서 보통 인간 정도의 힘밖에 없기 때문에 돌아가고 싶어도 갈 수 없다는 거? 날 주술이 아니라 주먹으로 퍽 때렸을 때 알았어. 그야, 그 정도 힘을 쓰면 바닥나는 게 당연하지. 그리고 다리가 떨리고 있잖아. 힘들면 내 무릎 위에 앉아서 쉬어도 되는데."

"무, 무슨 소리냐! 떨리긴 어디가 떨리냐!"

어째서 이 사내는!! 인간인 주제에, 만난 지 얼마 되지도 않는 주제에 뭐가 되었든 그녀에 대한 모든 것을 간파하고 있다. 팔선이라도 이 정도는 아니다.

소가가 빤히 올려다본다. 장미공주는 눈을 돌렸다. 순간적으로 무릎 위에 앉아도 괜찮지 않을까, 이런 생각을 하는 자신이 믿어지지 않았다. 하지만 또 한 번 권한다면 생각해봐도 괜찮은데.

"저기, 너 말이야. 돌아갈 수 있을 만큼 힘이 쌓이려면 얼마나 걸리지?"

"뭐, 그렇게까지 말한다면 앉아… 뭐라?"

소가는 웃지 않았지만 장미공주는 엄청나게 열이 받았다. 상당히 창피한 모양이다.

"돌아갈 힘이 쌓이는 시간을 물어서 어쩌려는 거냐."

"그때까지는 같이 있게 해줘. 표가가 쫓아올 거야. 보통 인간이라면 달아나기 어려울걸. 이래 보여도 꽤 세니까 아무리 노리고 공격해 온다고 해도 어떻게든 막아낼 자신은 있어."

꽤 센 정도가 아니다. 그 수정의 세계까지 들어온 두 번째이자 마지막 자객.

장미공주는 생각에 잠겼다. 물론 소가의 말에도 일리는 있었다. 귀양까지 갈 수 있다면 가장 안전하기는 하겠지만 사람의 다리로 이리저리 하계를 걸어본 적도, 생활을 해본 적도 없는 그녀다. 눈 깜짝할 사이에 표가에게 잡힐 게 뻔했다. 자소의 보호를 받는 것도 짜증난다.

그리고 조금만 더 소가와 함께 있는 것도 나쁘지 않을 거란 생각이 들었다.

"음, 그럼 부탁하지, 1년이다."

그때 그녀는 가벼운 마음으로 그렇게 말했다.

……1년 후.

"소가, 때가 된 듯하다."

평소와 변함없는 어느 날, 갑자기 장미공주가 그렇게 말했다. 어이없을 정도로 가벼운 말투로. 마치 방금 전에 생각이 났다는 듯이.

"…북두와 주취에게 안부를 전해줘. 주취는 너무 능력을 쓰지 않도록 하고, 북두는 괜히 동네 애들 업어오지 말라고 말이다."

장미공주는 소가에 대해서는 아무 말도 하지 않았다.

"…약속의 시간이다. 소가, 나는 돌아간다. 돌아가야 할 장소로."

그녀는 줄곧 하늘을 바라보고 있었다. 그녀가 돌아가야 할 장소. 시간과 하늘의 저편.

두 사람이 서있는 장소는 신기하게도 1년 전의 그 들판과 매우 비슷했다.

소가는── 간신히 목소리를 쥐어짰다.

"좋을 대로 해. 그러니까 돌아가도 좋아. 하지만 돌아가지 않았으면 좋겠어."

장미공주는 그때 처음으로 소가를 보았다. 천천히.

"사랑해."

장미공주는 나비의 날갯짓처럼 살짝 눈을 깜빡였다… 익숙한 말이었다. 처음 그 말을 들은 게 언제였는지조차 기억나지 않을 정도로.

곁에 있는 것 외에는 아무것도 바라지 않았던 리앵과는 달리, 소가는 이 1년 동안 어이가 없을 정도로 많은 것을 바랐다. 사랑하고 있다, 같이 있고 싶다, 결혼해달라, 아내가 되어달라. 몇 번이나 몇 번이나 되풀이했다. 하지만 장미공주는… 그 말의 의미가 잘 이해되지 않았다.

『애당초 사랑이 대체 뭐냐.』, 『넌 자신이 바보 같지 않느냐? 죽이려던 상대에게 반하다니? 그런 얼빠진 자객이 있다는 얘긴 들어본 적도 없다.』, 『그런 게 대체 무슨 도움이 된다는 거냐.』

그런 쌀쌀맞은 말밖에 돌아오지 않았다. 오늘, 지금 이 순간조차도.

장미공주는 미소를 지으려 했다. 좀 어색했을까? 예쁘게 웃었다면 좋으련만.

"…소가, 넌 나에게 있어 확실히 특별한 인간이었다. 그러나 함께 있을 수는 없구나. 나는 돌아간다… 돌아가지 않으면 아니 된다."

가지 말라고.

소가는 또 한 번 말할 수는 없었다. …결국 안 되는 일이었다. 그녀가 지금까지 소가에게 해준 것만으로 만족해야만 한다. 특별한 사람이라는 그 말은 아마 진심일 것이다. 좁혀준 거리도, 다가와준 많은 일들도 그녀의 최선이었다.

그걸로 충분하다고 생각해야 한다. 그렇지 않으면 소가도 리앵과 똑같아진다.

그녀에게 받은 것에 의지해 소가는 앞으로 살아갈 것이다. 어떻게든 살아갈 수 있을 것이다. 아마도, 분명히.

"…알았어."

"배웅은 필요 없다. 떠나는 모습은 별로 보이고 싶지 않구나. 네가 마을에 갔을 때 떠나겠다."

소가는 마지막으로 손을 뻗었다. 뺨을 만지고, 턱을 만지고, 목덜미에서 옴폭 파인 가냘픈 쇄골을 만지고 머리카락을 만졌다. 1년 전 잘렸던 머리카락은 흘러간 시간만큼 자랐다.

소가는 미소 지었다. 그의 마음이 입술에서 흘러나왔다.

"…불가능한 일이었지만, 난 정말로 네 마음을 가지고 싶었어."

희미하게 장미공주가 몸을 움직인 것 같았다. 기분 탓일지도 모르지만.

소가는 손가락을 억지로 떼어내듯 주먹을 쥐고는 발걸음을 돌렸다.

한 번이라도 뒤를 돌아보면, 해선 안 될 일을 저지를 것 같았기 때문에 돌아보지 않았다.

들판을 다 내려갈 때까지, 한 번도.

…쫓아오는 발소리는 들리지 않았다.

저녁때가 되어 북두와 주취가 재잘거리며 돌아왔다.

솔직히 소가는 언제 저녁때가 되었는지, 창문가에 있으면서도 전혀 알지 못했다.

창가에 있었던 것은 미련을 버릴 수 없었기 때문이다. 콩알보다도 작은 기대를 안고 기다리고 있었다. 바보처럼. 정말이지 언제부터 난 이렇게 바보가 되어버린 것일까. 자존심 따윈 개나 먹으라지.

하지만 돌아온 것은 북두와 주취뿐이었다. 이젠 끝이다. 처음부터 가망은 없었지만.

"어? 장군(薔君)은? 아직도 산책 중인 거야? 근데 너는 왜 세상의 끝 같은 얼굴을 하고 있어? 뭐야, 또 차인 거야? 뭐 어때. 다음에 잘해보라고."

"시끄러워, 북두. 지금 그냥 죽어버려. 세상에는 다음이 없는 일도 있다고. 우리 인생처럼 말이야. 제기랄."

주취는 가게에서 사온 음식재료를 늘어놓으면서 걱정이 된다는 듯이 들판을 내다보았다.

"…하지만… 벌써 밤인데요. 저런 데 혼자 계시면… 모셔올게요."

"응… 응? 잠깐, 지금 뭐라고 했어?! 누가 어디에 있다고?"

"아… 그러니까 공주님이 들판에 무릎을 안고 앉아계신 게 '보여' 서요."

주취의 '천리안' 은 틀린 적이 없다. 다음 순간, 소가의 모습은 사라지고 없었다.

북두는 싱글벙글하면서 주취가 쫓아나가지 않도록 놀아주기로 했다.

"있었네, 뭐. 자객이 탑에 갇힌 공주님을 구해내서 행복하게 잘 살았다는 옛날 얘기."

어스름에 물든 들판을 소가는 말 그대로 날듯이 달려갔다. 이렇게 전력으로 달리는 건 태어나서 처음이다. 달려 올라가니 정말로 작은 그림자가 낮과 똑같은 장소에 웅크리고 앉아있었다.

소가의 모습을 발견한 장미공주는 소리쳤다.

"──오지 마랏!"

소가는 개의치 않고 성큼성큼 다가갔다. 그의 손에 잡히기 전에 동그란 그림자는 벌떡 일어나더니 뒷걸음을 쳤다. 소가는 그 얼굴을 보고 깜짝 놀랐다. 장미공주의 얼굴은 눈물범벅이었다. 그녀가 우는 걸 본 것은 처음이었다.

"보지 말라. 나는― 나는 돌아가야만 한다. 네 곁에 있어서는 안 된다. 사랑이란 게 대체 뭐라는 거냐. 도무지 모르겠다. 결혼해달라고? 내가 할 수 있을 리가 없지 않느냐. 해서는 안 되느니라. 나는 네게 가족을 만들어줄 수가 없다. 그런데도 왜 돌아가질 못하는 거냐. 왜 뿌리라도 돋은 듯이 발이 움직이지 않는 거냐."

소가는 숨을 삼켰다. 돌아가고 싶다가 아니라 돌아가야만 한다. *누구를 위해서?*

"너, 나에게서 소중한 것을 살짝 훔쳐간 게 아니냐? 틀림없다. 아니면 어느 새 내 안에 들어와 너를 놓아두고 간 게지. 내 마음인데도 멋대로 네 방을 만들어놓고 당당히 차지하고 앉았구나.

언제부터더냐. 마음에서 떠나질 않는다. 내쳐도 나가질 않는다."

계속 하늘을 바라보지 않으면 자신이 있을 곳은 이 사내의 옆자리라고 착각해버릴 정도로.

1년 동안 주술도 아무것도 쓸 수 없는 보통 인간이 된 그녀에게 계속 사랑한다고 했던 사내.

힘을 쓸 수 없는데도 인간으로서 전혀 쓸모가 없었는데도 어째서 소가는 내가 필요하다고 하는 것일까. 곁에 있어달라고 하는 것일까. 이해가 안 된다고 생각했는데 지금은 알 것 같았다. 곁에 없어서 이런 마음이 된다면 곁에 있어주지 않으면 안 된다.

리앵이 그녀를 가둬놓았던 그 깊은 마음속까지도 이해가 될 정도로.

소가는 장미공주의 손목을 잡았다. 도리질을 하듯 고개를 저었지만 힘이 없었다.

"──사랑하고 있어. 내 생명이 다할 때까지만이라도 좋아. 가족이 늘어나지 않아도 상관없어."

소가가 끌어안자 왜인지 목 놓아 울고 싶어졌다.

"…안 된다! 너는 다른 예쁜 처자와 결혼해서 가족을 만들어야 해!"

"어째서?"

"내가 그 아이를 보고 싶으니까. 그렇게 하면 때가 되어 언젠가 네가 이 세상에서 사라진 후에도 네 아이를 보러 올 수가 있으니까. 손자도, 증손자도. 나는 죽을 만큼 오래 산단 말이다! 그렇게라도 하지 않으면 쓸쓸해서 견딜 수가 없다."

눈물이 흘러 넘쳤다. 이 끝없이 흐르는 건 뭐냐. 소가가 간 뒤부터 계속 멈추질 않는다.

"그게 대체 무슨 소리야! 나도 울고 싶다고! 그럼 내 인생이 완전히 불행의 구렁텅이에 빠져도 괜찮다는 거야? 말해두겠는데 네가 무슨 이유를 대고 돌아가던 간에 내가 다른 여자와 결혼을 해서 네 야망대로 아이를 낳을 거라고 생각하면 큰 오산이라고! 아무하고도 결혼하지 않을 테니까!"

"뭐라고? 해야 한다! 넌 홍가의 장남이 아니냐!! 나를 사랑한다면 해야 하느니라!!"

"그건 또 무슨 논리야! 그런 건 개나 먹으라지! 도대체 넌 왜 그렇게 구식인 거야?!"

"뭐라고?! 나는 긍지 높게 살아가야 한다! 누군가를 사랑하게 되면 그자의 행복을 우선적으로 생각해야 한다는 것 정도는 알고 있다! 그래서 그렇게 하려는 것이거늘!"

표정도 안 바꾼 채 천연덕스럽게, 소가를 보지 않으면서 아무것도 말하지 않은 채.

그래, 후다닥 도망치듯 돌아가면 그걸로 끝날 거라고 생각했는데.

"그런데 왜—— 돌아갈 수가 없는 거냐!"

"돌아갈 장소가 잘못되었으니 그렇지!"
소가는 소리쳤다. 소리치면서 깊이 끌어안았다. 그 오열이 멎을 때까지.
"…신기한 일이다… 멎었다…."
"돌아가자. 이젠 아무래도 괜찮아. 결혼 같은 건 나중 문제고. 돌아가자, 객사로."
"객사?!"
"내가 소중한 것을 살짝 훔쳐냈으니 되찾을 때까지 함께 있으면 되지."
장미공주는 아무 말도 하지 않았다. …아무래도 진짜 그렇다고 생각하고 있는 모양이다. 아마도 뭘 도둑맞았는지도 모르고 있을 것이다. 소가 자신도 훔쳐낼 수 있으리라고는 생각지 못했었다.
소가는 안도했다. 죽도록 안도했다. 아마도 오늘 일을 기뻐할 것은 내일부터다.

그녀가 진짜 이름을 알려준 것은 얼마 후의 일.
두 사람 사이에 딸이 태어난 것은 그 1년 후의 일이었다.

마음을 갖고 싶다고 소가는 말했다. 리앵은 모습이 변해도 영원히 사랑할 수 있다고 말했다. 아마도 두 사람의 말은 같은 뜻일 것이다. 하지만 그녀가 선택한 것은 소가였다.

모든 것을 그녀의 손바닥 위에 되돌려준 인간 남자.

마음을 갖고 싶다. 그 다정한 울림을 그녀는 무척 좋아하게 되었다.

| 종장 |

소가는 어느 날 그리운 오자미를 발견했다. 표가에 잠입하기 전, 소 재상이 건네준 오자미다.

사락사락하고 흔들다 보니 뭔가 이상한 소리가 섞여 있는 듯했다. 조금 고민하다가 과감하게 천을 잘라보았다. 좌르르 쏟아지는 팥알 속에 종잇조각 두 장이 숨겨져 있었다.

펼쳐보니 '장미공주' 이야기였다. 한 장은 소가가 알고 있는 '그렇게 하여 두 사람은 영원히 행복하게 살았답니다'로 끝나는 이야기.

또 한 장을 별 생각 없이 읽어나가다가—— 소가는 읏, 하고 눈을 부릅떴다. 도중에서 이야기가 달라져 있었다.

『시간은 흘러……

어느 날 장미공주 앞에 한 명의 인간 남자가 나타났습니다.

겹겹이 둘러쳐진 장벽을 뛰어넘어 장미공주를 찾아온 그 남자는 한눈에 장미공주를 사랑하게 되었습니다. 그리고 사슬을 풀고 그녀를 구해냈습니다.

남자는 갇혀 있던 장미공주를 데리고 끝까지 도망쳤습니다.

어느 샌가 장미공주는 그 신비한 힘을 잃어버렸지만 남자는 개의치 않았습니다.

오직 장미공주만을 원하는 성실한 남자의 사랑에 공주의 굳게 닫혀있던 마음의 봉오리도 조금씩 피어나기 시작했습니다.

마침내 마음이 열리고 두 사람은 맺어져 아이를 얻었습니다.

하지만 그 아이는 병에 걸려있었습니다. 치유의 힘을 잃어버린 장미공주는 그래도 단 한 번 자신의 목숨과 맞바꾼다면 소원을 이룰 수 있다는 것을 알고 있었습니다.

장미공주는 망설이지 않았습니다.

'…나는 그저 장미꽃으로 돌아가지만 언제까지나 그 마음은 당신만의 것. 그러니 두 번 다시 누구에게도 사로잡히지 않도록 가시를 돋게 할게요. 장미의 가시를 보면 기억해주세요. 그것이 내 사랑의 증거. 잊지 말아줘요. 내가 당신을 사랑했었다는 걸. 행복하세요. 나를 행복하게 해줬던 서방님. 내 가시는 이 세상이 끝나는 그날까지 오로지 당신만이 없앨 수 있답니다.'

시간의 저편까지 이어질 사랑의 약속만을 남긴 채 장미공주의 넋은 이슬이 되었습니다—.』

이는 소가가 알지 못하는 또 하나의 결말이었다. 원래 옛날이야기란 다양한 결말이 생겨나는 법이지만 소가는 이것도 그런

종류라고는 생각할 수 없었다. 귀에 죽은 아내의 목소리가 되살아났다.

『소가… 내 남편이여, 나는 또 똑같은 짓을 되풀이하는 것인지도 모른다. 운명을 바꾸는 대가를 뼈저리게 알고 있는데도… 나는 같은 짓을 되풀이 하려 한다.』

열이 떨어지지 않는 수려의 모습에 눈물을 하염없이 흘리며 아내는 소가를 보았다.

『나는 잘못을 저지르는 것인지도 모른다. 수려가 그 대가를 치러야 할지도 모른다. 하지만 소가… 용서해주겠느냐?』

또 다시 운명을 바꾸려는 것을.

『소가, 나의 마음은 영원의 그 영원까지도 그대 것이다. 그대가 준 모든 것이 사랑스럽고 행복했었다… 행복해지길. 내게 많은 행복을 주었던 사람이여.』

선대 '흑랑' 은 이것이 예언이라고 알고 있었던 것일까? 소 재상은? 왕은?

몇 개의 미래 중 거의 항간에 퍼지지 않았을 정도로 실현 가능성이 적었던 미래.

알고 있었다면? '둘이서 영원히 행복하게' 사는 쪽을 소가는 선택했을까?

쌕쌕 잠들어 있는 수려를 보며 소가는 눈가를 지그시 눌렀다.

…아니다.

잘못이라 하더라도, 몇 번이라도 아내는 수려를 선택할 것이다. 그리고 소가도.

사랑하는 아내와 보낸 너무나도 짧았던 나날들을 떠올리며 수없이 가슴이 미어지더라도.

딸을 위해서라면 소가는 살아갈 수 있다.

| 작가의 말 |

이 책이 나올 즈음이면 신록의 계절이겠네요. 안녕하세요. 아직도 꽃샘추위 속에 있는 유키노 사이입니다.

단편집 '황량몽(黃粱夢)'입니다. '황량몽'이란 '일취지몽(一炊之夢)', '한단지몽(邯鄲之夢)'과 마찬가지로 인생의 흥망성쇠는 꿈처럼 덧없다는 의미입니다. 이번 단편집은 전체적으로 어딘지 모르게 이런 분위기가 감돕니다.

잡지에 연재되었던 단편이 한 편 빠져 있는 것 같은 생각이 드는 것은 꿈이 아니라 현실입니다. 정란과 연청의 이야기를 한데 묶기 위해서 뺐습니다. 별일은 아닙니다(무억양으로). 수려와 류휘까지 몽땅 아웃 오브 안중인 하극상(스핀오프) 단편집입니다. 정란과 연청의 과거가 두 편, 대미를 장식한 것은 소가(헉, 이 세 명으로 책 한 권?). 채운국 굴지의 주먹파 삼인방의 청춘 전국시대적인 이야기입니다(설명 참). …그 때문인지 책도 내용도 묘하게 무겁… 쿨럭, 분위기가 다릅니다.

'소가 편은 할리퀸 분위기로' 라던 담당기자님의 바람이 이루어졌는지는 차치하고(…) 세 사람 모두 젊습니다. …하는 짓이 말이죠. 작가인 저도 쓴웃음. 잘못을 저지르고 고민하면서 살아가는 것은 그들도 마찬가지인가 봅니다.

본편이 최종장에 들어가기 전에 내야 할 것 같아서 〈이웃집 백합이 하얗다〉에 이어 이 단편집이 나오게 되었습니다. 본편을 기다리시는 분들께는 죄송할 따름입니다. 부록과 함께 조금이라도 즐거운 시간을 보내셨다면 저도 기쁠 것 같습니다.

마지막으로 유라 카이리 님(수려를 무릎에 앉힌 연청!)과, 밸런타인데이에 초콜릿 보내주셨던 분들, 그리고 독자 여러분께 감사드립니다. ——그럼 또 만나요!

유키노 사이

| 천일야 그 후 |

아득한 저편에 펼쳐진 수묵화 같은 산봉우리들. 영원히 흩날릴 것처럼 세상을 덮고 있는 눈보라 같은 자두 꽃잎을 소가는 책을 한 손에 든 채 뒹굴거리며 질리지도 않고 끝없이 바라보고 있었다. 갑자기 딸의 커다란 울음소리가 들려왔지만 소가는 움직이지 않았다. 조금 지나자 항상 그렇듯이 여심이 타는 쓸쓸한 비파 소리가 들려오고, 이윽고 딸아이의 칭얼거리던 소리도 멎었다. 분명히 또 여심이 수려를 보살핀다고 집적거리다가 울려놓고는 어쩔 줄 모르다가 비파를 타는 동안에 구랑이 요람에서 수려를 안아 달래고 있을 것이다.

많이 늘었다고 생각하며 여심의 비파 연주를 한가롭게 듣고 있던 소가의 머리카락을 아름다운 하얀 손가락이 잡아당겼다.

"이봐라, 소가! 자기 딸이 빽빽 울어대는데 내버려두는 건 무어냐!"

"구랑이 잘 달래서 괜찮아. 당신도 엄마면서 움직이지 않잖아."

"으음, 가봤자 어차피 두 사람이 무시무시한 얼굴로 쫓아버리기 때문에…."

"아니, 완전히 수려가 인질이 된 것 같군. …자업자득이지만."

두 동생은 '수려가 집에 있으면 형은 어디에도 가지 않는다' 고 판단을 했는지 거의 매일처럼 망이라도 보듯이 요람 곁을 배회하곤 한다. 소가와 장미공주가 함께 수려 옆에 있기라도 하면 반드시 둘 중 하나는 어디선가 날아온다. 언제 세 사람이 훌쩍 사라질지 모른다고 생각하는 모양이다.

"당신한테 갔을 때 꽤 걱정을 끼친 모양이야. …계속 고향에 돌아오질 못했었으니까. 백합도 얼굴을 보고 싶지만 돌아와주질 않아서 말이지. 그때 나 때문에 화가 났었거든…."

중얼중얼거리는 소가를 보며 장미공주는 어이없다는 표정을 지었다.

고향집에서는 있는 듯 없는 듯한 존재라고 하기에 그런가보다 했는데, 와서 보니 진짜 소가의 생활은 그랬다. 일어나서 밥을 먹고 수려를 돌보고, 하루 종일 밖에서 책을 읽고 낮잠을 잔다. 미소를 띤 얼굴로 적당히 두 동생의 이야기 상대가 되어준다. 그녀도 처음 보는 소가의 모습이었다. 아마도 이것이 소가의 본모습일 것이다. 해야 할 일이 전부 끝난 후 편하게 쉬면서 맘대로 지내라고 하면 아마 소가는 이런 생활을 보낼 것이다.

평범하기 그지없는 평화로운 날들. 그 피투성이였던 소가와 너무나도 격차가 컸다. 끝나면 영원히 쉬고 싶다던 소가의 말이 지금은 이해가 될 것 같았다. 지키고 싶은 것을 지키기 위해 소가는 계속 어울리지 않는 역할에 자신을 끼워 맞춰오느라 무리를 거듭했고, 그것이 그때 한계에 도달했던 것이다.

그녀는 눈을 가늘게 떴다. 쓸쓸한 비파의 음색, 그림 속에 튀어나온 듯한 아름다운 산봉우리들, 어디선가 들려오는 폭포소리와 빗방울처럼 꽃잎을 흩뿌리는 자두나무와 배나무. 두 동생이 있는 저택.

"…이것이 그대가 지키고 싶었던 것이로고."

"응, 당신과 수려에게 보여주고 싶었어. 이번에 홍산(紅山)에 올라가자. 운해가 정말 아름답거든…."

소가는 그녀의 손가락에 자신의 손가락을 끼우더니 꾸벅꾸벅 졸다가 잠이 들고 말았다.

소가가 이런 식으로 편하게 쉬는 것을 두 동생들은 아내와 딸 덕분이라고 생각하지만, 그녀도 처음 보는 모습이었다. 소가가 하고 싶은 만큼 어깨의 힘을 빼고 맹하게 있어도 되는 장소. 그것이 이 저택이었고, 소가가 쭉 두 동생들에게 보여온 얼굴이었다. …어디가 거짓말쟁이 형이라는 건지.

소가가 그녀의 자유와 맞바꾸려고 한 소중한 것들.

'무엇' 과 맞바꿔 사슬을 잘랐는지. 경솔하게 화를 냈던 자신은 정말로 생각이 짧았다.

…때때로 그녀는 리앵이 언젠가 사슬을 풀지 않을까 생각했었

다. 소가가 오기 전까지는 리앵이 풀 수 없다면 다른 어느 누구도 풀 수 없으리라 생각했었다. 리앵의 이호를 들으면서 아주 작은 무언가가 있으면 모든 것이 바뀔 것 같은 생각이 들곤 했다. 그래, 아주 조그만 무언가.

제 목숨이 다할 때까지. 리앵은 그때가 되어야 사슬을 풀려고 했고, 소가는 만난 그날 풀어주었다. 소가와 리앵의 차이는 아마도 그것뿐이겠지만, 그것이 바로 영원한 차이가 되었다.

"…형수님, 이제 수려가 일어나면 식사시간인데요. 제가 사과를 갈아오겠습니다."

재빨리 여심이 별채로 달려간다. 먼저 사과를 갈아오려나 보다. 이를 본 구랑은 돌아오는 건 포기하고 수려를 안고 얼렀지만 그런 모습도 여심이 새치기라고 화를 내는 이유였다.

"…그런데 형수님, 수려를 데리고 운해가 보이는 곳까지 홍산에 오르시려면."

"음, 그때는 같이 가시게. 나도 터벅터벅 걸어올라가는 건 처음이니."

구랑은 묘한 표정을 지었다. 홍산도 운해도 질릴 정도로 구름 위에서 봤던 경치지만 밑에서 올려다본 적은 없었다. 밑에서 보는 경치를 그녀는 언제부터인가 좋아하게 되었다.

언제부터인가 좋아하게 되었다. 황선과 자선이 가끔 하계를 돌아다니는 것도 이 때문일 것이다.

구랑이 안겨준 수려는 그녀의 품 안에서 천진한 얼굴로 쌕쌕 잠들어 있다.
…불가능하다고 생각했던 기적.

가능한 오래오래 소가와 딸과 함께 있고 싶다고, 그녀는 마음 속으로 그렇게 기원했다.

채운국 이야기 |18| 외전
– 황량몽

2010년 9월 28일 제1판 제1쇄 인쇄
2017년 4월 30일 제1판 제3쇄 발행

글 | Sai Yukino
일러스트 | Kairi Yura
번역 | 이나경

발행인 | 이정식
편집인 | 최원영
편집팀장 | 김충영
편집담당 | 장혜경, 전송이
표지디자인 | 김주성
라이츠사업팀 | 이은선, 박선희, 아오키 마리나
출판영업팀 | 안영배, 한성봉
제작담당 | 박석주

발행처 | 서울문화사
출판등록 | 1988년 2월 16일
등록번호 | 2–484
주소 | 서울특별시 용산구 새창로 221–19
전화 | (02)799–9317(편집), (02)791–0757(영업)
팩스 | (02)799–9334(편집)
인쇄처 | 코리아 피앤피

WINK NOVEL